二見文庫

夜明けの夢のなかで

リンダ・ハワード／加藤洋子＝訳

Shadow Woman

by

Linda Howard

姉のジョイスへ。愛してます。恋しいです。安らかに眠ってください。

夜明けの夢のなかで

登　場　人　物　紹　介

リゼット・ヘンリー	投資会社に勤める女性
ダイアナ	リゼットの職場の友人
マリオ・ウィンチェル	リゼットの上司
マギー・ロジャーズ	リゼットの隣人
ゼイヴィア	諜報員
アル・フォージ	諜報員
フェリス・マガウアン	アルの上司
エリ・ソーンダイク	米国大統領
ナタリー・ソーンダイク	大統領夫人
ローレル・ローズ	大統領夫人警護チームの一員
タイローン・エバート	大統領夫人警護チームの一員
アダム・ヘイズ	大統領夫人警護チームの責任者
チャーリー・ダンキンズ	大統領警護チームの責任者

プロローグ

サンフランシスコ、四年前

午後十一時。エリ・ソーンダイク大統領とナタリー夫人は、ホテルのスイートルームに引きあげた。長い一日だった。大統領機で国を横断し、会場から会場へと慌ただしく移動して選挙演説を行い——名目は選挙演説ではないが、演説はみな選挙のためだ——だめ押しがひと皿一万ドルもする盛大な資金集めのディナーだった。そのあいだずっと、ファースト・レディは大統領のかたわらに寄り添っていた。労働時間はおなじでも、彼女は十センチヒールの靴でそれをこなしてきたのだ。

ファースト・レディのセキュリティ・チームに最近配属になったローレル・ローズは、この道十一年のベテランだ。いまは疲労困憊《こんぱい》で視界が泳ぐほどだが、彼女のシフトはこれで終わりだ。ヒールの靴は履《は》いていなくても、足がズキズキ痛む。足を引きずらないよう必死で堪《こら》えながら割り振られた部屋へと向かった。大統領夫妻のスイートとおなじ階の廊下の先だから、呼ばれれば即座に応じることができる。当番中のエージェントはふたつの部屋に詰めていた。廊下を挟んで向かいの部屋と、スイートとドアでつながっている部屋だ。ただし、ドアの鍵はスイートの側でロックされている。墓場番（三交代勤務で真夜中から朝八時まで）の連中を羨《うらや》ましいとは思わないが、POTUS（合衆国大統領）もFLOTUS（大統領夫人）も就寝したいまは、彼らも多少はリラックスできるだろう。

大統領夫妻が滞在するためホテルの三つの階が貸し切りとなり、宿泊客はほかの部屋に移動させられた。階段もエレベーターも厳重にチェックされ、ホテルの従業員たちの身元調査も行われ、通りの向かい側にたつ建物はすべてチェックされた。この地区にいる危険人物たちには、シークレット・サービスの監視がついたことが伝えられたが、彼らの大半は脅威をおよぼす能力なしと判断された。シークレット・サービスは考えうるすべての対策を講じた。だからといって、不測の事態が起こらないわけではない。そうなる可能性をできるだけ低く抑えたということだ。いつなにが起きるかわからないという不安が、ローレルのなかにはつねにあった。

「足を引きずってるじゃないか」同僚のエージェント、タイローン・エバートが横に並んで、言った。彼も自室に引きあげるところだ。あれほど痛みを我慢してきたのに、と彼女はうんざりした。あえて言い返さない。彼がいつもの〝なんでもお見通しだ〟の目で見ているからだ。彼にはちょっと気味の悪いところがあった。その黒い目でなんでも見通しながら、自分のことはいっさい明かさない。でも、彼の剃刀《かみそり》のように鋭い直感を、ローレルは信頼していた。そして彼は、〝燃え尽き症候群〟とは無縁のタイプだ。羨ましい。彼女自身はいつそうなってもおかしくなかった。

「ええ、長い一日だったもの」

べつに珍しいことではない。どの一日だって長い。財務省で偽札の摘発を行う機関として誕生したシークレット・サービスが、国家安全保障局《NSA》に移って以来、事態は悪くなる一方だ、と彼女は思っていた。以前は立派だったと言うつもりはない——管理体制はずっと矛盾だらけだ。というより、まるっきりなっていない。長時間労働はさらに長時間になり、士気は低下し、装備もお粗末なものだ。そこへもってきて、べつの問題が生じた。インディアナポリスに住む母が歳とって、身のまわりのことを自分でできなくなってきたのだ。ローレルはインディアナポリスに転勤を希望しているが、あっちに空席があっても転勤できる見込みはなかった。世の中の仕組みがそうなっているのだ。有力なコネでもないかぎり、望むものは手に入らない。

ローレルにはコネはなかった。職場の勢力争いを嫌っているし、駆け引きがうまくないから、シークレット・サービスにいるかぎり出世など望むべくもなかった。もうひとつ大きな問題がある。上層部の頑迷な方針のせいで、優秀な人間は長つづきしないことだ。財源不足に人手不足、時代遅れの武器や増える一方の勤務時間にもかかわらず、優秀なエージェントだという自負がローレルにはある。だが、もうこれ以上はつづけられない。というか、そう長くはつづけられないだろう。辞める潮時だと思うのも、そう先のことではないだろう。

ある意味クールな仕事だった。給料は高くないが、クールだ。仕事そのものは大好きだし、感情をまじえずにできるから、大統領執務室に誰が座ろうと関係なかった。ファースト・レディを好きになる必要はない。守ればいいのだ。ソーンダイク夫妻の人柄がもっとよければ、仕事はもっとしやすいだろうが、これまでの大統領の家族と比べてとくにひどいわけではない。噂によれば、とんでもない連中がいたらしい。ナタリー・ソーンダイクは無作法ではなく、飲んだくれでもなければ意地悪でもない。自分の警護をするエージェントを人として見ていないだけ。お高くとまっていて冷淡で、よそよそしい。ミセス・ソーンダイクが飲んだくれだったらよかったのに、と思わないでもなかった。仕事が少しはおもしろくなるだろう。

大統領もおなじ、冷淡でよそよそしく、政治以外のことには関心を示さない。カメラの前や遊説《ゆうぜい》中は、あたたかみや人好きのする感じを醸しだしている。たいした役者だ。人に見られていないときの彼は、計算高くて、人を操ろうとする――ミセス・ソーンダイクはそのあたりをよく承知している。たまに夫婦喧嘩をすることもあり、もともとがよそよそしいふたりのあいだが、まるで氷河期のように冷たくなるので、エージェントたちにはすぐにわかる。だが、それだけだ。表立っていがみ合うことはない。大声でののしり合うことも、力任せにドアを叩きつけることもなかった。おおむねふたりの歩調はぴたりと合っていた。だからホワイト・ハウスに乗り込むことができたのだし、もう一期務めることで合意はできている。大統領の無慈悲なまでの直感と、ファースト・レディの実家の有力なコネを背景にして、ふたりは政治権力の中枢に入り込むことができたのだ。大統領の座をしりぞいてからも、その富と権力はいや増すばかりだろう。

「それじゃ、あすの朝」タイローンが自分の部屋の前で言った。

「おやすみ」彼女は反射的に挨拶《あいさつ》を返した。彼が口をきいたことにちょっと驚いてもいた。無駄口はおろか、ろくに挨拶もしない人だから。彼のことは、任務を完璧にこなす人という以外、ほとんどなにも知らなかった。彼がファースト・レディの護衛について二年になるが、考えてみれば結婚しているのかどうかも知らなかった。指輪をしていないが、だから結婚していないことにはならない。結婚しているのか、あるいは付き合っている人がいるのか、彼はそういうことをいっさい口にしなかった。それに、彼女をはじめ女性エージェントに言い寄ったこともない。タイローンは……孤立していた。

廊下を挟んでふたつ先の部屋へと向かいながら、彼の持つなにかのせいで鳩尾《みぞおち》のあたりがざわついていることに、そのときはじめて気づいた。仕事仲間だからと、いままで気づかないふりをしてきた。でも、この仕事をそう長くつづけないだろうと思っているいま、無意識のうちにその気持ちに目を向けることを自分で自分に許したのかもしれない。

彼を好きだ。ハンサムではないけれど、目立つ男。妥協を許さぬ危険さを秘めた魅力。人込みに紛れ込んで目立たなくなるタイプではない。背が高くて筋肉質で、プロのアスリートや訓練を積んだ特殊部隊の兵士のように、体の動きに優雅な力強さをにじませるタイプだ。

肉体的に彼に惹《ひ》かれている。彼はおしゃべりじゃないけれど、そばにいたいと思う。それに、彼を信頼していた。肝心なのはそこだ。

カードキーをスロットに差し込み、緑色のライトがつくのを見てドアの取っ手を回し、涼しい室内に入る。ベッドサイドのライトとバスルームのライトは出たときのままだった。それでもダブルチェックは怠らない。なにも変わったことはなかった。

靴を脱ぐとしかめ面になった。足首を順番に回し、靭帯《じんたい》を伸ばすと安堵《あんど》のため息が洩れる。足の裏がまだジンジンしているが、裸足《はだし》でいる以外に対処のしようがなかった。すぐにも裸足になりたい。

ジャケットを脱いでベッドに放り、ショルダーホルスターをはずそうとしたとき、かすかにパンパンパンと音がした。耳を澄ます必要も、考える必要もなかった。なんの音かわかっていた。アドレナリンが一気に噴き出して血管を焼く。気がついたときにはドアに飛びつき、廊下に出たとたん前方にタイロンの姿が見えた。彼女と同様、手に拳銃を握り、全速力で大統領夫妻の部屋に向かっている。彼らだけではなかった。ナイトシフトのエージェントもそれぞれの部屋から飛び出し、大統領警護の責任者、チャーリー・ダンキンズがダブルドアを蹴っている。

どうしよう。銃声は室内から聞こえた。

ドアもロックも頑丈だった。チャーリーが何度も蹴っているところに、ローレルとタイローンとほかのエージェントたちが到着する。タイローンがチャーリーの横に並び、言った。「せーの！」ふたりで同時に蹴ると、さすがの頑丈なドアも内側に開いた。銃を構えたエージェントたちが、ある者は腰を低くし、ある者は立ったまま敵を探して居間を視線で一掃した。誰もいない。なにも聞こえない。そのほうが恐ろしかった。だが、耳の奥で血管がドクドクと脈打っているから、なにも聞こえなくても不思議はない。右手のファースト・レディの部屋のドアが開いたままだ。そっちへ走りたい気持ちを抑える。いまの最優先事項は大統領だ。つまり指示を出すのはチャーリーの役目だ。

左手の大統領のベッドルームのドアは閉まっている。チャーリーが急いで状況評価を行う。大統領の居場所がわからないかぎり、判断はくだせない。彼がローレルやタイローンをはじめファースト・レディのチームの連中を指差し、彼女が使っている部屋を調べろと指示を出した。彼とそのチームは大統領の居所を調べる。

彼の戦術は的確だ。チームは繰り返し予行演習した手順に従い、ファースト・レディのベッドルームへと向かった。

ベッドルームのランプは消してあったが、開いたままのバスルームのドアから光が洩れ、磨き抜かれた大理石の床と分厚い東洋絨毯《じゅうたん》を照らしていた。部屋に入ったとたん、彼らの足が止まった。ソファーの向こうにナタリー・ソーンダイクがじっと立っている。左側をこちらに向けて。

部屋に入ったときローレルは左手に位置を占め、彼女の右側にチームのリーダー、アダム・ヘイズがいた。そのまた右がタイローンだ。アダムが鋭い口調で言う。「マム、いったい――」

ファースト・レディの足元の床に、人が倒れているのが見えた。白髪交じりの豊かな黒髪。大統領。

まるでストロボライトに照らし出されたように、それからの二秒間が細切れになった。

ピカッ。

ミセス・ソーンダイクがくるっと向きを変えた。手に握られた拳銃が見える。

ピカッ。

凍りつくようなその一瞬、ローレルはファースト・レディの恐ろしいほど無表情な顔を目に焼き付けた。とたんに銃口が光る。遠くからだと〝パン〟としか聞こえなかったが、ホテルの客室の閉じた空間ではそれは耳をつんざく爆音だ。ファースト・レディは引き金にかけた指をせわしなく動かし、弾を発射しつづけた。

ピカッ。

すさまじい力がぶつかってきて、ローレルを仰向けに押し倒した。頭の覚めた部分が、撃たれたことを認識し、死につつあることまで認識していた。

ピカッ。

つづく数秒は意識がまだしっかりしていた。かたわらでアダムも大の字に倒れた。薄れゆく視界の中にタイローンの顔があった。張り詰め、強張《こわば》った表情。彼が引き金を引いた。すべきことをしたのだ。

ああ、神さま。ローレルは思った。

それは祈りだったのかもしれない。漠然とした恐怖の表現だったのかもしれない。〝ピカッ〟はそこで終わった。小さく息を吐き、彼女は静かに息絶えた。

夫人による合衆国大統領殺害と、それにつづく夫人射殺が国民に与えた衝撃はあまりにも大きすぎた。夫人は自らを警護するシークレット・サービスのエージェントに向けて発砲し、ひとりを射殺、ひとりを負傷させたのち、残るエージェントのひとりに射殺された。国全体は茫然自失だったが、政府は途切れることなく機能しつづけた。事件発生時、国の反対側にいたウィリアム・ベリー副大統領が、大統領死去のニュースが通信社に送られるより前に、大統領に就任していた。これがより大規模な襲撃の序章である場合に備え、軍隊は高度の警戒態勢に入ったが、断片証拠をつなぎ合わせた結果、くだらない夫婦喧嘩だったことがあきらかになった。

原因は一枚の写真だった。ファースト・レディの荷物の中から見つかったその写真は、大統領が夫人の妹とねんごろな関係にあることを示すものだった。夫人と四歳ちがいで、彼女自身もワシントンの有力者だったホイットニー・ポーター・ライトマンは、公の席にいっさい出なくなった。彼女の夫のデイヴィット・ライトマン上院議員は、「大統領の死はわが国にとって悲劇だ」というコメントを出したきりだ。彼は離婚訴訟を起こしておらず、ワシントンの事情通の誰ひとり、離婚するとは思っていない。状況がどうであれ、彼の妻が有力なポーター家の一員であることに変わりはないし、大統領に妻を寝取られたぐらいで、政治家としての道を閉ざすような真似はしない。

ファースト・レディの堪忍袋の緒《お》を切ったのはなんだったのか、不思議に思う者もなかにはいた。大統領の浮気は公然の秘密で、夫人もだいぶ前から知っていたはずだ。けっきょく、人の心はわからないということで事態は収束に向かった。

シークレット・サービスのエージェント、ローレル・ローズの遺体は丁重に葬られ、命を賭《と》して任務を遂行した者として、その名は不滅となった。アダム・ヘイズは全治数カ月の重傷を負い、シークレット・サービスを退職した。数カ月後、ファースト・レディを撃ち殺したエージェント、タイローン・エバートは人知れず職を辞していた。

政治は動きつづけ、車輪は回りつづけ、書類は整えられ、コンピュータは働きつづけている。

1

いつもどおりの朝だった。リゼット・ヘンリー――その昔、家族や友達からつけられたあだ名が〝ゼット・ザ・ジェット〟――は、ベッドから転がり出た。いつものように、目覚まし時計が鳴る一分前、五時五十九分に。キッチンでは、コーヒーメーカーのタイマーが入り、コーヒーを淹《い》れはじめた。リゼットはあくびをしながらバスルームに行き、シャワーの栓をひねった。水がお湯に変わるまでのあいだに用を足す。そのころにはちょうどよい湯加減になっている。

シャワーでリラックスして一日をはじめるのがいい。歌わない。一日の計画もたてない。政治や経済やその他もろもろを気にかけたりもしない。シャワーを浴びているあいだは、じっとしている――というか、あたたまっている。

七月のその朝、すべてが予定どおりにぴたりとおさまっていたので、時計を見て時間を確認する必要もなかった。シャワーを浴び終えたとき、コーヒーメーカーがどんぴしゃり、コーヒーを淹れ終えた。濡れた髪をタオルで包み、もう一枚のタオルで体を拭いた。

バスルームの開けっ放しのドアから、コーヒーのすばらしい香りが彼女を呼んでいた。バスルームの鏡は湯気で曇っていたが、朝のコーヒーの最初の一杯を取ってくるころには曇りも晴れているだろう。膝丈のテリークロスのバスローブを羽織り、裸足でキッチンに行って戸棚からマグカップを取り出す。コーヒーは甘くて軽いのが好きだから、まず砂糖とミルクを入れてから熱いコーヒーを注いだ。朝いちばんにデザートを食べるようなものだけれど、彼女の持論では、それが最高の一日のはじめ方だ。

コーヒーを飲みながら髪をブローして仕事用の軽いメイクをしようと、マグを片手にバスルームに戻った。

マグを洗面台に置き、頭に巻いたタオルをほどき、前屈みになって肩までの濃い茶色の髪を手で梳《くしけず》った。それから上体を起こし、髪をうしろにはらって鏡を覗き込むと――

――見知らぬ顔がこっちを見つめていた。

不意に感覚を失った指から濡れたタオルが滑り落ち、足元の床に落ちた。

この女、誰なの？

自分ではなかった。それぐらいわかる。鏡に映っているのは自分の顔ではない。くるっと上体をひねる。鏡に映る女を探して。襲われたらよけるか、逃げるか、必死に反撃するつもりだった。でも、誰もいなかった。バスルームには彼女ひとりだけだ。家の中にも彼女ひとりだけ。ほかには――

誰もいない。

その言葉が頭を通り過ぎる。音の幽霊みたいに通り過ぎるだけ、なにがあったのか理解できない。鏡に視線を戻す。困惑と恐怖を抑えつけながら、見慣れぬ人を観察する。まるで敵を見るように。それにしても、これはなに……それより誰？

わけがわからなかった。呼吸が速く、浅く、あえぎとなる。耳慣れぬ、パニックをきたした音だ。どうなってるの？ 記憶喪失ではない。自分が何者でいまどこにいるかわかっているし、子供時代の記憶もある。友達のダイアナや職場の仲間のことも憶えているし、クロゼットにどんな服があって、きょうなにを着て行くつもりだったかも憶えている。前夜に食べたものだって。すべて記憶にあるけれど、ただ……いま見た顔に覚えはなかった。

自分の顔ではない。

頭に浮かぶ彼女の顔はもっとやわらかくて丸くて、かわいい。でも、いま見ている顔は、角張っている。けれど、魅力的だ。目はおなじ。瞳はブルーで、目の間隔がちょっと離れているところまではおなじだが、もっと堀が深い。そんなことありうる？ 目が引っ込むなんてことが？

ほかにおなじところは？ 鏡に顔をちかづけてみる。顎《あご》の左側に薄いそばかすがあるはずだ。ええ、あった。あるべきところにそばかすがある。若いころはもっと濃かったけれど、いまはよく見ないとわからない。でも、ちゃんとあった。

それ以外は……ちがう。鼻は細くて、鷲鼻《わしばな》だ。頬骨は高くて目立つ。顎の線は角張っていて、顎は尖っている。

すっかり混乱して、動くに動けなかった。鏡をただ見つめ、理に適《かな》った説明を求めて思考がぐるぐる回っていた。

理に適った説明など思いつかない。説明のしようがないでしょ？ 事故で顔の再建が必要になったのだとしても、事故そのものを憶えていないのだ。入院していただろうし、手術を受けたりリハビリを受けたりしただろうから、憶えていて当然だ。回復期間中、昏睡《こんすい》状態にあったとしても、あとで誰かが事情を説明してくれたはずだ。でも、昏睡状態になったことなど、けっしてない。

これまでの人生をちゃんと憶えている。事故があったのは一度だけ。十八の年で、両親が死に、生活が一変した。でも、彼女はその車に乗っていなかった。悲しみに押し潰されそうになりながら、なんとか乗り越えた。一瞬にして安全な世界は消え去り、人生の闇の中をふわふわと漂っているような感じだった。

いまの気分がまさにそれだ。ぜったいにまちがっているという感じ、どうしていいかわからず、あらゆることの意味がすぐには理解できず、これがどんな影響をおよぼすのかちゃんと把握できていない。

正気を失ったのかも。眠っているあいだに発作が起きたのかも。そう、発作。それなら説明がつく。それで記憶の一部が飛んで自分の顔を忘れた。自分をテストしてみる。にっと笑う。鏡の中で口の両端が均等に持ちあがった。つぎに片目をつぶる。つぎは両手をあげてみる。ちゃんと動く。シャワーを浴びて髪を洗ったのだから、ちゃんと動くことは立証済みではあったけれど。

「十、十二、一、四十二、十八」三十秒ほど時間を置いて、もう一度言う。「十、十二、一、四十二、十八」おなじ数字をおなじ順番で言えた。でも、発作を起こしたとしたら、合っているかどうかの判断もできないんじゃないの？

脳も体もちゃんと動いているようだから、発作は除外してよさそうだ。

つぎは、なに？

誰かに電話をする。誰に？

ダイアナ。当然でしょ。親友だもの。でも、どんなふうに尋ねればいいの？「おはよう、ダイ。きょう、出勤したわたしを見て、きのうのわたしとおなじ顔かどうか教えてちょうだい、わかった？」

馬鹿げている。でも、たしかめずにいられなかった。電話のところまで行こうとして、不意にパニックに襲われ、足がすくんだ。

だめ。

誰にも電話できない。

そんなことしたら、彼らに知られてしまう。

彼ら？　彼らって、誰？

そう思った瞬間に汗が噴き出し、吐き気に襲われた。よろよろとバスルームに戻り、トイレに屈み込んで吐いた。胃の中の少量のコーヒーをすんでのところで床にぶちまけるところだった。胃を押さえて体をふたつ折りにする。吐き気に体を震わせても、もうなにも出てこない。目の奥に鋭い痛みを感じ、涙が溢れて頬を伝った。視界がぼやける。

吐き気の発作がおさまると、バスルームの冷たい床にぐったりと座り込んだ。目の奥の痛みはやわらいでいた。体の内側を締めていた万力がゆるんだような感じだ。息をあえがせ、目を閉じる。頭をうしろに倒して壁にもたせかける。まるで三十キロ走ったあとのように疲れていた。

三十キロ？　三十キロ走ったあとの疲れ方を、どうして知ってるの？　走るのは得意ではなかった。たまに歩くぐらいだ。子供のころは自転車を乗り回したが、スポーツオタクではなかった。

目の奥の痛みがぶりかえし、胃がでんぐり返る。口で息を吸い込みながら、発作が起きませんようにと願った。痛みを押し出せたらと、両方の眼頭《めがしら》を指で強く押した。それが効いたようだ。激痛が多少はやわらいだ。

吐き気と頭痛は、ある意味慰《なぐさ》めだった。つまり、わたしは病気なのだ。おかしなウィルスのせいで幻覚を見たのだろう。鏡の中に見たのはそれ、幻覚だ。

ただし、病気だという意識はなかった。そこがおかしい。胃の壁が痛くなるほど激しく嘔吐し、目を錐《きり》で刺されるような頭痛に襲われたのに、病気だとは思わない。吐き気と頭痛がおさまると、どこもなんともなかった。

迷惑な話だ。今日一日の予定をぶち壊しにされた。いまごろは髪を乾かして化粧を終えているはずだったのに。自分で決めた日程がずれるのは許せない。厳しく自分を律してきたのだから。彼女に比べたらスイス時計だってあてにならないぐらいで——

ちょっと待って。厳しく自分を律してきた？　わたしが？　いつからそうなったの？　なにか変だ。まるでべつの人のことみたい。

また吐き気が襲ってきた。膝立ちになってトイレに屈み込む。喉が詰まって、胃がでんぐり返って、開いた口から唾が垂れる。目の奥の痛みのあまりの激しさになにも見えなくなった。かたわらの洗面台にしがみついた。このままでは床に倒れる——それとも、頭からトイレに突っ込む。吐き気と痛みはすさまじいものなのに、トイレに頭から突っ込むという考えを、頭の片隅でおもしろがっている自分がいた。

発作がだんだんにおさまり、彼女は倒れた。少なくともお尻が床についている。洗面台にもたれかかり、頭をうしろに倒して目を閉じた。痛みが波となって寄せてくるのが見える気がした。

やはり伝染病に罹《かか》ったにちがいない。だったら仕事に行けるはずがない。胃が空っぽなのに、あちこちでゲーゲーやるなんて――それもだが、中身が出たらなおのこと――みっともないし、人に伝染《うつ》したら大変だ。その人たちが治ったら、松明《たいまつ》とピッチフォークを持って襲いかかってきたりして。

なに考えてるんだか。おかしいんじゃないの？　トイレに頭から突っ込んだらおもしろいと思ったり、ピッチフォークを持った暴徒に襲われる場面を想像したり。ほかに考えることあるでしょ。仕事のこととか、友達のこととか、家の掃除とか洗濯とか。もっとふつうのことを考えよう。

痛みがぶり返した。さっきほどではないし、目は見えるが、目の奥に痛みがあった。凍りつく。きっとまた苦痛のケダモノに襲われるのだ。胃がでんぐり返り、おさまった。痛みがひいてゆく。

病欠の連絡をしなければならない。ベッカー投資会社に勤めるようになって、病気で休むのはこれがはじめてだった。上司のマリオ・ウィンチェルは、こういうときのために会社支給の携帯電話を持っている。リゼットは几帳面《きちょうめん》だからマリオの番号を自分の携帯にも登録しておいた。

彼らに知られてしまう。

頭の中でまた妙な言葉が響き、リゼットははっとなった。でも、今度はそれにつづく体を衰弱させるほどの激痛も吐き気もなかった。どうして？

なぜなら、すでに一度考えたことだから。

そうよ。その答は正しい気がする。なぜだかわからない。どっちにしても馬鹿げているし、被害妄想だ。でも――そう、正しい。

いいでしょう。最善の策は、自分がおかしくなっていることを誰にも気取《けど》られないことだ。ふつうに振る舞う――病気だけど、顔が変わってしまったかもしれないけど、ふつうに。

テーブルから携帯を取り、電源を入れる。夜は電源を切るようにしていた。なぜなら……なぜだかわからない。理由が頭に浮かばなかった。ただそうしていた。

画面があかるくなったので、電話帳をスクロールして〝マリオ〟を見つけ出し、番号を選び、グリーンの〝通話〟アイコンに触れた。すぐに呼び出し音が聞こえたが、呼び出し音の最初の二回は偽物だという話をなにかで読んだ。相手を呼び出すまでに間があると、故障しているのではないかと心配する人がいるので、偽の音を入れているそうだ。いつ、どこで読んだのか思い出そうとしたが、なにも浮かばない。いまではそんなことはないのかも。携帯電話のテクノロジーはどんどん進化しているから――

カチャリと音がして、「マリオです」と耳元で声がした。リゼットは携帯電話の技術の進化について考えていたので不意を衝《つ》かれ、頭が真っ白になった。なぜ電話をかけたの？　そう、病欠。

「マリオ、リゼットです」声を出してはじめて、かすれていることに気づいた。あれだけ吐いたのだからかすれて当然だし、呼吸も荒かった。「ごめんなさい、きょうは出社できそうにありません。伝染病に感染したみたいなんです。ウィルスをばらまくわけにはいかないでしょう」

「吐いたの？」マリオが心配そうに尋ねた。

「ええ。それに、ひどい頭痛がします」

「ウィルス性胃炎が流行《はや》ってるみたいよ。うちの子供たちが先週罹《かか》ったもの。長くて一日だから、あすになれば気分はよくなるわよ」

「前もってお知らせできなくて、申し訳ありません」病気になることを予想できるわけもないけれど。

「あなたが悪いんじゃないわ。この三年、病気で休んだことなかったでしょ。だから、気にしないで」

「ありがとうございます」リゼットはなんとかそう言った。頭の片隅で警報が鳴り出した。なにかひっかかるものがあり――胃がでんぐり返った。「ごめんなさい、急がないと――」

吐くまいと堪えながら、もつれる足で走った。トイレに屈み込むと、喉が詰まってゲーゲーと恐ろしい音が出るばかりだ。

なんとか息がおさまったころには、全身の筋肉が震えていた。上体を起こし、洗面台につかまって立ち、水の栓をひねった。屈んで顔に水をかける。何度も何度も。ようやく気分が落ち着き、ギザギザしたなにかで喉を切り裂かれるような痛みがおさまり、ふつうに呼吸ができるようになった。

よくなった。ましになった。でも、鏡の中の他人を見ることはできない。だから目を閉じてじっと立っていた。それからタオルをつかみ、瞼《まぶた》の水気を取り、顔や首筋を拭《ぬぐ》った。

動悸は激しいままだ。いまの発作の引き金になったのはなに？　マリオが言った言葉？　びっくりはしなかったが、警戒心が湧いてきたのは憶えている。マリオが危険な領域に踏み込んできたような気がしたのだ。頭の中で会話を巻き戻してみる。どんなにささいなことでもいい、おかしな点はなかったろうか。マリオの子供たちがウィルス性胃炎に罹った。長くて一日とかなんとか。おかしなことは言っていない。それに、そう、この三年は病気で休んだことがなかったとか、そんなことを言っていた。

苦痛が頭を貫《つらぬ》いた。まるで威嚇《いかく》射撃だ。シンクの縁をつかみ、頭をすっきりさせようと必死になっていると痛みはひいた。

オーケー。

なにかひっかかる。なにかが、頭の縁にひっかかっていて――

そう。わかった。とってもささいなこと。前に病気で休んだのはいつだった？

休んだことはない。憶えているかぎりで。ベッカー投資会社に勤めて五年のあいだ、一度も病気で休んでいない。それなのに、マリオはどうして〝この三年〟と言ったの？　いつ病気になった？　病気に罹ったのなら憶えているはずだ。めったに寝込むことのない健康体なのだから。ひどい病気に罹ったのはほんの数回で、ぜんぶちゃんと憶えている。十二歳のとき、サマーキャンプでおぞましい伝染病に罹って死にそうになった。冬になるとオフィスに蔓延《まんえん》する鼻風邪だって、彼女を素通りしてゆく。

だったら、いったいいつ会社を休んだの？

ベッカーに入社したころの記憶を辿《たど》る。

頭の中で痛みが爆発し、吐き気で胃がよじれた。トイレに屈み込んゲーゲーやった――そうしながら、携帯を床に落とし、足で踏んづけてばらばらにした。

むちゃくちゃだ。それでも――携帯を破壊したい衝動はあまりに強く、疑問も覚えず、ためらいもなく行動に出ていた。

気持ちが落ち着くとまず鼻をかみ、冷水でまた顔を洗った。筋の通った説明を必死に求めていた。

そんなものはなかった。病気で仕事を休んだ記憶はない――だが、恐怖で胃が固まるのはそのせいではなかった。見ず知らずの他人が彼女の体を支配しようと戦いを挑んできて、たまに勝利をおさめることもある。そんな感じだった。

精神に異常をきたしているのであれ、体のどこかが完全におかしくなっているのであれ、それを見つけ出して対処しなければならない。

それまでは、本能に従って行動するだけだ。携帯を踏み潰したように。馬鹿みたいだと思うけれど、でも――

ただの馬鹿ってわけでもないのかも。

携帯に目をやる。まだ機能しているかもしれない。「ああ、もう」かすれた声で言い、小さなプラスチックの残骸を拾い上げた。「あたらしい携帯を買いに行かなくちゃ」一念には念を入れて電池を取り出してから、残骸と電池をゴミ箱に捨てた。思い直して残骸を拾い出し、シンクに並べて水をかけてからもう一度ゴミ箱に捨てた。

恐ろしくてつぎになにをすればいいのかわからない。でも、なにが恐ろしいって、ベッカー投資会社に勤めはじめたころのことを、なにも思い出せないことだ。

2

ゼイヴィアは夜明け前に起きて、日課の八キロを走った。暗い中を走るのが好きだ。涼しくて快適だというだけでなく、ときには思わぬお楽しみに遭遇する。一度など、どこかのオタンコナスが、強盗目的で彼に襲いかかるという重大な失態をやらかし、なにも盗れなかったうえに肋骨骨折と指骨粉砕、尻にゼイヴィアのサイズ十一半（日本サイズで二十九・五センチ）のトラックシューズの足跡というおまけつきで這って逃げていった。首都ワシントンの市民が少しは安全に暮らせるように、オタンコナスの首の骨を折ってやろうかとも思ったが、死体が見つかったらいろいろややこしいので思い直した。ほかにも何度か興味深い経験をしたが、脳みそが多少でも詰まっている連中はやみくもに襲ってくることはなく、おおむね平和に走っていた。

身長百九十五センチと大柄で、体中の筋肉はジムで鍛えた結果ではなく、ありとあらゆる危険な状況を生き延びることで自然とついたものだ。泳ぎなら十五キロから二十五キロ、走ったらその倍はいける。それも五十キロの装備を身につけたままでだ。ヘリコプターと船の操縦ができ、射撃訓練に費やした時間は膨大で、どんな武器でも皮膚の一部のように手にしっくり馴染《なじ》む。オタンコナスが襲撃を思い直すのは、彼の体の大きさが原因ではない。動きだ。捕食者が極度に警戒したときの動き——そこらのオタンコナスなら、もうそれだけで頭が真っ白になる。彼らの生存本能が「やばい」とささやき、もっと狙いやすいカモが来るまで待つ気になるのだ。ゼイヴィアにはいろんな顔があるが、カモはそこに含まれない。

五時半に自宅に戻り、二十分後にはシャワーと着替えをすませていた。きょうは、ジーンズにブーツ、黒のTシャツだ。Tシャツの色は日によってちがうが、ほかはいつもおなじ、定番になっている。〝着替え〟には武器をチェックし、ホルスターを右脇腹におさまるよう装着することも含まれる。身につけるのは大型のグロックだけではないが、外から見えるのはそれだけだった。自宅にいるときでさえ——というか、自宅にいるときだからこそ——最低でも二、三種類の武器を身につけているし、ほかの武器もつねに身近に置いていた。

被害妄想だとは思わない。諜報員はみなそうしている。自宅はいちばん狙われやすい。定まった場所だからだ。動きつづけている人間ほど狙いにくい。ありがたいことに、銃で狙われたことはなかった……まだ。なんにでもはじめはある。口には出さないが、百も承知していた。

だから予防措置として、マンションの隣り合ったユニットをふたつ買った。ひとつは彼の名義、もうひとつはJ・P・ホルストン名義だ。よく調べればわかることだが、〝J・P〟はジョーン・ポーレットの略だ。イニシャルでとおす独身女は多い。ジョーンは社会保障番号も銀行口座も持っていて、マンションの管理費や光熱費をきちんと支払っており、親しい男はいない。なぜ知っているかというと、彼がジョーンだからだ。ジョーンは書類の上だけの架空の人間だ。このところ、彼の私生活もジョーンのに劣らないほどわびしい。まったく頭にくるが、それが現実だから受け入れるしかなかった。

一方のユニットに寝て、もう一方は〝安全弁〟としてとっておく。ふたつのユニットの境に背中あわせに設置されたクロゼットに秘密のドアをつけ、左手小指の指紋でのみ開くロックを設置した。ほかにも安全対策は講じてあった。この仕事をしていたら、用心しすぎることはない。それが時間の無駄になればそれにこしたことはない。にっちもさっちもいかなくなってはじめて、役に立つものなのだから。大胆でかつ細心であること。仕事においても、私生活でも肝心なことだ。

そういうことがわからない権力者とは仕事をしない。かぎられた輪の中とはいえ、おたがいに相手がなにをやっているか把握しているほうが安心していられる。彼がまだ生きているのはそのおかげだ。雇い主たちは、彼を裏切ったら大変なことになる、自分たちの身の破滅だとわかっていた。それは百パーセント正しい。だからといって、彼の裏をかくような真似を、雇い主たちがぜったいにしないという保証はなかった。もしそうなったら、国が大混乱に陥るような爆弾が爆発して、みなが生き残ろうと右往左往することになるだろう。そういう事態を、彼は一度経験していた。それに伴う代償もわかっていたし、最終結果がそれに見合うものかどうかの判断もくだしていた。残念ながら、その代償は彼が思っていたよりはるかに大きなものだった。

これも毎朝の日課だが、〝安全弁〟のほうの防音壁で囲った狭い部屋にこもる。ここは情報収集の中枢部分で、さまざまな機器が設置してあり、コーヒーを飲みながら各種モニターに耳を傾け、読み取り、監視を行うのだ。彼らの機器を流用しているので、たとえここが捜索されても、見つかるのは彼らの機器だけだ。だが、彼らもそれは承知のうえだろう。そんなこともわからないような馬鹿とは、そもそも手を組まない。だが、味方を信じているわけでもなかった。むろんある程度は信用している。つまるところ、信じられるのは自分だけだ。いまだにお払い箱になっていないのは、正直言って驚きだった。だが、ここまで深く関わっているし、怒らせたら怖いことぐらいむこうもわかっている。彼には有力者の友人がいるし、スキルを持つ危険な友人もいた。彼に情報を与えるという決断に、ふたりのうちのどちらがより大きな影響力を持っていたのかわからないが、それでうまくいっているかぎり詮索《せんさく》はしない。

それでも、彼女には監視がついていた。彼はこうやってその監視の動きを監視し、事前に情報を得ていた。だからこそ、彼らは現状維持に努めているのだ。情報は彼に筒抜けだし、誤った情報を流せばすぐにばれてしまう。だが、彼らがなんのきっかけもなく行動を起こしたり、権力を握る誰かが、現状維持をつづけるのは危険すぎると判断したら、彼にはもうどうしようもなかった。

そうなれば直感だけが頼りだ。経験によって限界まで研ぎ澄ませてきた直感だ。その直感がささやきかけるとき、彼は行動に出る。むずかしい言葉で言えば〝相互確実破壊〟、ようするに〝引き分け〟は、平和を守るための立派なお題目だ。

いま彼はユーロの為替《かわせ》相場に目をとおしていた——べつに財務の専門家でもないし、投資目的で情報を集めているわけでもない。政治の世界でも国家安全保障でも、金がすべてを動かしている——いや、この世の中、すべて金だ。財政が破綻《はたん》している国はなにをやるかわからない。金融市場にさざ波がたてば、一時間以内にジェット機に飛び乗り、どこにでも出掛けて行って、やるべきことをやらねばならない。四六時中彼女に張り付いていられないから、必要なときに動けるように、バックアップ体制をとっていた。呼び出しがかかりそうなときを、事前に判断するためだ。為替相場に目をとおしながらも、なにか変わったことがないか耳を澄ましていた。いまのところ、日課の監視活動は何事もなく終わりそうだった。ふだんとちがうことはなんでも、反応の大津波の引き金になる。

「十、十二、一、四十二、十八」

ささやかれる数字が彼の注意を引いた。まるで銃声を聞いたように、一瞬にしてそちらに注意を向けた。カップを置き、椅子をぐるっと回し、首を傾《かし》げ、全神経を集中する。気づくと手にペンを握り、数字を書き取っていた。いったい——？

数秒後、彼女は数字を繰り返した。今度は少し大きな声で。間があった。動きまわる音、最初はふつうに、それから急いで。つぎに聞こえたのは激しく嘔吐する音だった。聞きまちがいようがない。

クソッ！　彼女の姿が見られたらいいのだが、監視ネットワークは彼女にそのぐらいのプライバシーは与えていた。彼女が家の固定電話や携帯電話、職場の電話で話すことも、観ているテレビ番組も、コンピュータでやっていることも、すべて監視されていた。彼女の車はGPS装置によってつねに追跡されている。だが、ビデオ装置は取り付けられていなかった。憲法に保証された人権を慮《おもんぱか》ったわけではない。そんなものは端《はな》から無視されている。彼女がトイレに行く姿やシャワーを浴びる姿を見てもしょうがないからだ。彼女がなにをしているのかわかればそれでいい。

彼女の監視は楽だった。彼女は決まりきった日常からはずれたことはやらない。穏やかで、その行動は予想がつく――そしていまは、病気のようだ。それにしてもあの数字はなんなんだ？

それから何度か吐く音が聞こえた。あきらかに病気だ。つぎに聞こえたのは携帯電話の電源を入れる音だった。彼女の上司、マリオ・ウィンチェルの名前がこっちのスクリーンに浮かびあがった。

クローン携帯（正式に契約された携帯とおなじ番号で、事業者側が識別不可能な端末）を持っているので、リアルタイムで会話を聞くことができる。彼女は自分が病気だと思っている。吐いたし――そのことはすでに知っている――ひどい頭痛がする、と上司に訴えた。すると上司は、ウィルス性の胃炎が流行っていて、子供が罹ったと言った。

彼の緊張がほぐれはじめたとき、マリオが手榴弾《しゅりゅうだん》を彼の顔にぶつけた。「この三年、病気で休んだことなかったでしょ。だから、気にしないで」

なんてこった！　クソ馬鹿野郎！　カッとしない――たまにはするが――鍛錬を積んできたつもりだったが、いまはコーヒーカップをコンピュータのスクリーンに投げつけたかった。マリオ・ウィンチェルは、他人が最後に病欠をとったのがいつだったかなんてことを、なぜいちいち憶えてるんだ？

ありがたいことに、リゼットは気づかなかったようだ。気分が悪くてそれどころじゃないのだろう。彼女は礼を言い、つぎにこう言った。「ごめんなさい、急がないと」つぎにまた一連の音が聞こえた。吐く音、水を流す音、長い沈黙、また吐く音――つぎにガチャンと音がして、携帯が切れた。

同時にほかの盗聴器からガチャンという音と、重たいドスッという音がした。数分後、鼻をかむ音が聞こえた。荒い息遣いに水が流れる音。吐いたのと、鼻が詰まっているのとで、別人のような濁《にご》った声がした。「ああ、もう。あたらしい携帯を買いに行かなくちゃ」物音がする。携帯をいじくっているのだろうか。また水が流れる音。つぎにドライヤーの音がした。理に適っている。彼女は毎朝、シャワーを浴びて髪を洗う。病気であろうと髪は乾かす必要がある。それが日課だ。彼女を監視しつづけて三年、けっして変わることのない日課だった。たとえ病気であろうと仕事に行かないのは、決まりきった彼女の生活のなかでは地震に匹敵する一大事だ。

ドライヤーの音が途絶えた。ベッドルームへと足音が向かってゆく。彼女はまたベッドに潜り込んだのだろう。

こうでなくちゃ。ほかの監視者たちも、マリオが落とした言葉の爆弾に気づいただろうが、肝心なのはリゼットが気づいたかどうかで、どうやら気づいていないらしい。彼女はまた嘔吐の発作に襲われていたから、相手の言うことをまともに聞いていなかったはずだ。

その可能性に賭けていいのか？

彼女のことはわかっている。いちばんの才能は臨機応変さだ。流動的な状況にうまく合わせられること、直感に身を任せられることだ。彼女が胃袋の中身をぶちまけたのはまちがいないが、リゼットが〝うっかりして〟携帯を落とし、壊したとは考えられない。あれはウィンチェルが口を滑らした直後だった。

だが、そんなことはあってはならない。彼女は完全に封印された。その状態は半永久的につづくはずだ。

おそらく。だが、ここまで徹底して行うのは、リゼットがはじめての試みだった。切断した手足がけっして戻らないように、変化させられた彼女がもとに戻るはずがない。彼女はふつうに生活できるが、かつての彼女とはまるでちがう。とはいえ、そこまで徹底して行った場合に、どんな反応を起こすか予想がつかないのも事実だ。

そこで彼の直感の出番だ。彼女の臨機応変さを考えに入れなければならない。つまり、回復力が旺盛だということだ。それに携帯を壊したことも考慮して、彼の直感はこう言う。

「彼女は甦《よみがえ》った」

ウィンチェルの口を滑らせたひと言で鳴り出した警報を、彼らが無視するかどうかは問題ではない。彼が無視できるかどうかだ。

3

情報がすべてだ。毎日、二十四時間、絶え間なく情報を収集する。あらゆる場所に目と耳を配る。カメラに盗聴器——合法なのもそうでないのも——それにキーロガー（キーボードからの入力を監視し記録するソフト）。クローン携帯や通話の傍受。熱画像システム。車両と携帯の居所を知るためのGPS装置。それに、監視者を配置する昔ながらのやり方。刻一刻と入ってくる情報を選り分け、意味のあるものを抽出することは終わりのない退屈な仕事だ。ユタ州の国家安全保障局《NSA》のデータセンターでは、電話や文書や電子メールのさらに詳細な情報を集めており、特定のキーワードにひっかかると綿密な調査が行われる。

だが、そういったハイテク機器を駆使した情報収集も、人間の目と耳を使った情報収集にはかなわない微妙なケースがある。データバンクに入っていなければ、掘り出しようがないし、プログラムに入り込むこともできない。

デレオン・アッシュは、そういう微妙なケースを扱っていた。扱うケースのすべてを知っているわけではないが、知らなければよかったと思う程度にはよく知っていた。なにしろ彼が扱う情報は、人の死に結び付くものだからだ。それでも、彼とほかに最低でも五人のメンバーが、〝対象C〟と呼ばれる女をずっと監視してきた。〝対象A〟と〝対象B〟はどうなったのだろうと思わないでもない。彼女の動きも電話で交わす会話の内容も、日常生活のすべてを監視するのだ。彼女の毎日が、彼から見れば退屈以外のなにものでもなくても、そんなことは関係ない。一分一秒たりとも怠ってはならない。

それはとてつもなく退屈な仕事だった。いまのいままでは。

最初にひっかかったのはおかしな数字だった。彼ははっとなり、なにか意味があるかもしれないと思って即座に書き留めた。それから――「ああ、クソッ！」と悪態をついた。たしかにこれは〝ああ、クソッ〟な瞬間だ。デレオンは目を擦《こす》った。疲れているからではない。考える時間を自分に与えるためだ。こんなに単純なこと――病気で休むことを知らせる電話――が、すべてをおじゃんにしかねないとは、まったく信じられない。

彼は急いで番号を押した。この作戦の責任者につながる番号だ。

「フォージ」

アル・フォージの無愛想な言い方に不安と警戒心を掻き立てられ、デレオンは顔をしかめた。自分で決断したくないからアルに知らせるのだ。だが、同時に彼の関心を一身に引き受けたくはなかった。まるで角氷が背筋を滑りおりているようで、ぞっとした。

〝対象C〟の身にいま起きたことを、ありのままに伝えた。たがいに彼女の名前を知っているが、会話の中でそれを口にしたことはない。〝対象C〟の存在は、ごくかぎられた人間しか知らず、彼もそのひとりだった——不運を呪いたくなる。〝対象C〟になにがあったのか知らないし、知りたいとも思わない。彼女を監視し、わかったことを報告する。それだけだ。あとのことは自分には関係ないから詮索しない。どうやら大変な失態だったらしいので、よけいな首は突っ込まないほうが安全だ。

「いまからそっちに行く」アルが言った。通話が切られ、デレオンのヘッドセットを静寂が満たした。

〝対象C〟の監視に戻り、オーディオ装置で音を拾った。アル・フォージがやって来るまでには、監視が中断したあいだに起きたことをすべて把握し終えていた。

アルは顎を掻きながら鋭い視線を自分の内に向け、打つ手を考えていた。歳は六十にちかく、短く刈った髪はおおかた白くなり、淡い色の目の鋭さは歳相応にやわらいでいたが、贅肉のない筋肉質の体はこの世界に入ったときのままだった。顔には、これまでくだした決断と、とってきた行動のしわが深く刻まれている。デレオンとしては、アル・フォージの地位にまで昇りたいとは思わないが、彼ほど尊敬できる人間はいないと思っていた。

アルが考え込むあいだ、沈黙がつづいた。

「〝C〟は気づいていないようです」デレオンは沈黙が耐えられなくなり、言わずもがなのことを口走った。

アルの視線が揺らいで彼を切った。唐突に言う。「ゼイヴィアにつないでくれたまえ」

この仕事でいちばんわからないのがこれだ。〝対象C〟の身に起きたことはすべて、このゼイヴィアに報告がいく。デレオンが知っているのは、ゼイヴィアが諜報活動を行っているということだけだ。彼は監視者ではなく、権力の側に立ってもいない。正体がよくわからないのは、よほど裏があるということだ。彼と話をするのはもっぱらアルだけで、そのうえふたりの会話は記録されたためしがなかった。だが、この作戦そのものがいっさい記録に残っていないのだ。担当が替わるたび、〝対象C〟のデータはすべて削除される。

コンピュータのキーをいくつか打って作業は完了だ。アルがヘッドセットをつける。すぐにゼイヴィアが応答した。彼の低い声はくだけた調子だがどこかよそよそしい。見事に感情のこもらぬ声だった。「はい」この声を耳にするたび、ゼイヴィアとじかに会う必要がなくてほんとうによかったとデレオンは思うのだった。諜報員と彼とは住む世界がまるでちがうし、つねに距離を保っていた。

アルが言う。「〝対象C〟は時系列の矛盾に気づいたようだ」そこで間を置く。「きみは自分の監視システムをわれわれのに連動させているだろうから、すでに知っているとは思うが。きみが軽はずみなことをやっていないと信じている」

デレオンは椅子を回し、驚きの顔で上司を見つめた。ゼイヴィアが彼らのシステムに入っていることはむろん知っていたが、こちらが気づいていることは秘密のはずだ。どんなささいな情報でも、測り知れぬ価値を持つ——敵に渡れば大変なことになる。この場合、誰が敵なのかはっきりしないが、デレオンだって駆け引きのなんたるかはわかるし、知識が力であることもわかっている。彼の動きにこちらが気づいていることを、アルはゼイヴィアに知らせてしまった。つまり力を放棄したわけだ。彼が知っていることを彼らが知っているということを、いま、彼は知ってしまった——おいおい、まるで昔のボードビルだ。笑いをとるところ。

「一瞬でもわたしが知らないと思っていたとしたら、とんだアマチュアだ」感情のないクールな声から、デレオンはほんのわずかだが笑いを聞き取った。

あらたな発見がもうひとつ、とデレオンは思った。ゼイヴィアは自分の監視活動がこちらにばれていることは百も承知だったのだ。ボードビル？　いや、これはチェスだ。たがいを知り抜いたふたりの名人が対戦している。デレオンはチェスが大嫌いだった。頭が痛くなる。こんな仕事をしているが、なんでもまっすぐで単純で見かけどおりがいい。

経理の仕事をしたほうがいいのかも。

アルは、うんざりだ、という仕草をしたものの、すぐに不動の姿勢に戻った。うんざりするなんて贅沢だと自分を戒《いまし》めたかのように。「最新情報をきみに渡すことを電話をしたことの口実にするつもりはない。きみはすでに知っているのだからね。わたしが嘘を言っていないか知りたいんだろう？　嘘は言っていない、まるっきり。それに、わたしが早まった真似をしないかどうか知りたいのだろう？　〝対象C〟の状況に変化があったことを示す兆候はなにもないし、変化しないと考える充分な理由がある」

「つまり、あんたが電話してきたのは、わたしが先手を取っていないことをたしかめるため？　あんたらしくもない。先手を取ったと言えば嘘になるし、いずれにせよあんたは信じない。あんたがわたしの立場なら、きっと嘘を言うだろうしね」

アルは否定しようともしなかった。彼の仕事では、彼らの仕事では、必要とあればなんでもやる。汚ない手であろうと、必要ならやるまでだ。

「〝対象C〟を傷つけるようなことはしたくない」アルが慎重に言葉を選びながら言った。

「いまの状況はバランスがとれている」

ゼイヴィアがユーモアのかけらもない笑い声をあげた。「最初から――いや、もっと前から――わかっていた。わたしがああしたからバランスがとれているのだってことを。わたしがどんな予防策を講じたのか、罠をいくつ仕掛けたか、あんたたちは知らない。そこがジレンマなんだろ。そうでなきゃ、何年も前にわたしは死んでいた。おたがいにそれはわかっている」

「わたしの仕事は愛国者を殺すことではない」アルがしんみりした口調で言った。人生の大半をさまざまな形で国のために戦ってきた男だ。座右の銘はトルーマン大統領のそれとおなじだ。〝責任はわたしがとる〟諜報員を見捨てるようなことはしない。万が一そうなったら、まず自分のキャリアと自由を犠牲にする。彼の下で働いている者たちはそのことを知っていた。デレオンもだ。だからこそ、心のとても深いところで忠誠心が鼓舞《こぶ》されるのだ――ただし、ゼイヴィアはそうではないようだった。

「いや、あんたの仕事は国を守ることだ。いついかなるときも」ゼイヴィアの口調に皮肉がにじむ。「わたしもその点ではおなじだ、たいていは」

「この場合はちがう」

「これだけは言っておく。あんたがわたしを信頼している程度には、あんたを信頼している」

「わたしを信頼していなかったら、きみはこの仕事をつづけていなかっただろう」

「あんたの目的が、わたしを国外に追い払うことでないかぎり」

「きみが仕掛けた罠は、不測の事態をもカバーするものだと思っている」

「そうだな」

「つまり、われわれは膠着《こうちゃく》状態にあるということだ」

「冷戦時代の標語を思い出さないか？　〝相互確実破壊〟だったか？　わたしにも当てはまる」

「きみは敵を作りすぎる」アルが言った。「力を持つ敵を。そっちがこっちを信頼していないことが明白なのに、どうしてこっちがそっちを信頼する必要があるんだ、という論法の敵を。きみは自分を脅威とみなすよう相手をけしかけている」

「事実、わたしは脅威なんだ。相手がいい子にしていないとね。ああ、わかっている。われわれはしっかり手を組むか、べつべつにやるかだ。だが、わたしは彼らのことがわかっている。あるところまでいったら、どこかの大間抜けが、わたしを出し抜けると思い込んですべてをぶち壊しにするだろう。勘違いもいいところだが、そいつがまちがいに気づく前に、とんでもないことになっている。だから、あんたがどんな確約を与えてくれようと、わたしは自分の判断に従う」

アルは黙り込んだ。身じろぎひとつしない。やがてこう言った。「わたしを敵と思うな。それだけは憶えておいてくれたまえ。きみを助けられるならそうする」

デレオンは頭の中でいまのやり取りを繰り返していた。アル・フォージはなにを考えているかわからない。彼の言ったことはほんとうなのか、ゼイヴィアを相手に大博打《ばくち》を打ったのか。いずれわかるだろう。

ヘッドセットの中で、また短い笑い声が響いた。「冷戦時代にはこんな標語もあった。〝信頼するが、検証もする〟。いずれまた、フォージ」短い沈黙があった。「あんたもだ、アッシュ。きょうはデレオンのシフトだったよな？　それともわたしの勘違いか？」通話は切れた。

デレオンの血が凍った。ヘッドセットを取り、アルを見つめた。恐怖に凍りついた表情で。

「ど、どうして彼は知ってるんですか？」ろれつが回らない。「彼はどうしてぼくの名前を知ってるんですか?」どういうシフトで仕事をしているかも、なにもかも知っているのだろうか? ヴェロキラプトル(東アジアに生息していた恐竜)に睨《にら》まれたようなものだ。いいことはなにもない。

アルは目を閉じ、鼻梁《びりょう》を揉んだ。「彼はゼイヴィアだから。クソッ。つまり彼はここにも〝モグラ〟を潜り込ませているということだ。あるいは、盗聴器探知装置にひっかからない盗聴器を仕掛けているのか。ここの場所をつきとめて、帰宅するわれわれを尾行したか。辛抱強い奴だからな。こうと決めたら何週間でも粘る」

尾行されていた? デレオンはパニックに襲われた。喉に苦いものが込み上げる。「ぼくの住んでいる場所を彼が知ってる? 妻や子供たちがどこに住んでいるのか知ってる?」

「心配するな。彼はきみを殺さない。その必要がないかぎりは」

「そりゃ安心だ!」デレオンは皮肉たっぷりに言った。恐怖のあまり、上司にため口をきいていることさえ気づかなかった。

「そうだな」アルはうんざりとため息をついた。「彼がきみの死を望んでいたら、いまきみはここにいない。ゼイヴィアの考え方を理解することだな。彼がささやかな秘密をばらしたのは、きみを怯《おび》えさせるためではない——まあ、その点じゃ大成功だったわけだが」

さすがはフォージ、デレオンがパニックに襲われたことを見過ごしにはしない。部下にはちゃんと掌握《しょうあく》していて欲しいのだ——仕事を、状況を、それになにより自分自身を。「彼は自分が優位に立っていることを、われわれに知らせたかったのさ。こうなったら、われわれは多大な時間と労力を注ぎ込んで、彼がどうやって知ったのかを突き止めねばならない。セキュリティ・チェックを行い、ここで働く者全員に疑いの目を向けねばならない。盗聴装置を探して、車も自宅も総ざらいしなければならない。彼の狙いはそれだ」

デレオンは深呼吸し、物事を戦略的に見ようと努めた。フォージはそうしているのだ。

「場所を移すことになりますかね？」

「あるいはな。だが、彼がここを実際に見張っていて、あたらしい場所までついて来ないという保証はない。その場合、時間と労力を無駄にするだけで、なにも得るものはない。それに、彼の思う壺にはまってわれわれが動けば、その様子を見守ることで、彼はもっとわれわれのことを知りえる」

べつの言い方をすれば、ゼイヴィアは彼らを完全に支配しており、秘密を明かしたのには彼なりの理由があったということだ。

4

リゼットはベッドに横たわり、一心に考えていた。なんだか妙だけれど、気分は悪くなかった。ひどい病気に罹ったことが嘘のようだった。あれだけ吐いたのだからぐったりするのは当然だ。でも、全体的に見て……大丈夫だ。頭痛も吐き気もおさまっていた。ただ、気が急《せ》いてたまらない。でも、なにに気が急くの？　わからない。できるだけふつうに振る舞うということ以外は。

ふつうに振る舞うことがなにより大事だと思うこと自体、なんだかおかしい。もう起きても大丈夫だとはわかっている。けれど、ベッドに横になっていることが、いまはいちばん安全なことに思える。ほんとうに病気なら、横になっているべきなんだし。それが、ふつうに振る舞うってことでしょ？

驚くようなことがたてつづけに起きたので、いちいち考えていられなかった。ベッカー投資会社に勤めて五年になる……たぶん。もうなにがなんだかわからない。この三年は病気で休んだことがなかった、とマリオは言った。つまりそれは、三年しか勤めていないということなの？　それとも、あてずっぽうに〝三年〟と言っただけ？　よくあることだ。彼女も出勤前でばたばたしていたし、きょうの仕事の段取りとか考えていて、うわの空でしゃべっていたのかもしれない。〝三年〟はちょっと思い付いただけで、なんの意味もないのだろう。

というより、そのことには意味はないのかもしれない。彼女自身がベッカー投資会社にいつごろから勤めはじめたのか、記憶が定かでないことのほうがずっと問題だ。

そうかんたんに忘れることではない。歯科医院で最後に診察を受けた日は忘れても、あたらしい職場にはじめて出勤した日のことは忘れない——それに、採用が決まった日のことだって。そこが最大の問題だ。応募した記憶もないし、面接の記憶もなかった。憶えているのは、この家に住んでいて、ベッカー投資会社に勤めていることだけだ。日課どおりに動く平凡な毎日が、ただつづいていくだけ。

住んでいる……この家に。ちょっと待ってよ、ここに引っ越してきた記憶がない。首都ワシントン郊外のこの町を選んだ記憶もなかった。なのにここに住んでいる。おかしいとも思わずにそのことを受け入れていた。草が緑色なのとおなじように、あたりまえのこととして。

でも、記憶がすっぽり抜け落ちているなんて、すごく恐ろしいことだ。

懸案事項その一。鏡に映る顔は記憶にある顔とちがう。それだけでも一大事だが、いまは突き詰めて考えないことにしよう。

その二。ベッカー投資会社に勤めて五年になると思っていたが、ほんとうは三年だったとすると、残りの二年はどうなるの？

その三。ベッカー投資会社で働きはじめたころのことを憶えていない。

その四。この小さな家に引っ越したことを憶えていない。

その五。どういうわけか、見張られているにちがいないと不意に思った。電話は盗聴され、室内のどこかにカメラがあって監視されている……？

いちばんありえそうな説明は、重度の精神病に罹ったか――それもひと晩のうちに――それとも、変性脳疾患、たとえば癌《がん》に冒されたか。ものすごく恐ろしいけれど、理に適った説明だ。癌を発症したのなら、吐き気や頭痛の説明もつく。被害妄想もそれが原因かも。なんだか安心した。つまり病気なのだ、正気を失ったのではなく――

電話のベルが考えの邪魔をする。寝返りを打って、ベッドサイドのテーブルの充電器からコードレスフォンを取りあげた。発信者番号を表示するウィンドウにダイアナの名前と携帯の番号が浮かびあがった。急いで〝通話〟ボタンを押した。「もしもし」まだかすれた鼻声だった。

「気分はどう？　マリオから聞いたわよ。ウィルス性胃炎だって？」

リゼットはぎょっとして時計を見た。八時を回っている。ベッドに寝転がってあれこれ考えていたら、思いのほか時間が経っていた。ダイアナは出勤しており、リゼットが時間になっても姿を見せないので、マリオに尋ねたのだろう。

「吐き気はおさまったわ、いまのところはね。でも、頭痛がひどくって。発作を起こしたのかって思うぐらいひどかったの。それでテストをやってみたぐらいよ――ほら、笑顔を作れるかとか、両手を上にあげられるかとか、数字を繰り返して言えるかとか、記憶力をチェックするためにね」

ダイアナが笑った。「ごめんなさいね。辛い思いをしてるだろうってわかってるけど、でも、あなたの姿が目に浮かぶわよ。笑顔――チェック。両手を上にあげる――チェック。数字を憶えているか――チェック。あなたのことだから、たとえ病気であろうと、なんでもきちんとやらなきゃ気がすまないのよね。飼ってるアヒルをちゃんと一列に並ばせるみたいに」

「アヒルの動きは予測不可能よ。鞭《むち》でバシバシやらないと、てんでんばらばらになって始末におえない」

「おたくのアヒルぐらいお行儀のいいアヒル、見たことないわよ」ダイアナは笑いながら言った。「それで、かかりつけのお医者さんに電話したの?」

「いいえ、ベッドに潜り込んだらうとうとしてたみたい。かかりつけのお医者さんなんていないし。気分がよくならなければ、ドラッグストアまで行って吐き気止めを買うわ。そうじゃなきゃ、応急診療所に駆け込むわ」

「かかりつけのお医者さんは必要よ」

「医者は病人のためのもの。わたしは健康だもの、必要ないわ」でも……もっと若いころにはかかりつけの医者がいた。ドクター・カジンスキ。そこで定期健診を受けたし、インフルエンザのワクチンも子宮頸部細胞診もマンモグラフィーもそこでやった。でも、引っ越してからは、かかりつけの医者を作らなかった。どうしてだろう——こめかみがズキンと痛くなったので、そっちへ向かう〝思考の列車〟から慌てて飛び下りた。すると痛みはひき、ダイアナの話に集中できるようになった。

「でも、いまは健康とは言えないでしょ。かかりつけのお医者さんなしで、ただ横になってる」

「たかがウィルスだもの。そのうちおさまるわよ。脱水状態になると危険だから、そうならないよう気をつけているわ」

ダイアナがため息をついた。「まあね、無理に医者に行かせることはできない。でも、仕事が終わったらまた電話するわ、いい?」

「わかった。それから——ありがとう」心配してくれて、ありがとう。わざわざ電話してくれて、ありがとう。通話を切ってから気づいた。ここまでしてくれるのは、ダイアナ以外にいないことに。

どうしてそうなったの? いつからそうなったの? 子供のころも、大学に入ってからも、まわりにはたくさんの友達がいた。両親が死んで家族はいなくなった。たしか、叔父がワシントン州にいるはずだ。もう何年も連絡をとっていないし、よそに引っ越したかもしれない――もしかしたら死んでしまったのかも。いとこも何人かいるが、小学校にあがってからは一度も会っていない。名前を思い出せるかどうか。女のいとこたちが結婚したのか、どこに住んでいるのか、なにもわからない。たがいに連絡をとりあうようにすればよかった。でも、最初から親しく行き来していないと、音信不通になるものだ。

両親が亡くなったのは彼女が十八の年で、叔父のテッドと叔母のミリーは葬儀に参列してくれたが、十八歳は立派な大人だと思ったのだろう、「なにかあれば電話しなさい」と言うだけでさっさと帰りの飛行機に乗り込み、援助の手は差し伸べてくれなかった。それからはひとりで生きてきた。家のローンは両親の生命保険で賄《まかな》ったし、大学の学費を引いてもかなりの現金が残ったから、経済的に困ることはなかった。

感情面ではそうはいかなかった。肉親と突然切り離されるのは、耐えきれないほどのショックだ。まる一年、彼女は家にこもりきりだった。たまに友達とおしゃべりしたが、そのうち連絡も途絶えがちになった。この世でただ一カ所、安心できる場所から離れるのがいやだった。人と交わりたくなかった。テレビでお笑い番組を観ても笑う気になれなかった。両親がひんまがったスチールとプラスチックの塊《かたまり》の中で死んでから、生活は一変してしまった。生きているという実感がなかった。

友人たちの足が遠のいていった。ゆっくりと、だが確実に、彼女は悲しみの淵から這い出した。悲しみに浸《ひた》り込むことを、両親は喜ばないはずだ。ふたりの人生が終わったからといって、彼女の人生まで終わったわけではない。将来のことを両親と語り合ったものだった。どこの大学がいいか、なにを勉強したいのか、どんな道を進みたいのか、そういったことを。十九の年に、現実世界との接触を試みた。大学の願書という形で。両親が亡くなる前から、第一志望は南カリフォルニア大学だった。家にちかいからだ。家のローンは終わっているし、自宅通学するのがいちばん現実的な選択肢に思えた。悲しみの繭《まゆ》から出るのは容易ではなかったが、なんとかやり遂げた。高校時代の友人たちはいなくなったが、大学に入るとあたらしい友達ができた。彼らともすっかり疎遠になり、たまに——年に一度ぐらい——メールのやり取りをするか、クリスマス・カードを送るぐらいだ。人生ってそんなものなのだろう。

テッド叔父からもミリー叔母からも音沙汰《おとさた》がなく、しばらくは悲しかった。いまでは、ふたりのことはめったに思い出しもしない。たとえ思い出しても、嫌悪しか感じない。彼らと関わりになるつもりはなかった。十八歳の娘をよくもほっぽらかしにできたものだ。週に一度ぐらい、様子を伺《うかが》う電話を寄越したらどうよ。彼らもその子供たちも、名前も憶えていないいとこたちも、どうにでもなれって感じだ。家を売ってよそに引っ越したときにも、あたらしい住所を知らせなかった。

さあ、これでひと巡りだ。過去のことを憶えている。細かなことまで。そのときどきの思いも、大きな出来事もささいな出来事も、スナップショットのように脳裏に浮かぶ。それなのに、ベッカー投資会社に勤め出したころのことを、なぜ思い出せないの？　この家を買ったときのことが記憶にないのはなぜ？　自分の家なのに。毎月、ローンを支払っている。でも——なにも思い出せない。

天井を見あげる。記憶の隙間はどれぐらい広いのだろう？

こうなったら最初から順に思い出してみよう。二、三歳のころの記憶はない。誰でもそうなんじゃない？　憶えている人なんてほんのひと握りだろう。そういえば、そのうちのひとりに出会ったことがある、あれは——

頭の中で苦痛が爆発し、目の前が真っ暗になった。気がつくと頭を抱えてうめいていた。つづいて吐き気が襲ってきた。ベッドから跳び出し、もつれる足でバスルームまで行きトイレに屈み込む。もう何時間、トイレで過ごしたことだろう。しかもいままでいちばんひどい。体を絞りあげられ弱り果て、冷たいバスルームの床に座り込んだ。頰を涙が伝う。

いつからこんな意気地無しになったの。

でも——この頭痛の引き金になったのは、とらえどころのない記憶だ。その記憶が彼女の意識の扉をノックして、入って来ようとしたから？　引っ越し先でかかりつけの医者を見つけなかった理由を思い出そうとしたときとおなじだ。記憶を引きずり出して選り分けようとしてはならない。また激しい頭痛に見舞われるから。だからまず外堀を埋めることにする。赤ん坊のときの記憶といった無難なことからはじめるのだ。

壁に頭をもたせかける。記憶の掘り起こしをするなら、トイレにちかい所でないと。

それで、最初の記憶は？

たぶん三歳のとき。イースターに着たすてきなピンクと白のドレス。ひらひらのスカート。そのドレスを着て母と映っている写真を憶えていた。母に手を引かれ、腕をいっぱいに伸ばした写真。足を踏み出すたびにスカートが揺れるのが嬉しくて、跳んだり跳ねたりした。

オーケー、三歳は終わり。四歳のときの思い出は？

幼稚園に通いだしたこと。保育園だったかもしれない。どっちかだ。小さな丸テーブルを囲んで、小さな椅子に座っていた。赤い巻き毛の女の子がいて、チャドという男の子もいた。鼻くそを人になすりつけるから、彼のこと大嫌いだった。頭にきたから、鼻を殴ってやった。むろんほかにも子供はいたけれど、憶えているのは赤毛の女の子と、鼻くそチャドだけだ。

五歳のとき、読み書きを習った。キッチンのテーブルに向かい、得意げに文字を指でなぞっては声に出して言ったものだ。母は夕食の支度をしていた。

六歳――一年生。上級生にいじめられ、突き飛ばされて膝が擦り剝《む》けたので、飛びかかっていって髪の毛を引っ張った。

七歳――一年生のひとりが食堂で吐き、それがまわりに伝染して先生まで吐いた。

年を追って記憶を辿ると、級友がしたことや、彼女がしたことや、両親のことをつぎからつぎに思い出した。九歳の年、両親に連れられてコロラドの祖父母の家でクリスマスを過ごし、雪に目を瞠《みは》った。

毎年、なにかしら記憶に残る出来事があったが、五年前で途切れている。記憶の壁に沿って歩くと、中にそれがあることは感じ取れる。でも、壁を崩すのは怖かった。それが頭痛や吐き気を引き起こすとわかっているからだ。

五年前、なにもない。

四年前、なにもない。

三年前、気がつくとここで暮らしていた。ベッカー投資会社で働き、二年間の空白など存在しなかったように穏やかで規則正しい生活を送っていた。

脳腫瘍《しゅよう》は記憶の欠落を引き起こすのだろうか？　抜け落ちるとしても、もっとまばらに、もっと最近の記憶が抜け落ちるのでは？　短期の記憶はいちばん定着しにくい――〝短期〟だから。でも、引っ越しとか転職は重要な出来事だから、〝短期〟を飛び越えて〝長期〟の記憶装置に保存されるんじゃないの？　そういうことはほかにもある。

いったいどこから引っ越してきたの？

それなら憶えている。二十三の年にシカゴに引っ越し、しばらく住んでいた。でも……シカゴからこっちに引っ越してきたのではないかもしれない。憶えていなかった。記憶から消えてしまった二年間になにがあったのだろう？　それにしても、どうして顔が変わってしまったのだろう？

おかしな話だが、これが自分の顔ではないことをたしかめる方法があるだろうか。化粧台につかまって立ち上がり、自分のではない顔を眺めた。空白の二年のあいだにひどい事故に遭《あ》い、顔の再建手術を受けたのだろうか？　前髪を掻きあげて、鏡に顔をちかづけ傷痕を探した。

あった。なんてこと。傷痕があった。

髪の生え際にかすかだが、たしかに傷痕がある。耳を前に倒してそのうしろを見ようとしたが、無駄な努力だった。苛立って手鏡をつかみ、合わせ鏡にして耳のうしろを見る――やはり、そこにも傷痕があった。

啞然として手鏡を置いた。それからもう一度、耳のうしろを見た。傷痕はそこにある。うっすらと細い傷痕が残っていた。誰が手術したのか知らないが、とても優秀だ。

つまり、この顔は再建された自分の顔だってこと？　もとの顔にちかづけようとして造られた顔？　問題は、どうしてそんなことになったのか、それをどうやったらたしかめられるのか、だ。

5

発作を起こしたのかって思うぐらいひどかったの。

この言葉を聴いて、ゼイヴィアの肩の緊張が抜けていった。彼女の二度つづけて言った一連の数字を説明するのに、もってこいの答だからだ。ベッカー投資会社に勤めだして何年になるのか、親友に尋ねなかったことや、マリオ・ウィンチェルと交わした会話についてなにも言わなかったのも良い兆候だ。いいぞ。運がよければ、大事にならずにうまく切り抜けられるかもしれない。

彼女がほんとうに具合が悪いことも幸いしている。また吐き気に襲われ、ゲーゲーやるのがスピーカーからはっきりと聞こえた。

だが——運がよければ？　運なんて信じたことなかった。

自分の直感に従って動くほうだ。彼女のことは知っているから、携帯電話を壊した一件から感じたものを無視することはできない。

彼女の姿を見られればいいのだが、彼女が自宅にいるかぎり、監視モニターから離れるわけにはいかない。だから、安全が確認されている方法で友人にメッセージを送り、彼女の家のまわりで不自然なことが起きていないか見張らせることにした。「気をつけろ。彼女が家を出たり、不審な動きがあったら——修理工や世論調査や保険の外交員なんかがやって来たら——すぐに知らせてくれ」

間髪を入れずスクリーンにＩＭ《インスタント・メッセンジャー》が浮かんだ。「わかった」

彼女が少しでも怪しい動きをしたら、すぐに動かなければならない。現場に人を張り付けておけば、ぐんと有利になる。アル・フォージには恐るべきネットワークがあるが、ゼイヴィアには独自の情報供給源があった。長い時間をかけて味方や役にたつ人間をつなぐクモの巣を張り巡らせてきた。〝危険すぎて殺せない〟と〝殺さずにおくのは危険すぎる〟のあいだを綱渡りしていることは、百も承知だった。いまも仕事を引き受けているのは、危ない状況に身を置いていれば、たとえ姿を消しても仕事の一環だと思われるからだが、仕事で得られる大金が必要だからでもあった。ちゃんとした防衛手段を講じるには金がかかる。提供するサービスが必要とされているのだから、たいしたものだ。身につけたスキルをブラック・マーケットで売れば大金が稼げるだろう。だが、まだそこまで落ちぶれてはいない。

その〝まだ〟が、嵐雲のようにもくもくと湧いてきており、つねにその位置を確認しなければならない。背中をひと押しされたら、そっちに行ってしまうのだろうか？

おそらく。

六年前、彼は「ノー」と言った。

五年前、よいことをやるのが悪い結果を招くこともあるという厳しい現実に直面した。逆もまたしかりだ。

四年前、罠にはめられたことを知り、彼は激怒した。

三年前、彼は罠を仕掛ける側に回った。

この状況がどう収束するのかわからないが、誰もゲームを投げ出しはしない。どんな終わり方をするにしても、彼は最後まで見届けるつもりだ。だが、なにも起こらない状態にはうんざりしていた。事態を変えるためにボタンを押してしまおうかと思わないでもなかった。

彼女を見てみたかった。写真や切り抜きやビデオはあるが、この四年、彼女をじかに見たことはなかった。どんなに危険であろうと、この目で彼女を見たい。声を聞きたい。接触を計りたい。彼女と会ってなんらかの反応を示すかどうか、それともブロックがかかったままなのか、この目でたしかめたかった。つぎに彼女が家を出るときが狙い目だ。彼女の携帯が壊れたせいで監視に隙間ができる。彼女があたらしい携帯を買い、彼らがそのクローン携帯を作り通話を盗聴できるようになるまで、外出先で彼女の動きを知る〝耳〟はないのだ。

彼女にはむろん監視が付いているだろうが、監視人を見分けるぐらいかんたんだ。彼自身が尾行される可能性もあるが、尾行をまけなくなったらこの仕事はつづけられない。尾行をまけなくなったら、一巻の終わり。仕事を辞めるのは、死ぬことにひとしい。

いまは待つこと以外にできることはなかった。

リゼットは眠りから覚めた。体をボコボコに殴られ、道端の溝に放り込まれたような気分だった。頭痛と吐き気はおさまっていたが、おかげで体力を使い果たした。ボコボコに殴られて、溝に放り込まれたような気分って、経験あるの？　失われた二年間に、もしかしたら経験していたのかもしれないと不安になっていなかったら、笑っていたところだ。

なにが出てくるかわからないから、記憶をほじくり返すのはやめ、深呼吸して寝返りを打つ。さあ、なにをしようか。きょうは金曜だから、いつもなら仕事をしている時間だ。仕事以外になにかやることは、日課に組み込まれていない。病気で休みをとり家にいるのだから、病気以外のことをするのは会社を騙《だま》しているような気がする。

いま、気分はよくなったし――ボコボコにされて溝に放り込まれたような気分以外は――病院に行こうと思えば行けるけれど、なんだか馬鹿みたい。お医者さんになんて言うの？「けさは気分が悪くて、でも、いまはよくなりました。ところで、わたしはまるで憶えていないんですけど、知らないあいだに顔の整形手術を受けたみたいなんです。わたし、正気を失ったんでしょうか？　それとも、脳障害になったんでしょうか？」検査入院させられるのは困る。病歴を調べられると思っただけで、頭の奥底に埋め込まれた警報が鳴り出しそうだ。

でも、胃はおとなしくしているし、頭も痛くならない。だったらなにかしなくちゃ。週末にいつもやることをやるのが、いちばん理に適っている。身のまわりのものは、いつもきちんとしておきたいから、整理整頓はお手のものだった――彼女のアヒルはちゃんと列になって行進する――それに、日課を守ることも。

ベッドの上に起き上がり、様子を見る。いまのところ大丈夫。そろそろと立ち上がる。急いで動くと体がばらばらになりそうだ。擦り足でベッドルームを出た。キッチンでコーヒーポットに手を伸ばす。ずっと前に火を止めたから、コーヒーはすっかり冷たくなっていた。電子レンジでチンすればいい。コーヒーを一杯飲めば、元気になれるだろう。

ええと――それはまだわからない。胃の中にちゃんと留まってくれることがわからないと、なにも口に入れられない。何度も吐いたせいで、下腹が筋肉痛になっていた。

廊下の先に書斎として使っている予備のベッドルームがある。家で仕事をすることはあまりないが、支払いのための小切手を切ったり、小切手帳をつけ合わせたり、たまに暇つぶしにコンピュータでトランプゲームをしたりする。ネットサーフィンをすることもあるし、年度末にはオンラインで税金の申告もする。

税金。

それだ。所得申告書は過去三年分しかファイルしていないが、もっと古い分を削除した記憶はなかった。それもまたアヒルだ。ただし、年寄りアヒル。

目的をもってコンピュータの前に座り、ちょっとためらったが、コンピュータをたちあげ、

DSLモデムをはずした。インターネットの接続を解除しておけば、作業を監視されない？どうなんだろう。でも、いちおう解除しておこう。ファイルを開き、〝税金〟をクリックした。そのあいだも、頭痛を寄せ付けないために、頭の中で自分に言い聞かせた。「ファイルを整理しているだけだから。それだけ。ふつうの作業よ。古い記憶にアクセスしようとしてるわけじゃない」

三年分の所得申告書を読んでいると、頭痛の兆《きざ》しが現れた。目を閉じて、ゆうべテレビで観た番組を思い浮かべ、つぎに隣の家の、むくむくでキャンキャン吠える犬のことを考えた。犬は好きだが、あの犬はむかつく。きのう、ラジオから流れていた曲を思い浮かべた。ずっと耳について離れず、意識してほかの音に耳を傾けないと、そればっかりが繰り返し耳の奥で鳴っていた。うまいことにおたがいを相殺し合ったみたいだ。頭痛の兆しが消え去った。

深呼吸して、調べをつづけた。〝税金〟のファイルに入っていたのは三年分だけ。記憶があろうとなかろうと、それ以前の分は削除してしまったのだろう。べつにだいそれたことをしでかしたわけじゃないし、憶えていないからといって大げさに考える必要はないのだろう。デスクの右側の抽斗《ひきだし》を開け、小切手帳を取り出す。支払いはいまだに昔ながらのやり方でしている。口座振替ではなく、小切手を郵送する方法だ。時間はかかるけれど、そのほうがきちんとしているし、安全な気がする。二年分の小切手振出し記録簿がきちんと重ねて入っていた。三年前の分は黒い包みに入っている。いちばん古い小切手振出し記録簿を取り出す。

これはわたしが書いた文字？　たしかにそうだ。ふだんとちがう行動をしていたことを示《し》唆《さ》する支払いは？　いいえ、まったくない。記録簿を最後まで調べ、つぎの年の分をめくったとたん、警報が鳴り出した。支払いを行っているが、それだけだ。外の世界にはまったく関心がなかったようだ。旅行にも出掛けず、なにもしていない。ずっとこんな調子だったの？　考えて楽しい話題ではないが、でも、そんな生活をしていたとは思えなかった。なんだかおかしい。これはわたしの生活じゃない。顔とおなじで、わたしのじゃない。

もうひとつ、情報をえられそうなものがある。クレジットカード。請求書のファイルを引っ張り出す。使っているカードは二枚、アメックスとＶＩＳＡだ。請求書をぱらぱらとめくってみたが、収穫はなかった。めったにカードで買い物していないのだ。一カ月か二カ月に一度、それもありふれたものばかり。ガソリン代や食料品代。いちばん古い請求書は三年前のものだった。

財布からアメックスのカードを取り出す。〝メンバー〟になったのは三年前だ。

ああ、まただ。

カード発行の申し込みをしたことも、カードを受け取ったことも憶えていない。巨大なパズルのピースがまたひとつ。

クレジットカードでなにを買ったのか、請求書をもう一度調べてみた。小切手振出し記録簿とおなじで、人となりを示すようなものは出てこなかった。目にしたものや、記憶にあることと、自分はこういう人間だと思っている自分とを結び付けるものはなにもなかった。

コンサートのチケットも宝石も、おしゃれな靴も買っていなかった。それはある意味ほっとすることでもあった。コンサートに行った記憶はないし、チケットを買っていて行かなかったとしたら、頭にくるもの。なにも浮かんでこなかった。支払いの記録は記憶とおなじで曖《あい》昧《まい》模《も》糊《こ》としている。どうして銃器店で買い物した記録がひとつも――

不意打ちだった。一瞬にして襲ってきた激しい痛みに、文字どおり目が見えなくなった。衝撃で体が前に放り出され、床に突っ伏さないよう慌てて椅子の肘掛けを握りしめた。胃がでんぐり返ったが、吐き気に襲われる寸前、ラジオで聞いてから耳について離れなかったあの歌に、無理やり意識を振り向けた。声に出して数小節歌いさえした――へたくそ。もともと歌はへただ。でも、自分の声だった。耳慣れた声。ちょっとこもっていて、ちょっとかすれていて、調子っぱずれ。変わっていないものがあることがわかって、ほっとした。

また落ち着きを取り戻し、頭痛をなんとか堪えられるようになると、いま見つけ出したばかりの事柄について考えてみた。つぎにコンピュータをモデムに接続し、〝履歴〟のタブをクリックした。きのうやおとといにかぎらず、この数日間でなにをやっていたかみるだけ、それだけだ。失われた年月になにがあったのか詮索するつもりはなかった。自分自身を探しているのだ。

ニュースをまるでチェックしていないのはどうして？　いまは政治にまるで興味がないけ

れど、でも、以前は――

体が反応する前に、考えるのをやめた。

さてさて。サイトのリストにざっと目をとおす。どれも見慣れた感じがする。ひとりでやれるゲームはよくやっている。ソーシャルメディアのサイトにはアカウントを持っていない。たまにＹｏｕＴｕｂｅで音楽を聴く。それだけだ。

また頭痛に襲われそうだから、あの歌をハミングし、大きく深呼吸をしながら、頭の片隅で自問した……いつからゾンビになったの？

笑いそうになった。職場の同僚がよく口にするジョーク「来るべきゾンビ黙示録」。もしそんなものがやって来ても、わたしならすんなり馴染める――今度ばかりは、頭蓋骨の中で爆発した痛みを止める手立てはなかった。間髪を入れずに、ハンマーで叩き潰された。これは頭痛じゃない。椅子から転がり落ちて体を丸くしながら、彼女は思った。頭痛襲撃だ……それとも警告。床に丸まってメソメソしているうちに、デスクと椅子の下に敷かれたラグの一点に焦点が合ってきた。じっと見つめたのがよかったみたい。痛みがやわらいで、歌を口ずさめるようになった。

6

二時間もすると吐き気はおさまり、お腹《なか》になにか入れても大丈夫になった。床に座り、コーヒーの——ミルクとお砂糖を加えて電子レンジでチンした——カップをコーヒーテーブルに置き、やっと探し出した一冊だけのアルバムを膝の上で開いた。赤ん坊のときの写真、両親と一緒の写真、学校の記念写真——全学年ではないが、ほぼ揃《そろ》っている。アルバムの最後のほうには大学時代のスナップショットが数枚貼ってあった。音信不通になった友人たちと写っている写真だ。それ以降の写真は一枚もなかった。

いつから写真を撮るのをやめたの？　写真を撮るのが得意だったわけじゃないけれど、写真の一枚ぐらい……。

なんの写真？　仕事して、読書して、テレビを観る。スポーツはやらないし、なにかのクラブに入っているわけでもなく、デートさえしない——少なくともここ数年は。なんだか変だ。人付き合いがよかったころのことを憶えているのに。でもそれは昔のことで、いまは……いまは哀れなものだ。こんな生活をしていて、なにを写すの？　デスクでとるランチ？

この二時間あまり、自分の身に起きた馬鹿ばかしい事態について考えつづけた。頭痛や吐き気が起きそうな領域はさけるようにして、だけれど。失われた二年間について考えようとすると、苦痛がもたらされることはまちがいない。うまく説明がつかないし、もっともらしい説も思い浮かばないが、自分が目にしているもの——というか、感じていること——は信じられると思っている。

なぜ写真を撮るのをやめたのだろうと考えた——考えようとした——ことが、激しい頭痛の引き金になったのだから、ほかのことに意識を向けよう。アルバムの子供時代の写真に戻ってみる。ハロウィーン、クリスマス、海辺で過ごした夏休み。すごい痩《や》せっぽちだった。マッチ棒みたいな脚！　自分の肉体を制御するには、残っている記憶に的を絞ることがコツだ。

玄関のベルが鳴り、ぎょっとして飛びあがりそうになった。肩がコーヒーテーブルに当たり、カップが揺れ、キャラメル色の液体がこぼれそうになった。カップを押さえ、アルバムを置いて立ちあがる。

うなじの毛が逆立っている。全身に鳥肌がたち、気をつけろと叫んでいる。

午前中に訪ねてくる人なんている？　彼女を知る人なら、この時間は仕事で留守にしていると知っているはずだ。郵便配達にしては早すぎるし、小包が届く予定もなかった。それなら伝票にサインしなければならず、郵便配達がノックする理由にはなる。この時代、戸別訪問のセールスマンはめったに来ないし、彼女の様子を尋ねてくれる友人はただひとりで、そのダイアナからはすでに電話があった。

用心して玄関に出る。両手を開いたり閉じたりするのは、そこにはない武器を探しているのだろうか。廊下の端を歩いているのは、ドア越しに撃たれることを想定して——しまった！ 慌てて歌を口ずさむ。振りおろされようとしている苦痛のハンマーをかわすため、メロディーに意識を集中した。

吐き気はおさまったが、不安は募《つの》った。不意に動悸が激しくなった。ドアの向こうにヘビがいるかもしれない。ドアを開けたとたんに飛びかかろうと、待っているかもしれない。こんなふうに反応するなんて……予想外だ。しかも物騒だ。いつもなら、こんな時間に誰だろうと思っても、なんの不安も覚えずに玄関に出ている。いまは、ドアの向こうに誰が立っているのか不安でしょうがなくて、気が休まらない。空き巣狙いが裏口から侵入する前に、留守かどうかチェックするためにノックしているのかもしれない。だとしたら、誰なの？ と叫ぶべき？ それとも、覗き穴から覗いてみる？ その勇気があるとして。

でも、そのどちらも実行しないうちに、耳慣れた声が聞こえた。「ヤッホー！ リゼット、あなた、いるの？」

動悸がおさまった。緊張がほぐれる。ヘビではなかった。お節介おばさん。いまどき〝ヤッホー〟なんて言う人いる？ 昔の連続ホームコメディ以外で。

べつの意味でうんざりしながら、大きく息を吐いて気を取り直し、ドアを開けた。ポーチに立っていたのはお隣さんだ。左隣に住むマギー・ロジャーズ。リゼットが憶えているかぎり——って言ったたって、三年だけど——そこに住んでいる。マギーは未亡人だ。隠居をするほど年寄りではないが、夫の保険金で楽に生活できる。銀灰色の髪をいまどき流行りの大胆なショートカットにして、美しい顔は髪の色にそぐわぬ若々しさで、贅肉のないアスリート体型だ。お伴《とも》のよく吠える小型犬は、不思議なことに彼女の髪とおなじ毛色だった。

彼女の腕に抱かれたその犬が、キラキラの黒い目でじっとこっちを見つめている。リゼットは犬好きだ。ネズミのＤＮＡを持っていそうに見える犬は嫌いなだけで。キラキラの目に魅入られないように、もっぱらマギーだけを見るようにした。

「具合でも悪いんじゃないの？」マギーが尋ねた。「車がドライヴウェイにあったから、とっても心配になったのよ」マギーが一歩前に出たので、リゼットは仕方なく一歩さがった。やっぱりね。招かれもしないのに、マギーはずかずか入ってきた。押され気味なのがリゼットには不愉快だった。衝突を避けるのがいつもの流儀だ。声を荒げないし、どちらかと言うと……消極的。

ちっぽけな害獣が飛び下りて、〝ほら、捕まえてみろよ〟とリゼットの家の中を走り回らないように、マギーはしっかり抱いていた。家の中を見回す。なにもおかしなところはない。マギーはいつもじろじろと詮索するように人を見る。実は拘束攻めが趣味なんじゃないか、麻薬の常用者じゃないかと、ひそかに疑っているのだろう。できるものならなってみたい。リゼットの人生に淫《みだ》らな汚点なんて、見つけたくてもないんだから。「あなた、仕事を休んだことなかったじゃない」マギーがまるで咎《とが》めるように言った。病気をしないことで人生をだめにしていると言いたげに。

マギーが人の生活をそこまで知っているのは気味が悪いが、驚くことではなかった。マギーは、外がよく見える窓辺に座り込んで、隣人たちの動きを監視してるんだから。〝隣人ウォッチャー〟のチャンピオン。リゼットはなんとか平静を装った。お金に困らないから働く必要はないのだろうが、こういう人こそ働きに出るべきだ。彼女の一日は隣人の一挙手一投足を監視することで回っている。〝自分の人生を生きろ〟の標語に、彼女なら息を吹き込める。まわりの人間の人生に寄生しているだけで、彼女には自分の人生なんてないんだから。

それでも……「気分がよくなくて」リゼットは言い訳していた。スウェットパンツにTシャツでノーメイク、それに、さっき見たときにはひどい顔色だったからじゅうぶんな言い訳になる。マギーの観察力がたとえ〝落第〟レベルでも。

「だから心配して来てみたのよ。あたしにできることない？」マギーがここではじめてリゼットをまっすぐ見つめた。淡いブルーの目は好奇心剝《む》き出しだ。「まあ、ひどい顔」正直な意見。

そりゃどうも。リゼットは嫌みのひとつも言いたくなり、すぐに疾《やま》しさを覚えた。たとえ好奇心に駆られてにせよ、マギーはわざわざ様子を見に来て、手を差し伸べてくれたのだ。

「たいしたことないの。ただの胃炎だと思う。気分はだいぶよくなったし。形のあるものは食べられそうにないけれど、水分はとるようにしてるわ。ちょうどいま、着替えてドラッグストアに行こうと思っていたところなんです。ウォルマートで買いたいものもあるし」

「買い物ならわたしに任せて。リストを渡してくれれば行ってくるわよ」

アスピリン、胃薬、氷嚢《ひょうのう》、プリペイド式携帯……欲しい物がつぎつぎに頭に浮かんだ。また発作を引き起こしたら困るから、頭の中の声を黙らせる。

「ありがとうございます。でも、外の空気を吸えば気分はもっとよくなりそうなので」遠まわしに言ってるのだから、わかって欲しい。「ありがとう、でもけっこうよ。さよなら」の意味よ。

でも、マギーには伝わらなかった。ソファーに腰をおろした。おりたがって体をくねらせる犬を、彼女はひしと抱きしめた。下に目をやり、床に開いたままのアルバムに気がついた。

「古い写真を眺めていたのね」

「ええ」リゼットはソファーの横に立って、隣人を見おろした。すっかりくつろいで、帰る素振りを見せない隣人を。ひとつの考えが、リゼットの意識にまとわりつく。わたしがいつ引っ越してきたか憶えてますか、とマギーに尋ねてみたら？ 三年前ですか、それとも五年前？ でも、そんなこと訊いたら変に思われる。それだけじゃない。もしこの家が盗聴されていたら？

マギーは怪訝《けげん》な顔をした。「あなた、大丈夫？」

「えっ？　けさからずっとこんなんですよ。どうして？」

マギーは喉の奥で妙な音をたてた。心配しているのか、興味津々《しんしん》なのか。ときにこのふたつは見分けがつかない。「あなた、鼻歌を歌ってるから。鼻歌を歌うことが変なんじゃないわよ」マギーが慌てて言い添える。「ただ、すごくおかしな表情を浮かべているもんだから」

「ごめんなさい」リゼットは言いながらも、鼻歌を歌ったことをどうして謝らなきゃならないの、と思った。雷電のように破壊的な頭痛が起きそうになると、意識を歌に切り替えることがあたりまえになって、自分でも歌っていることに気がつかなかったのだ。「歌を耳にして、それが頭にこびりついて離れないのって、すごく煩《わずら》わしくありませんか？　古いオスカー・メイヤーのCMソングみたいな」

マギーはどうしてここに来たのだろう、とふと思った。電話をすればすむことなのに、なぜわざわざやって来たの？　彼女のことはステレオタイプのお節介な隣人だと思っていたけれど、ほんとうにそうなの？　こっそり彼女の様子を窺《うかが》ってみる。歳はいくつぐらい？　五十歳とかそのぐらい？　それより若いのかもしれない。銀髪のせいで老けて見えるけれど、年寄りではない。肌はすべすべで、髪の色とちぐはぐな感じだ。メイクは濃くないし、着ているものはさりげなくて趣味がいい。かなりのお洒落《しゃれ》上級者だ。特徴のないゆったりした服に隠れているけれど、体はほっそりしている。筋肉もちゃんとついてるの？　鍛えた体つき？　たぶん。身のこなしを見れば、関節炎とは無縁だとわかる。

マギーの両手は、やかましい犬の長い毛に隠れて見えない。年齢は手に現れるというから、見える範囲で判断しよう。わずかに見える手にはしわもしみもなかった。

それに犬。不自然な毛色はなにかを隠すため――カメラかビデオレコーダー――

リゼットはコーヒーカップをつかんであとじさった。歌を口ずさまなかったが、頭の中で歌いながら歌詞に意識を集中するうち、ほかのすべてを歌が呑み込んでくれた。ふつうに振る舞うのよ。歌の奥で頭が叫ぶ。ふつうに振る舞うの。

「ごめんなさい」早口で言った。「失礼なことばかり。病気のせいだと思うんです。めったに病気しないものだから。最後に病気になったのがいつだったか思い出せないぐらい。すぐに治るといいんだけど」キッチンへと向かった。「コーヒーはいかがですか？　淹れなおすつもりなんで」

「いただくわ」マギーの言葉がリゼットの期待を打ち砕いた。コーヒーは断り、大丈夫そうで安心したわ、と言って帰ると思ったのに。

リゼットはため息をついた。ふつうに振る舞うのよ。

一時間が過ぎたころ、マギーはようやく重い腰をあげ、うるさい犬――それはそうと名前はルーズベルトだそうで、チンケな犬にこれほど似合わない名前も珍しい――ともども帰っていった。質《たち》の悪い病気で苦しんでいる人間の家に、こんなに長居をするとは、どういう神経の持ち主だろう？　健康なのに病気だと思い込む心気症患者で、思い込むだけじゃ飽きたらなくなって、ほんとうに病気になる気でやって来たとか？　感染の危険を冒してでも話し相手が欲しかった？　ただの詮索好きな隣人？　それとも、嗅ぎ回りに来たの？　でも、なにを探して？

そこに考えが向かおうとするたび、頭痛の予兆があるので腰が引ける。

出掛ける支度をしているところに、ダイアナから電話があった。リゼットはしおらしく報告した。気分はよくなり、この数時間は一度も吐いていないので、症状がひどくなった場合に備えて市販薬を買いに行くつもりだ、と。おかしな話だが、慎重に言葉を選んで話していた。口に出す一言一句を分析され、評価されているような気がして――

慌てて歌をくちずさむと、痛みは消えていった。ほらね、ずいぶんうまくなった。被害妄想だろうがかまわない。

よく言うじゃない？　被害妄想だからといって、誰からも狙われていないわけじゃない。でも、もし被害妄想だったら、ほんとうの敵なのか想像の産物なのかわからないのでは？　マギーを疑わしいと思うのは、彼女がどこへ行くにもチンケな〝ネズミ犬〟を連れているからじゃないの？　あの犬が嫌いだから、マギーを色眼鏡で見ているんじゃないの？

そうかもしれない。だからといって、彼女がまちがっていることにはならない。

被害妄想でいるのも大変だ。どう考えたらいいのかわからない。

でも、自分がなにを知っていて、なにを知らないかわかっている。この家にいつ引っ越して来たのかわからない。ベッカー投資会社にいつから勤め出したのかわからない。空白の二年間になにがあったのかわからない。

なにより恐ろしいのは、この三年間、なにも気づかずに生きてきたことだ。自分の顔がちがうことにさえ気づいていなかった。

どういうことかわからない以上、被害妄想的な考えこそが真実だと思って動くのがいちばん安全なんじゃない？　真実でなかったとしても、実害は出ない。もし真実なら、自分を守るために全力を尽くす……相手がなんであれ。

玄関の鍵を閉めて車に向かった。車はマギーの家との境のドライヴウェイに駐めてある。マギーが窓辺に立ってこっちを見張っているかもしれないから、意識してそっちは見ないようにした。車はシルバーのカムリだ。オプション機能をすべて付けた頼りになる車で、目立たないのがいい。いつからこの車に乗っているか思い出せないことに気づき、背筋がひやっとした。買った記憶がない。年式すらわからなかった。

保険のカードと登録証明書はグローブボックスに入っている。書類を取り出そうとして思い留まった。この場所は、マギーから丸見えだ。エンジンをかけ、バックでドライヴウェイを走り、車の往来がないことを確認して車道に出た。いつもかならずすることだ。

用心深さと判で押したような生活と好奇心の欠如は、ブルーの瞳とおなじで彼女の一部になっている。それをおかしいと感じている——ブルーの瞳ではない。瞳の色は変わっていない。いま送っている暮らしのなにからなにまで、おかしいと感じる。でも、突き詰めて考えなかった。運転中に殺人的頭痛に襲われたくない。でも、頭の隅では、いまの暮らしはすべてちがうと認めていた。車も家もちがう。仕事もちがう——自分自身もちがう。

自分になにができるのかわからないけれど、なにかあるはずだ。車を停めてじっくり考えてみるべきなのかも。その結果得るものが頭痛だけだとしても——吐き気のおまけつき——じっくり考え、あとは本能に従って動く。

彼女が動き出した。

車にインストールした電気機器のおかげで、彼女がどこに向かっているのか正確にわかる。フォージの部下たちもわかっているのだろうが、もしかすると、わざわざ彼女に見張りをつけていないかもしれない。彼らには彼女の居所も、いま彼女がなにをしていて、なぜそうしているのかもわかっているのだから。それに、いまごろフォージは、部下たちの情報をゼイヴィアがどうやって入手したのか、セキュリティ・システムのどこに不備があったのか解明するのに手いっぱいだろう。

さしあたり、やるべきことがあるのはいいものだ。

最初の赤信号で停まると、リゼットはグローブボックスを開き、車の登録証明書と売買契約書を取り出した。そこにしまってあることはわかっていたが、いままでに読んだ覚えがなかった——またしても好奇心の欠如。いまはそのことに違和感を感じている。信号がじきに青に変わった。書類をシートに置いてつぎの信号待ちのときに読むか、ちかくの駐車場に車を入れてから読むかだ。ところが、彼女はさっと書類を開いてハンドルにもたせかけ、ページを繰って日付をチェックした。

三年前。なにもかもそこに行きつく。まるでかつての彼女は五年前に消えてなくなり、空白の二年間のあいだに、用心深くて、日課に縛られた、おもしろみのない女として甦ったかのようだ。しかもその三年間の記憶は曖昧模糊としている。

たぶんそんなに恐ろしいことは起きていなくて、事故に遭っただけなのかも。美容整形の痕があることも、記憶が抜け落ちていることもそれで説明がつく。家や車を買い、定職に就《つ》いたというのは、それだけの能力はあったということだ。それなのにそのときの記憶がないというのが、どうもしっくりこなかった。記憶喪失を引き起こすほどの重大な損傷を脳に受けた人間が、もとどおりに活動できるものだろうか。憶えていないだけで、いろんな形の集中治療を受けたのだろうが、なくすのは損傷を受ける前の記憶で、あとの記憶ではないはずだ。論理的に考えると、こうなった原因は肉体的損傷ではない。

精神疾患、被害妄想——事故よりもこっちのほうがありえる。被害妄想なんてなりたくなかったのに。でも、精神の病に冒されている人が、自分は病気だと考えるだろうか？ 正常だと思うんじゃない？

直感に従って動くことに決めたのに、自分をまた疑っている。

ダッシュボードのナビシステムに目が留まった。この車にはGPS機能がついている。つまり、この車の位置を監視できるということだ。どこへ行こうと。買った記憶がないから、自分の車という気がしなかった。おそらくあてがわれた車だ。盗聴器や追跡装置を取り付けてから。どうやったらチェックできるのかわからないが、ありえる話だと思う。

ふつうに振る舞うの。そうしなければならない。

家からいちばんちかいウォルグリーンズ（ドラッグストア・チェーン）の駐車場に車を入れた。出入り口のすぐ横のスペースが空いていた。誰もがそこに車を駐めたがるプレミアム・スポットだ。そこに車を入れるとみせかけて方向転換し、駐車場をぐるぐる回って向かい合わせのスペースがふたつ空いているのを見つけた。そこに車を前から入れて、そのまま向かいのスペースまで進んだ。これで車を前から出せる。急にここを出なければならなくなったとき、バックで車を出していたら貴重な数秒が無駄になる。それが命取りになるかもしれないのだ。

背中がゾクゾクし、頭皮がチクチクした。直感が叫びだした。その内容が気に入らない。

彼らが見張っている。
彼らが聴いている。
彼らはおまえの居所を知っている。

7

ゼイヴィアはトラックのシートに置いたラップトップのスクリーンを見ていた。彼女の車は明滅するマークで表され、そのマークは動きを止めた。重ねて表示してある地図によると、彼女はウォルグリーンズの駐車場にいた。よしよし。彼女はドラッグストアに行くと言っており、そこは家からいちばんちかいドラッグストアだ。途中どこにも立ち寄らず、ここに直行した――言いかえれば、彼女は予想どおりに行動している。

問題は、記憶が甦ったとして、いつもとちがう行動をとるかどうかだ。なにか思い出していたとしても、これまでどおりに振る舞って相手を油断させておいて、そのあいだに真相を突き止め、打つ手を考えようとするのではないか？　遠くからではなんともいえない。

ラップトップのスクリーンを見て彼女が動いていないことを確認してはいたが、気が急いてスピードを出さずにいられなかった。駐車場を突っ切り、黄色の信号に突っ込んだ。尾行がついていたとしても、これでまける。だが、尾行はついていなかった。あと数時間は煩わされずにすむだろう。トラックに細工された形跡はなかった。それに、古いモデルだから、カーナビやら追跡レーダーやらこじゃれた機器はついてないから、逆探知されるおそれはなかった。彼の居所も、いつからそこにいるかも、どれぐらいの速度で走っているかも誰にもわからない。燃費は悪いが、ドアは補強してあるので、装甲を貫通する銃弾以外は通さないし、でっかい八気筒エンジンのパワーはそんじょそこらの車には負けない。ガソリンタンクは大容量で、前面に取り付けたプッシュバーで、行く手を塞《ふさ》ぐどんな障害物も押しのけることができる。いままでのところ、そういった能力が必要になったことはないが、備えあれば憂《うれ》いなしだ。

間に合わなかったらと気がもめる。彼女が目当てのものを見つけ、ぶらぶらせずにレジに直行したらどうしよう。まっすぐ家に帰るだろうから、そうなったらチャンスはない。彼女をこの目で見てみたかった。彼女にはちかづかないようにしてきた。車で家の前を通ったことさえなかったが、それは現状維持が守られていたときのことだ。変化が起きたのなら、知っておく必要がある。危険を冒しているが、フォージはまさか彼がこういう動きをするとは思っていない。

首都ワシントンを車で走り回るのは、最良の状況にあっても忍耐力勝負だ。だが、ラッシュアワーにぶつかってはいない。記録的な早さでウォルグリーンズの駐車場に着いた。尾行がついていないのだから、彼女の車のあとをつけることもできたが、それはやらなかった。駐車場をぐるっと見回す。彼女の車の車種も年式も、ナンバーだってわかっていた。出入り口ちかくに空きスペースがいくつかあったが、彼女の車はそこにはなかった。そして見つけた。目立たないシルバーの車が、駐車場の奥のほうに、すぐに出られる向きに駐車してあった。

心臓がドキリとした。彼自身もかならずああいうふうに駐める。この仕事をしている連中はみんなそうだ。一秒が生死を分けるからだ。すぐに出られるように駐車する。バックで出て切り返しをしている時間がもったいない――ささいなことでもたもたしていたら、命がいくつあっても足りない。

出入り口にちかいスペースが空いているのに、リジーはああいうふうに車を駐めた。彼女が来たとき、そこは塞がっていたのかもしれないが、それではああいうふうに駐めたことの説明がつかない。勘ぐりすぎかもしれない。ああいう駐め方をする人間もいる。気まぐれでそうしたとか、あるいはバックが苦手だからそうしたとか。あるいは空きスペースに車を入れたら、たまたま前のスペースに駐まっていた車が出て行ったので、そのまま前進したのかもしれない。勘ぐりすぎるのもよくない。だが、無視すべきでもない。

ぐるっと回って、端の列の空きスペースにバックでトラックを入れ、降りた。出がけにTシャツの上にデニムのワークシャツを羽織ってきた。ボタンをとめないのは武器を取り出しやすくするためだ。観察力が鋭い人間なら、彼が武器を携帯していると見抜くだろうが、そのときは偽バッジをちらつかせる。ああ、違法なバッジだ。彼の仕事そのものが違法行為だから、気に病んだりはしない。たとえ捕まっても、身元調査をされればすぐに釈放だ。アドレナリンが噴出して血管を焼き、心臓を焼き、全身を焼いた。それから冷静さと落ち着きを取り戻す。全神経が張り詰める。獲物にちかづくといつもこうだ。

自動ドアがスーッと開き、ドラッグストア特有の匂いに包まれた。プラスチック容器の匂いと薬の匂い、それにかすかだが化粧品やローションの甘い匂いが混ざっている。冷気を顔に受けながら左右に視線を配る。それが習い性になっていた。彼女を探していなくてもそうしているだろう。彼女は薬売り場にいるはずだから、化粧品や玩具やキャンディ売り場は素通りする。脚が長いからあっという間だ。

いた。シャンプーやらなんやらが並ぶ棚の前をぶらぶら歩いていた。背中をこちらに向け、店に備えつけのかごを持っている。彼女にちがいなかった。黒い髪やすっと伸びた背筋、頭のあげ方、それに、逆ハート形の見事な尻は見まちがいようがない。リジー――長いあいだ、声を聞くだけ、写真を見るだけだった。

逸《はや》る気持ちをおさえ、立ち止まってあたりを検分する。彼女を見ている者はいない。こっちを見ている者もいない。通路にいるのは彼女だけだった。いちばんちかくにいるのは、ふたつ先の通路にいる太った白髪頭の店員だ。棚に商品を並べている。

独立記念日限定商品の売れ残りが安く並べられた台の横に、かごが積み上げられているのでひとつ取り、デオドラントのスプレー缶とキャンディの袋を投げ込む。ゴム底のブーツはタイルの床で音をたてない。横向きになって肩で彼女にぶつかった。バランスを失わせる程度には力を入れた。

人にぶつかり、彼女はとっさに半歩さがった。尻もちをつくところだった。気がつくと、さげた足に重心をかけてくるっと向きを変えていた。体の中で警報が鳴り響く。かごを持つ手に力が入る。襲撃者をそれでなぎ倒す構えだ。

「申し訳ない！」男が振り向きざま、低く、心持ちかすれた声で言った。「ぼうっとしてたもんで」

男が離れて行こうとしているのを、ある段階で察知していたから、パニックの波が引いてゆく。男が持っているかごをちらっと見て、中身を評価する。いちばん危険なのはデオドラントの缶だ——チョコレート・キャンディも危険と言えば危険。武器としてではなく、ダイエットの敵という観点から。

つぎに男の顔を見た。動悸が乱れた。肌に感じたのは肉体的な衝撃だろうか。全身の神経が反応していた……なにかに。体の熱や男性ホルモンに対する化学反応というか——なんであろうと、すごい反応だった。強すぎる反応、もろにくる反応。うなじの毛がたち、腕を寒気が駆けあがり、駆けおりる。乳首がキュッと縮まる。

剝きだしの蛍光灯がかすんで、音が弱くなって、どぎまぎする一瞬、視界が男に向かって狭まっていった。店の真ん中で男とふたりきり。混ざり合った反応が雪崩《なだれ》を打ち、なにがなんだかわからない。一歩さがりながらうしろに手を伸ばし、棚の端をつかんで体を支えた。

男と距離をとらないと。もういっぱいいっぱいだ。

目が大きく見開かれ、唇の感覚が失われた。唖然として彼を見つめながら、必死で自分を取り戻そうとした。男性に対してこんなに反応したことはなかった。平凡な女が理想とする、安定した職業に就いた、やさしそうですてきな男性ではないのに。この男は、捕食者だ。〝やさしそう〟も〝すてき〟もまるで当てはまらない男。逃げ出すべきだ。直感に従い、いますぐ遠くへ逃げ出すべきだ。

わかっている。自分のその直感に全面的に賛成だ。でも、足が動こうとしなかった。体が震えた。脳みそが相反する信号を発するものだから、肉体が激しく抵抗している。気絶するかもしれない。そう思ったらぎょっとしたけれど、男から目を逸《そ》らすことができない。

男は彼女より頭ひとつ分背が高く、肩幅の広いがっしりした体型で、ブーツにジーンズ、デニムのシャツの前をはだけ、黒いTシャツが覗いていた。その大きさもだが、圧倒されるのは漲《みなぎ》るオーラだった。ただそこに立っているだけなのに。完璧にバランスのとれたそのスタンスは、一瞬のためらいもなくどの方向にも動けることを示している。タイトなジーンズに包まれた筋肉質な脚といい、最高のコンディションにあることがわかる。

引き締まって鋭角的な顔立ち、高い頬骨、細く高い鼻梁は、ネイティヴ・アメリカンの血を引いているのだろうか。それとも中東。でも、彼を特徴づけているのはその瞳だった。黒髪にオリーブ色の肌、奥二重《おくぶたえ》の目は瞳孔の黒と混ざり合う濃い茶色だ。眼差しは冷ややかで激しく、見つめられると、銃の照準を合わせる十字線の真ん中に立っているようで――

警告の激痛に襲われ、魔法がとけた。すばやくあたりを見回し、シャンプーのラベルに視線を合わせた。ここで突然歌い出したら変に思われるだろう。痛みがひいてきた。「大丈夫です」男を見ないようにして言った。彼の目に見つめられると、崖っぷちに立っているような気になるから。未知の世界に落ちてしまいそうな気に。

彼の大きな手が視界に入ってきて、シャンプーのボトルに触れた。「こういうの苦手なんだ。自分が馬鹿に思えてくる」彼がつぶやいたので、ついちらっと見てしまった。

「シャンプーが？」彼女はわずかに眉根を寄せた。「シャンプーのどこが？　濡らして、泡立てて、濯《すす》ぐ。〝シャンプー入門講座〟を受けて落第したとか？」言葉が口をついて出た。まるでべつの誰かがしゃべっているみたい。だめだめ。知らない人と気安くしゃべらないこと――片手で彼女の首をへし折れそうな相手ならなおのこと――挑発的な態度はとっちゃだめ……従うべき〝～しないこと〟はまだまだたくさんある。でも、それがぼろぼろになって、思い浮かべようとしてもできない。生意気な口をきくような人間じゃないのに。誰に対しても礼儀正しくでしゃばらず、が信条だったはず。それなのに、いまの見事な切り返しはなに？　もっと変なのは、それがとても自然に感じることだ。

「楽勝だったよ。先生のお気に入りだったからね」片方の口角が持ちあがっていたずらっぽい笑みが浮かんだ。気を悪くしなかったようだ。「でも、これを見てみろよ」彼がボトルをひっくり返したので、リゼットにも見えた。「なになに、『ボリュームをアップして、澄んだ髪色にします』なんだこりゃ、おれに必要か？　髪の毛を空に向かって立たせたら、宇宙をもっと理解できるようになるのか？」

彼の黒い髪はまっすぐで、量もたっぷりで、ちょっと乱れていた。手櫛《てぐし》でちゃちゃっとやっただけなのだろう。「ボリュームをアップする必要はないと思うわ」それから通路を指差して言った。「ただし、ここは女性用シャンプーの売り場なの。男らしい男のシャンプーはあっち」

リゼットが指差す先を見て、彼が言った。「なにがちがうんだ？」

「パッケージ」

男の視線が戻ってきて、口角がまた持ちあがった。「それでも、宇宙をもっと理解できるかな？」

動悸が少し激しくなった。少し速くなった。「そうね、理解できないかもしれないけど、男らしい気分にはなれるかも」

彼の目の表情が変わり、輝きが増した。それから声をあげて笑った。ちょっとかすれたクスクス笑いだった。めったに笑わないから声の出し方を忘れたみたいな。心臓がドキリとして、また鳥肌がたった。無防備になっていたことに、そのとき気づいた。彼から離れないと。安全な場所へ逃げないと。彼が何者か知らないけれど、とても太刀打《たちう》ちできる相手ではない。「失礼」彼女は言い、間髪を入れずに踵《きびす》を返した。足早に通路のはずれまで行き、左に向きを変え、かごを床に置き、ドアへと向かった。かごには抗嘔吐剤とアスピリンが入っていたが、レジでお金を払っている暇はない。必要なものはよそで買えばいい。ウォルマートに寄ってもいいし。おかしな女だと思われようが、彼から離れる必要があった。

車に向かって駐車場を走っているあいだも、心臓はドキドキしっぱなしだった。リモコンでロックを解除し、ドアを開けて運転席に体をあずけた。ドアをロックする。キーをイグニッションに突っ込むのに手が震えた。エンジンをかける。

店からあとをつけて来る者はいない。

馬鹿みたい。

しばらくじっと座っていた。息が荒い。自分に腹がたつ。ひとりで勝手にパニックに陥《おちい》るなんて。大柄な男と他愛のないおしゃべりをしただけなのに。

そう、それだけだ。でも、それ以上のなにかがあるのかもしれない。よくわからないし、記憶にもないけれど、なにかあるのかも。ただのおしゃべりなのか、ほかになにかあるのか、どうすればわかるの？

答。どうやっても、わからないものはわからない。

大きく息を吐き出す。そう、それじゃ、ウォルマートに行って、代わりの携帯を買おう。携帯のキャリアとの契約は期間の途中だから、料金をつづけて支払わねばならない。でも、状況がはっきりするまで、身元がばれない携帯が必要だ。携帯をふたつ買って、片方をクローン携帯にして——

しまった！

歌を口ずさむ暇も、ラベルを読む暇もなかった。苦痛のあまり泣き声が洩れた。体を丸くしようとしてハンドルに阻《はば》まれる。膝を思いきりぶつけた。おかしな話だがそれがよかった。ひどい痛みは一度にひとつしか処理できないとみえ、意識があたらしいほうの痛みに向かった。おかげで頭痛はひきはじめた。

痛みで涙が浮かんだ。でも、吐き気はなかった。目の涙を拭い、シートにもたれかかって深呼吸し、元気を掻き集める。これであたらしい戦術を覚えた。つぎにまた痛みが忍び寄ってきたら、自分で自分を殴ればいい。

彼女は憶えていなかった。それはいいことだ。悪いことでもあった。まるで彼の頭からヘビが生えたのを見たような慌てふためきようで、彼女が逃げ出したとき、ゼイヴィアはなんとか自分を抑えてその場に踏みとどまった。彼女がパニックをきたし、フォージの部下たちを動かす引き金になるようなことをしでかしたら大変だからだ。彼女にちかづくのは危険だったが、答をえることができた。

彼女は甦った。こっちに気づかなかったが、それでも甦ったのがわかった。彼女はいまだに反応した。かつてのようにビリビリ反応していた。シャンプーを巡るおしゃべりは、その昔のデオドラントを巡るやり取りにそっくりだったので、思わず笑ってしまった。「あなたが臭うってわけじゃないけど、臭わないほうが、男らしい気分になれるかも」彼女の声が聞こえるようだ。ニヤニヤ笑う顔が見えるようだ。抱き寄せてキスで封じ込める前のニヤニヤ笑いが。減らず口ばかり叩くから、おとなしくさせるには思いきりキスする必要があった。この数年、彼女が話しているのを聞くたびに、なんて退屈な女にされてしまったんだと腸《はらわた》が煮えくりかえったものだ。彼も同意のうえのこととはいえ。

彼女は生きている。ほんとうの意味で生きているとはいえないが。でも、そのことには満足していた。だが、いま、事態が変わりはじめた。彼女の声から、目の輝きからそれがわかった。あと一週間ぐらいは、一カ月ぐらいはこのままでいくかもしれないが、油断は禁物だ。

彼女のことだから怒濤《どとう》のように甦るかもしれない。大変なことになる。

8

リゼットはウォルマートで陳列された携帯電話を眺めていた。気にかかることがあった。じっくり考えようにも、なにが気にかかるのかわからない。

「携帯電話をお探しですか？」二十歳そこその店員が声をかけてきた。仕事熱心そうなひょろっとした男で、眼鏡が鼻の上で傾いている。

「まだ決めてなくて」ベーシックな携帯を買うつもりでやって来たのに、ずらっと並んだ携帯を眺めているうちに、なにがしたいのかわからなくなった。

「スマートフォンをお考えですか、それともベーシックなモデルを？」

「ちょっと眺めてるだけですから。どうも」

プリペイド携帯なんてほんとうに必要なの？　プリペイド携帯が必要だという考えは、失われた二年間の闇の中から、ひょいっと浮かんだものだ。でも、いまの生活にそんなものが必要？　ふつうの携帯からかけられないような相手はいない。彼女はそのふつうの携帯を、なぜだか盗聴されていると不意に確信し、パニックをきたして壊してしまった。盗聴。それが問題なのだ。プリペイド携帯のことはよく知らないが、ふつうの携帯はオンラインでアクティベーションしなければならず、それは自分の名前を登録するということだ。それで、なにをしたいの？

なにも。

オーケー、これで答が出た。必要なのは、盗聴されない携帯だ。それなら、いま契約しているプロバイダーから買えばいい。電池を取り出しておけば、携帯に内蔵されたGPSで居場所を特定されずにすむ。同様に、携帯の電源が入っていなければ、クローンを作られることもない。家の電話にも盗聴器が仕込まれていれば、会話を盗聴されるだろうが、携帯に盗聴器を仕込まれるのを防ぐことはできる。目を光らせていればいいのだから。

無知の荒野で迷子になっていたのが、少しずつ道が見えてきた。まだ理屈に合わないことだらけだけれど、自然に統制がとれてきたようだ。もうあたふたすることはないし、筋道立てて考えられる。

必要もないプリペイド携帯を手に入れたい一心で店のドアを潜《くぐ》ったが、そんなものを買ったら、謎の〝彼ら〟を警戒させるだけだ。それだけは避けなくちゃ。プリペイド携帯は初期費用を安くおさえられるから、着信専用で使うのに便利だ。名前を登録せずにすむから、身元が割れない。どうしてそんなことを知っているのか、自分でもわからないけれど。プリペイド携帯のことを考えても頭痛は起きなかった。やったね。

なにも買わずに店を出た。鎮痛剤も抗嘔吐剤も買わなかった。ウィルスに感染していないのはたしかだもの。歌を歌ったり、ささいなことに意識を集中したら治る病気なんてある？どちらの症状も、失われた二年間の記憶を引っ張り出そうとすると起きる。なにかが起きたのだ。なにか取り返しのつかないことが。不吉なことが。証拠はなにもないけれど。どうやら昨日までの人生から切り離されてしまったようだ。こうなったら自力でなんとかしなければ。

それとも、美容整形を受けたときかけられた麻酔で、おかしくなってしまったのかも。携帯に盗聴器が仕込まれていることを疑ったり、見張られている気がするのは、過去にその手の映画を見すぎたせいかもしれない。

なにが起きているのかわからないのだから、慎重に行動しよう。そんなことを考えながら、契約している携帯電話プロバイダーのショップへと車を向けた。こんなことでうろたえてはならない。

スマートにいかなくちゃ――でしょ？

その日は何事もなく過ぎた。少なくとも表面上は。リゼットはいつもどおりに振る舞った。夕食はスープですませ、ダイアナからまたかかってきた電話には、まだちょっとふらふらするけれど、だいぶよくなった、と答えた。テレビを観た。読書をした――しようとした。家に盗聴器が仕掛けられていると思うと気になってしょうがない。電話だけでなく、家にも仕掛けられている。家に仕掛けなければ、車だけでなく、エレクトロニック・フェンスを張り巡らせたことにならないもの。

でも、どうやれば調べられるの？　照明器具やランプを残らず調べる？　でも、ほんとうに仕掛けられていた場合、そんなことをすればこっちの手の内をさらけ出すことにならない？　ここに越してきてから、照明器具の電球を何度も取り替えているが、おかしな点はなかった。コンセントに仕掛ける精巧な盗聴器は、電流を計測する機器がなければ見つけ出せない。

ワオ。頭痛。だけど、ハミングすると消えた。こんな馬鹿げた頭痛はもううんざりだ。車を運転しているときに起きたらどうするの？　トレーラーとか、子供でいっぱいのヴァンとかに突っ込んだらどうする？

わかった、盗聴器はどうにもできない。それよりベッドに入って少しでも眠ったほうがいい。きょう一日、苦痛と吐き気と神経の乱れのローラーコースターに揺られて疲労困憊だ。困ったことに神経はピリピリしたままだった。顔は記憶にある顔とちがったままだし、二年間の記憶がごっそりなくなっている。謎の〝彼ら〟に付きまとわれているという感覚を、どうしても拭い去れない。彼女の人生の一部を盗んだだけでなく、彼女を闇の中に閉じ込めて、そこから抜け出さないよう監視している恐ろしい連中がいるような気がしてならない。

まったく頭にくる。どうしてわたしなの？　わたしがなにをしたというの？　ただの巡り合わせなの、それとも、同意の上で医学の研究に協力し、それが不首尾に終わり——すごい控え目な言い方——その結果がこれなの？　いいえ、それでは顔が変わったことの説明がつかない。どれも説明になっていない。

事態を把握できるようになるまで、神経は乱れたままだろうから、騙《だま》し騙しやっていくしかない。たとえばウォルグリーンズで出会ったあの男性のこと。なんでもないのにあたふたして、みっともないったらない。でも、彼は見ず知らずの他人だし、シャンプーのことで質問されて悲鳴をあげるといった馬鹿な真似はせずにすんだ。

彼のことを考えるのはいい気晴らしになる。出会ったとたん、五感が一気に目覚めたような衝撃を受けたことを思い出す。女の部分ですごく反応していたことが、なんだか嬉しかった。彼はなんなの？　フェロモンの力を実証する歩く見本？　興奮したけれど、同時に恐ろしくなった。一種の恍惚《こうこつ》感なのだろう。

もしあんなドジを踏まなかったら、彼に電話番号を訊かれていただろう。つぎなる大きな問題は、電話番号を教えるだけの勇気があったかどうか。

彼は安全ではない。直感的にわかった。不穏な空気を漂わせてはいなかったけれど、彼が安全で平凡な男の鋳型《いがた》に当てはまらないことはたしかだ。

不思議なことに、彼の顔ははっきりと思い出せる。いちばん目立つのは黒くて危険で激しい目だ。彼のような男性は――

ホルモンを燃料に想像力を暴走させるのは、もってこいのお慰みだ。自分を笑い飛ばそう。家が盗聴されていると心配するより、ホットな男性のことを考えるほうがずっといい。

そうこうするうち睡魔に襲われたので、重たい体を引きずるようにベッドに入った。ところが妙に頭が冴《さ》えて、その日の出来事を繰り返し思い出し、なんとか意味を理解してパズルを解こうと必死になった。それでも――ついに――眠りに落ちた。

そして夢を見た。夢だとわかっていた。眠りから現実へと浮かびあがる途中の、まだ充分に目覚めていないときにこんな夢を見る。どこかの家にいて、夢の中の自分はほんものの自分だった。ほっとした。大変な一日だったから、別人になった夢は見たくない。

前にも家の夢は見たことがある。開かずの間や急な階段のある家、現実に住んでいた家が出てくることもあった。生まれ育った家とか、五年生のとき仲がよかった子の家とか。開かずの間や地下室のある家は、魔法の家みたいでわくわくする。でも、この家は……あたらしくて、野放図に伸び広がり、曲がりくねって、つぎからつぎに部屋が現れ、すべてが白くて風通しがよくて、自分が迷子になったとわかっていても妙に平和な気分だった。どうやったらここから出られるの？　この廊下こそ玄関に通じているはずだと思って行ってみると、またべつのところに出てしまう。窓から外を見ると、左手のほうに玄関が見える。右手のほうに見えることもあるが、けっしてそこまで行けない。

そのとき気づいた。彼がここにいる――この広い家のどこかにいて、リゼットと同様、迷子になっている。おたがいに相手を探しているのに、壁やドアが邪魔をする。でも、彼女は心配していなかった。遅れを気にしているだけ。そのうち彼を見つける。それとも彼が見つけてくれる。いつだってそうだった。

ウォルグリーンズで彼がぶつかってきたとき、名前を訊いておくべきだった。ふだんは見知らぬ男性と気安く口をきいたりしない。とくに彼のような男性とは。でも、彼のほうから話しかけてきたので、それに合わせただけだ。そのどこが悪いの？　シャンプーの話をしていたとき――それともデオドラントの話だった？――言えばよかった。「わたしはリゼット。あなたは？」

けっきょく彼の名前はわからずじまい。謎の男性だから〝ミスター・X〟と呼べばいい。名前がないよりはいい。なんだかいい感じだ。

彼を見つけ出そうと、家の中を巡り歩いた。どうしてだか、広い部屋ばかり通り過ぎる。白い壁で白いソファーと椅子があって、風を孕《はら》んだ白いカーテンのある広い部屋。また広い部屋、これで四度目だと思ったら、さすがに頭にきた。怒りに任せてドアを押したら、それはいままで気づかなかったドアで――そこに彼がいた。その家の中でただひとつ、白一色ではない部屋だった。赤や青や緑や茶色がある部屋。自然そのもののように。手触りも匂いもある。ほんものそっくりの。彼もほんものだった。ドラッグストアであったときそのままに、大柄で力強くて、思いがけず魅力的で。ほんの一瞬でも彼を怖いと思うなんて、馬鹿じゃないの。彼の黒い瞳を見つめて、その中に落ちていけばよかったのよ。彼を信用すべきだった。

いいえ――待って。誰も信用してはならない。これからは。

会いたかった、とXに言いたいのに声が出ない。馬鹿ね。これは夢なんだから、言いたいことを言えばいいじゃない。でも、どういうわけか声が出なかった。ただ彼を見つめるだけ、彼の裸はどんなだろうと思うだけだった。

この三年、性生活を送っていない。たぶんそれ以上。でも、それは現実世界の話だ。それより昔は……自分がバージンでないのはわかっているけれど、Xに対するような激しい気持ちをほかの男性に持った覚えはなかった。脚の付け根のあたりが空っぽで疼《うず》く。彼に埋めて欲しくてたまらない。

愛ではなかった。性的に解放されたくてムズムズするのともちがう。空気が必要なように、彼を必要としていた。体の中に、上に、下に……

彼が小さく笑った。ウォルグリーンズでしたように。そして、ちかづいて来た。彼もなにもしゃべらなかったが、おなじ気持ちなのはわかる。彼も欲しがっている。彼が手を伸ばして、頬に触れた。目を閉じて、彼の荒れた大きな手に顔をあずける。気持ちがよかった、あたたかくて、でも……これだけじゃいや。

なんといっても夢だから、服を着て向かい合って立っていたつぎの瞬間には場面が切り替わり、ふたりとも裸でベッドに横たわっていた。色のある部屋で。ベッドはさっきまでなかったのに、どういうわけかそこにあった。ふかふかの広いベッドがお誂《あつら》えむきにそこにあった。すてきな夢。頭の中で満足げに喉を鳴らした。

いますぐ彼が欲しかった。ふたりとも裸で、ふたりともそれを望んでいる。彼女は濡れて、彼は硬くなって――彼を受け入れられない理由はなかった。それなのに、彼は笑いながら彼女の手首をつかんでベッドに埋め、頭をさげて首筋にキスした……ただキスしただけ。信じられない。彼は硬くなっている。それなのに、どうしてこんなにやさしくキスできるの？我慢しなくたっていいのに、しゃくにさわる。彼女が苛立ってもぞもぞすると、彼が覆《おお》いかぶさって重い体重で動きを封じ込めた。

肌と肌が重なる。彼の匂いに包まれて、唇が重なり、すべてが止まった。時間が停止した。体と体があるだけ。どこまでも伸びる大きなベッドと、色のある部屋があるだけだ。あまりにも生々しくて、夢であることを忘れていた。歓《よろこ》びのなかに浸り込んだ。

声が戻ってきた。ひと言分だけ。「ねえ」

彼もようやく言葉を発した。深くてかすれた声、黒い瞳や引き締まった体にぴったりの声だ。なんだか聞いたことのある声だった。「力を抜いて、リジー。時間はたっぷりある」

なんてすてきな言葉。でも、時間がたっぷりなかったらどうなるの？　ああ、そうだった――これは夢だ。現実ではない。どんなに現実っぽく感じても。でも、夢は永遠につづきはしない。最後までいかないうちに目が覚めたら？　前にもそういうことがあった。崖から落ちて、地面に激突する寸前で目が覚めた。虎と遭遇し、襲いかかられる寸前で目が覚めたこともある。いまは、地面に激突したかった。生きたまま虎に食われたかった。夢をちゃんと最後まで見届けたかった。

どうやってXを急がせればいいのか知っていた。長引かせないコツをつかんでいた。手をさげる。体と体が密着しているので、あいだに手を差し込むのは大変だったが、彼の屹立《きつりつ》したものになんとか届いたので撫《な》ではじめた。彼が耳元でうなり、白い歯で耳たぶを咬《か》んだ。鋭い痛みを感じるほど強く咬む。でも、体の位置をずらして、疼くあそこを突いてはくれない。眠りの中でも憎たらしくて、もっと強く撫でおろした。すると彼が喉の奥でまた低くうなり、ささやいた。「つづけてくれ。きみの手の中でイッてしまいそうだ」

やだ！　そんなつもりでやってるんじゃない。ぱっと手を離して睨みつけると、彼が笑った。

彼はキスをつづけた。唇から耳たぶへ、喉へ、喉から乳房へ、乳房から乳首へ。ツンと立った乳首のまわりで舌が円を描く。それから、不意に唇に咥《くわ》え、強く吸った。鋭い悲鳴があがるほど強く吸って、引っ張る。彼女はのけぞって脚を絡《から》め、彼の張り詰めたペニスを迎え入れようと必死になった。

意地悪な彼がほんのちょっとずれるものだから、的がはずれた。野獣のような低いうなり声を発すると、彼がまた淫らで満足げな笑い声をあげた。どうすればXを仰向けにできるか、つかむ場所とバランスと動きを必死に計算した。彼に止める隙を与えずに馬乗りになり、痛いほどの欲望に終止符を打ちたい。彼ったら、いつだってそう。焦《じ》らして、主導権を奪い取る。彼は大柄だけれど、扱いきれないほど大きくはない。不意を衝《つ》けばなんとか。もうっ、前戯《ぜんぎ》なんてクソくらえ。

夢の中であっても、そんなことを思う自分にぎょっとし、笑い出した。

どうしてだか、彼はわかっている。他人の夢なのに、主導権を握っている。さっと手錠を取り出し、ベッドのヘッドボードに彼女の両手を固定した。どこからともなく出てきた手錠。素っ裸だから隠しておくポケットはない。夢だもの、どんな芸当でもできる。

Xがにやりとする。捕食者の笑み、歯を剝きだして、まるで飛びかかろうとする虎だ。

彼女は手錠でつながれ、興奮と怒りに引き裂かれた。「ちっともよくない」彼女は口を尖らせた。彼に効き目があるとは思えないけれど。やっぱり効き目はなかった。それでも、彼を怖いとは思わなかった。ちっとも怖くない。

「よくなりたいのか?」彼の目がすぼまる。「いつからそう思ってた?」荒れた大きな手で体中を撫でる。首筋からウェストへ、ウェストから腿へ、さらに下へ。ゆっくりと彼女の輪《りん》郭《かく》をなぞるように。じっくりと調べるには時間がかかる、何時間も……何日も。彼が欲しくて身悶《みもだ》えする。体を震わせると、彼が顔をちかづけてきて首筋にまたキスした。そのあいだも両手は……遊んでいる。肌が熱く燃えている。でも、彼の手はとてもやさしくて、意地悪で、要求が厳しいけれど、忍耐強い。すっかり硬くなっているもの、彼だって激しく欲情しているはずなのに。彼は恋人として完璧……おとなしく言うことをきいてくれさえすれば。

彼だって欲しいはずでしょ？　飢えてるんでしょ？

飢えた虎。目の前のテーブルには手錠でつながれた夕食が用意されている。

彼に触れたかった。でも、両手を括《くく》りつけられているので、触れることができない。彼に主導権を握られ、動きを制限されている。でも、無力だと思ったら大まちがいだ。彼女は目を閉じて顔をそむけ、彼の位置に意識を集中し、間合いを計った。すでに一度やった動きだが、おなじことを二度やるとは彼も予想していないだろう。膨《ふく》れた亀頭が腿のあいだをくすぐって焦らす。一瞬の隙を衝いて両脚を彼の体に絡め、ぐいっと引いてとば口へと導いた。

時間が凍りつく。オルガスムの先端に飛び乗ろうと全身で身構えた。彼はそこにいて、触れている。あと少しで入ってくる。あと少し。あとほんの少し。

そのとき、音がした。かすかな物音が、親密な戦いの邪魔をする。まとまりなく四方八方に伸びた広い家の中に、ほかにも人がいることに、彼女は不意に気づいた。いくつもの白い部屋を抜けて、誰かが彼女を探してやって来る。彼女が色のついた部屋を見つけ出したことを、彼らは知らないのだろう。彼を見つけ出したことを、彼らは知らない。Xを。彼女の恋人を。

彼はそこにいる。前にまして彼が欲しかった。でも、ふたりの時間は終わりかけていた。彼を抱きしめたいのにできない。叫びたかった。でも、叫んだら彼らに聞こえる。捜索者にいつ見つかるともかぎらない。裸のままで捕まりたくなかった。そもそも捕まりたくなかった。でも、彼を離すことはできない。だから顔をあげて、彼の耳元でささやいた。必死で耳に唇を押しあて、ささやいた。要求した。「わたしを奪って!」彼がまた低く笑うのを、彼女は聞くというより感じた。彼がぐいっと突いて、彼女を深々と満たした。

リゼットは体をのけぞらせて目を覚ました。夢のオルガスムが消えてゆくと、うめき声が喉を切り裂いた。掛け布団を剝いでいた。枕は床に落ちていた。天井のファンもエアコンもついているのに、汗びっしょりだった。

ああ、すごくよかった。

最後にホットな夢を見たのはいつだった? 思い出せない。夢の中の彼が、ドラッグストアの通路で出会った見知らぬ男性だったなんて皮肉を感じる。あのとき彼女は、あわてふためいて逃げ出したのに。

ひとつだけたしかなことがある。セックスの夢を見るほうが、誰かに見張られている夢を見るよりはるかにいい。

床から枕を拾いあげながら時計に目をやった。夜中の三時十六分。起きるには早すぎる。

ゆうべ、なかなか寝付けなかったのだから、もう少し眠っておかないと。すっかり緊張がほぐれていた。ホットな夢はストレス解消にもってこいなのだろう。

そのとおり。

夢の中で彼につけた名前を思い出す。ミスター・X。ぴったりの名前。合っている。夢の中の彼の味わいを思い出しながら、また眠りに落ちた。

9

土曜日を迎えるのが怖かった。金曜日が散々だったから、つぎになにが起きるかわかったものではない。鏡に映るのはべつの顔だし、二年間の記憶は戻ってこない。でも、痛みに体を丸めることもなかったし、トイレに屈み込んで胃の中身をぶちまけることもなかった。それだけでもよしとしなければ。

でも、妙な感じだった。またなにか起きるのを待っているような感じ。もしかしたらミスター・Xに会えるかもしれないから、ウォルグリーンズにもう一度行ってみようかと、一瞬――ほんの一瞬――考えた。自分に呆れる。そんなこと、あるわけないでしょ。彼はきのう、シャンプーを買った。もう一本買いにやって来るわけがない。

土曜日は溜まった家事を片付ける日だ。食料品の買い出しもそのひとつ。ウォルマートでたいていのものは揃う。買い忘れたものがあれば、家のちかくの小売店に行く。きょう、リゼットはどちらにも行かなかった。どうしてだか理由はわからない。きまりきった日課を破ってみるのもいいかと思って。

毎日、会社への行き帰りに前を通るだけだったスーパーマーケットに出掛けた。広くて清潔でいい店だ。ほんの少し高級で、ウォルマートより値段が少し高い。でも、ちがう食材に出会うのは楽しかった。

体も心も言うことをきかなくて、人生のなにもかもが理屈に合わないときには、のんびりと買い物するのが土曜の午後の正しい過ごし方に思えてくる。どんな品揃えかしらと歩き回り、ラベルの表示を読んだり、献立を考えたりするあいだだけは、心配事から解放される。

ところが、大いに戸惑う事態が起きた。立ち止まって冷凍食品のケースの中身を見つめる。ブルーベリーとザクロのフローズンヨーグルト。なにかが頭の中で共鳴している。前に食べた記憶はないのに。好きなの？　好きになれそう？　いままでバニラ一辺倒だったけれど、バニラにもそろそろ飽きた。だったら……買ってもいいかも。ケースの扉を空け、ブルーベリーとザクロのフローズンヨーグルトを取り出し、カートのシナモン・レーズン・ベーグルとオートミール・レーズン・クッキーの横に置いた。炭水化物が多すぎない？　いつもヘルシーな食事を心がけてきた。でも、きょうは、選ぶ物に問題ありだ。これまでずっと、好きでもないものを食べつづけてきたの？　きのう、ああいうことがあったあとだから、もうなにがあってもおかしいとは思わない。

炭水化物だけではまずいので、農産物の売り場に戻り、果物と野菜をカートに入れた。いつも七面鳥を食べる。七面鳥の胸肉、七面鳥の挽肉、七面鳥のベーコン、七面鳥のソーセージ……もう七面鳥は食べ飽きた。二度と見たいと思わない。鶏の胸肉あたりで妥協すべきだけれど、ほんもののベーコンを買った。どんどんおかしな方向に向かって、サーディンなんかをカートに放り込んでしまわないうちに、レジの列に並んだ。

レジ係が品物をスキャンするあいだ、リゼットは表側の大きな窓越しに駐車場の様子を窺った。車は今度も前向きに駐めてある。すぐに出られるし、駐車場の脇の出入り口にちかい。意識してその場所を選んだわけではないが、この距離から眺めると、すぐにも逃げ出せる用意をしていたことがわかる。

それに、あらまあ、頭痛も吐き気もしない。自分の置かれた状況をちゃんと把握しているだけだ。

クレジットカードで支払いをすませ、バッグから車のキーを取り出して手に持った。両手が使えるよう、レジ袋を腕に掛ける。重たい袋の持ち手が肉に食い込むが、両手は自由にしておきたかった。こんな用心をしたことはなかったが、事情が変わったのだから仕方がない。

車に向かって歩きながら、視線を左右に配った。警戒態勢に入っている。こんなことははじめてだった。いえ、それはちがう。こんなふうに警戒するのはひさしぶりだ。こんなふうに神経を張り詰めていたのがいつのことだか思い出せないからって、それがなに？　周囲に気を配らず、ぼんやりした人が多いのには驚かされる。

リゼットより前にレジで精算をすませた女性が、いま、トヨタ・ハイランダーの荷台に食料品を詰め込んでいた。そのあいだ、ふたりの子供――男の子と女の子――は、どっちがどこに座るかで言い争っていた。駐まっているほかの車は、ほとんどが誰も乗っていない。ただし、グレーのセダンだけは、運転席に男が座っていた。妻か恋人が買い物を終えるのを待っているのだろう。うつむいているのは、携帯でメールかゲームをしているのだろうが、男の手元までは見えない。店の店員がカートを集めている。若くて退屈そうで、おそらく夏休みのアルバイトだ。若いカップルが店に向かっていく。女が右手に持っている紙は、買い物のメモだ。喧嘩の最中らしく、言葉を交わすことも、目を見交わすこともなかった。これ以上ちかづくな、と言いたげに一メートルちかい距離をとって歩いている。男のほうは肩が強張り、女のほうは口を引き結んでいた。

リモコンで車のトランクを開け、買った物を積み込んでトランクを閉めてから、もう一度あたりを見回した。車が一台、駐車場に入ってきた――乗っているのは運転席の女性ひとり。駐車場をひと回りし、なるべく店にちかい場所を探している。

リゼットはドアのロックを解除し、運転席に乗り込み、すぐにまたロックした。

しばらく間を置いてからエンジンをかけた。背筋がゾクゾクする。誰かに見張られている。たしかに視線を感じる。場違いなものはなにも目に入らないのに。

あるいは見張られていないのかもしれない。神経がビンビンに張り詰めているから、なんでも大げさに考えるのだ。見張られているとなかば確信しながら、そんなことはないと思っている自分もいた。車を出し、信号のある交差点へと向かった。

男が運転席でメールかなにかしていたグレーのセダンも、おなじタイミングで駐車場を出て来て、うしろにぴたりとついた。リゼットは顔をしかめ、バックミラーに目をやる。車内に男ひとりだ。

どんな可能性がある？　即座にふたつ三つ、シナリオを作ってみる。彼は店で買い物して、彼女より前に精算をすませ、運転席で携帯からメールを送っていた。店内で姿を見た覚えはないが、だからいなかったとは言えない。あるいは買い物しに来たけれど、電話で呼び出されたかなにかで買い物をしている暇がなくなった。そういうこともないとはいえない。

それとも、彼女をつけてきたか。駐車場にやって来た女の中から、よりによって彼女を選び出し、餌食にしようとしてる？　ずっと警戒を怠らなかったのに、狙いやすいと思われた理由はなに？　そもそも家から店まであとをつけて来ていたとか？　だったら気づいていたんじゃない？

いいえ、内なる声が聞こえた。気づかなくて当然よ。ずっとミスター・Xのことを考えてたじゃないの。それに、ふつうに振る舞おうとしていた。この一日半でなにも変わっておらず、いつもどおりに生活しているふりをしていた。ただし、一度も入ったことのない店で、食料品を買い込んだ。

心臓が口から跳び出しそうだ。どうすべき？

この先を左に曲がれば家に帰れる。でも、背後の男に家を知られたくない。でも、家から尾行されていたなら、相手は家の場所を知っている。いろんな可能性を考慮すべきだけれど、事態が急展開を見せているから、いまはなにをすべきかに意識を集中する必要がある。信号が青に変わると、リゼットは右折した。

背後の車もそうした。

大通りをこっちに向かうと、職場のあるオフィスビルの前を通ることになる。よく知っている界隈だ。何度も通っている。この三年間——たぶん三年間——週に五日、この道を通って通勤していた。めったにルートを変えたことはないが、昼食を食べに外に出ているのでこのあたりの道は詳しい。一度だけ、五週間にわたって回り道をしたことがあった。大通りが補修工事で通行止めになっていたのだ。

いま、制限速度ぴったりで走りながら、意識して注意を払っていたわけではないけれど、このあたりのことをよく知っていることに気づいた。潜在意識がべつのレベルでずっと働きつづけていたのだろうか。

つぎの道をずっと行くと団地があり、行き止まりになる。ここから三つ目の交差点を左折すると、中流の住宅街に抜ける。住宅以外になにがあるのかわからない。交差する道が何本か、それに公園があるかもしれない。この道の先にはレストランが建ち並び、彼女が勤めるビルよりずっと大きなオフィスビルがあり、上品なモールがふたつある。

グレーの車はまだついて来ていた。すぐうしろではない。ハイランダー――女とふたりの子供と食料品を積んだあの車――がグレーの車を追い越し、リゼットの車のうしろに割り込んだ。リゼットはウィンカーを出して左車線に移った。ハイランダーもそうした。動悸が速くなる。掌《てのひら》がじっとり汗ばむ。まさか、二台の車に尾行されてるなんてことはないわよね。すぐうしろの車には子供が乗ってるし。でも、それってすごいカモフラージュ！　それに、複数台の車で尾行したほうが確実だし――

だめ、だめ、いまはだめ！　痛みが頭を貫いた。頭痛で前が見えなくなってる場合じゃない。いま思い出せるのはたった一曲、オスカー・メイヤー・ソーセージのコマーシャルソングだけだ。それを口ずさみながら歌詞に意識を集中するうち、痛みがひいていった。視界が晴れた。

ハイランダーが中流の住宅街に通じる道に曲がった。リゼットはほっとため息をついた。ほっとしたのもつかの間。グレーのセダンは、あいかわらずついて来る。かなり距離をつめてきていた。

ウィンカーを出さずに、急ハンドルを切って左折した。すごいじゃない、カムリ。自分で選んだ記憶はないが、すごく運転しやすい。横道に入るとスピードを落とした。バックミラー越しに、グレーの車が見えた。

心臓が飛び跳ねる。深呼吸すると、腹が据わった。たんなる偶然でしょ、ハイランダーみたいに？　いいえ、ちがう。偶然は一日に一度で充分だ。運を天に任せたりしない。反対車線に目を走らせ、ブレーキを踏んでハンドルを回し、通りの真ん中で方向転換して大通りに戻った。グレーの車とすれちがうとき、運転手のほうは見なかった。おおっぴらには。目の端で捉えるだけで、食料品店の駐車場にいた男だとわかった。

男もこっちを見なかった。

ストーカー、強盗、強姦魔……ただの通りすがりの人？　なんであろうと、一か八かの勝負はしない。

走行車線に戻ってアクセルを踏み込んだ。車の通りは少なく、頻繁《ひんぱん》に車線を変えても問題はなかった。グレーの車の男から遠ざかることだけ考えた。運転に集中し、前の車の横すれすれで追い越しをかけたので、グレーの車がついてくるかどうか、バックミラーで確認する暇はなかった。

かなりの距離を走ってから、ようやくバックミラーを見た。四百メートルほどうしろにいるのは、あの車？　特徴のない車だから判断がつかない。ラジエーターグリルやヘッドライトの形まで憶えていなかった。

勤務先のビルを通り越して数ブロック行ったところで右折して、落ち着いて運転できるスピードまで落とした。つぎの角をまた右に曲がり、それから左に曲がった。ゆっくり走る黒のピックアップ・トラックを追い越し、また曲がって小さなマンションの駐車場に入り、白いヴァンとグレーのピックアップ・トラックのあいだに車を入れた。どちらも車高が高いから、視界を遮《さえぎ》ってくれる。

念のためにシートベルトをはずし、シートを倒した。こうすれば、外から姿は見えない。自然と手がバッグに伸びていた。まるでそこに必要なものが入っているかのように。でも、革紐《かわひも》をつかむ前に手が止まった。なにを出そうとしてるの？　ブレスミント？　爪切り？

ええ、それで切りつけるのよ。でも、頭の奥のほうでは、なにに手を伸ばそうとしたのかわかっていた。わたしの武器に。

動悸が速くなったが、ものすごく激しくというほどではなかった。脚が震えるのは、恐怖のせい、それともアドレナリンが噴出したから？　どちらともいえない。

警察に通報しようか。でも、なんて言うの？　車のナンバーを憶えていないし、たとえ憶えていたとしても、グレーの車の男は法に背くことをしていない。被害妄想の女を怖がらせるのは犯罪ではない。法律が改正になっていなければ。いいえ、警察はだめ。それに、携帯に電池を入れて電源をオンにすれば、居所を突きとめられてしまう。

ああ、しまった。車にGPSがついている。それとはべつに追跡装置がどこかに取り付けられているかもしれない。追跡者が彼女の動きを追跡しているなら、グレーの車がいつ姿を現してもおかしくない。追跡をまく術《すべ》はなかった。車に乗っているかぎり。頭の一部が、車からいますぐ降りろ、と叫んだ。ここに座っているかぎり、こっちが不利だ。でも、おもてに出ても……銃もバックアップもなく、助けを求められる人もいない状況で、不案内な場所をうろうろするほうが、車に留まるよりもましだと言える？

グレーのセダンは現れない。しばらくして、自分の思いちがいだと結論づけた。たとえあの男があとをつけていたのだとしても、うまくまいたのだ。だとすると、可能性はふたつ。彼女の車を尾行する者はいなかったか、あの男は獲物を狙う変質者で、〝彼ら〟とは関係ないか。彼女が大通りをそれたのは見えただろうが、それから先のルートはいくつもある。大通りに戻るルートもおなじだ。頭の中で自分が辿って来た道を再現してみる。あっちで曲がり、こっちで曲がり、間一髪、スピードの出し過ぎ。

東奔西走。

いったいどこであんな技を習ったの？

まあ、少しばかり自慢していいかも。ルマン耐久レースに出られるほどではないにしても。グレーの車が尾行していた可能性は五分五分だったのに、命を張った逃亡劇を繰り広げるなんて。

さらに五分待ち、シートを戻した。それからあたりの状況に気を配った。ここは隠れるのにもってこいだ。道からはこの車が見えない。駐車場に入ってきて、ちかづいて来ないかぎり。そうなったら、ギアをローに入れて突撃するしかない。覚悟はしておかないと。

ところが、通る車はなかった。動きがあったのは、マンションの住人が十五メートルほど先のダンプスター（大型ゴミ収集容器）にゴミを捨てにきたときぐらいだった。まだ車は出さない。あとどれぐらい待てば、ここを安全に出られるの？　ずっとここにいるわけにはいかないが、暗くなる前にここを出る方法が見つからなかった。まだ何時間もある。しびれをきらし、バッグを肩にかけて車を降りた。隣のヴァンの運転席側に回り込み、道路の様子を窺った。行き交う車はなかった。ボール遊びをする子供たちの姿があるだけだ。マンションの奥にはこれといったものはないから、よそへ行くためにこの道を通る人はいない。いるとすれば、ここに住んでいるか、道に迷ったかのどちらかだ。

誰も彼女がここに隠れているとは思っていない。

いやな予感を振り払いながらトランクを開け、フローズンヨーグルトを入れたレジ袋を取り出した。すでに融けはじめている。すぐにここから出られるとも思えない。鶏肉もだめになりそうだ。トランクの中の温度はすごく高いし、ヨーグルトと鶏肉を放置してだめにしたくなかった。いまのうちに捨ててしまおう。

ダンプスターに向かって歩く。バッグを斜めがけして、レジ袋――ゴミとも言う――をひとつぶらさげて。もったいない！　だけどブルーベリーとザクロのフローズンヨーグルトが好きかどうか、わからないし。でも来週まで、食料品の買い出しに行くつもりはない……笑いそうになった。頭がおかしくなったんじゃないの。ヨーグルトの心配をするなんて。

女の子が口を開く前から、そこにいることに気づいていた。

「ここに住んでないなら、うちのダンプスターを使えないのよ。あなたはここに住んでない。ここに住んでる人はみんな知ってる。だから嘘ついてもむだ」

リゼットはため息を呑み込み、少女に顔を向けた。十二歳ぐらいだろう。痩せていて、色褪せたブルーの野球帽から糸のようなブロンドの髪が覗いていて、ブルーの目にしっかりした顔立ち。美人になるだろう。顔を傷つけられることがなければ。少女は警戒して距離をとっていた。

「知らなかったものだから」リゼットはポリ袋を掲げて見せた。「ブルーベリーとザクロのフローズンヨーグルトは好き？　融けかかってるけどね」

少女は目を細めた。まだ幼いが、すでに人を疑うことを知っている。「わからない。食べたことないから」

「わたしもよ。でも、おいしそうよ。ひとつ取引しない？　フローズンヨーグルトと鶏肉をその帽子と交換してちょうだい」

帽子が髪と顔を隠してくれる。ここを出られる。こういうのを無駄な努力と言うのだろうが、やめられなかった。

「あたし、馬鹿じゃない」少女が顔をしかめた。「毒が入ってるんでしょ？　麻薬？」

「ちがうにきまってるでしょ」リゼットは憤慨して言った。「思っていたより家に帰るのが遅くなりそうだし、無駄にするのはいやだから」

「それを捨てに行くところだったじゃない。あなたのゴミと、あたしの帽子をどうして交換しなきゃいけないの?」

ごもっとも。無差別に子供を毒殺しようとしていると責められてはかなわない。「わかった。二十ドルでその帽子買うわよ」

少女が目を丸くした。「きまり」打てば響くとはこのことだ。

リゼットはレジ袋を置き、バッグから二十ドル取り出して少女にちかづいた。「わたしはリジー。あなたのお名前は?」

「見ず知らずの人に名前を教えたりしない」

「見ず知らずの人じゃないでしょ。中古の帽子に大金を払おうとしている女性よ」

少女の顔に笑みが浮かんだ。「あたし、マディソン」

「マディって呼ばれてる?」

マディソンは小さく頭を振り、顔をしかめた。ニックネームで呼ばれるのは好きじゃないようだ。「いいえ」そこで帽子を脱ぎ、取引が成立した。

リゼットはレジ袋を持ち上げ、ダンプスターに投げ入れた。

「ちょっと!」マディソンが驚いて叫ぶ。「フローズンヨーグルトを捨てた!」

「だって、交換する気ないんでしょ。欲しいなら、もうひとつお願いがあるんだけど」

「フローズンヨーグルトを取りに、ダンプスターに飛び込んだりしない」

「そりゃそうよね。もう二十ドル稼ぎたいと思わない？」

「なにするの？　あなた、変態じゃないわよね？　服を脱ぐつもりない」

「おやおや。車のことで手を貸して欲しいの」

「修理の仕方なんて知らない」

「修理する必要はないの。偽装工作」

二時間ほどして日がとっぷり暮れると、リゼットは野球帽に髪を押し込み、運転席に座った。警戒しすぎだし、正気の縁すれすれを走っていると言われればそれまでだが、ある意味、楽しんでいた。マディソンは事情を呑み込むと、笑い声をあげさえした。ホイールキャップを取り外し、ナンバープレートにもバンパーやタイヤにも泥をべったり塗りつけた。ピカピカだったカムリは見る影もなくなった。バンパーには、娘は地元の中学の優等生よ、と自慢するステッカーが付けられ、ダッシュボードの上でフラガールがゆらゆら揺れていた。マディソンはわざわざダクトテープを持ってきて、運転席の窓にペタペタ貼った。穴を塞ぐように。スーパーの駐車場からあとをつけて来た男や、彼女の車を見たことのある人がこれを見ても、彼女の車だと気づかないだろう。

誰もマディソンを呼びに来なかったし――ママは九時過ぎないと仕事に出掛けないの、と彼女は言っていたが――彼女があきらかに自分のではない車を汚しているのを見ても、なにしてるんだ、と咎《とが》める大人はいなかった。哀れなものだ。

「ねえ！」マディソンが声を張り上げた。エンジンをかけていたリゼットが窓をさげると、少女が身を乗り出した。「あたしの知ったことじゃないし、べつに言いたくなきゃ言わなくてもいいけど……誰かから逃げてるの？」

リゼットは野球帽の縁越しに彼女を見て、苦い笑みを浮かべた。「それがね、自分でもわからないの」

10

「アル」

名前を呼ばれ、アル・フォージは振り向いた。顔を見る前に、歯切れのよい穏やかな声で誰だかわかった。誰にでも頭のあがらない人間はいる。人生が終わりを迎えるときなら、それは死か神だろう。食物連鎖の頂点にいる彼のような人間にも、さらに上がいて、名前をフェリス・マガウアンという。

「はい?」まるで邪魔な訪問客——ここは彼の縄張りなのだから、彼女はたしかに邪魔者だ——に対するように、慇懃《いんぎん》な問いかけ口調で彼は言った。彼女はいささかも表情を変えなかったが、苛立っているのが彼にはわかった。フェリスを苛立たせるのは、楽しいゲームだ。邪魔が入ってほっとすることもあるが、きょうはちがう。面倒くさいし、会話を楽しむ気分ではなかった。

「タンク」彼女は穏やかに言うと踵を返し、歩み去った。アル自身も表情をいっさい変えなかったが、彼女のあとについて歩きながら、不安を感じずにいられなかった。〝タンク〟とは、防音装置を施《ほどこ》した部屋で、立ち聞きされる恐れがない。携帯電話もカメラも、録音器も武器も持ち込み禁止だ。入室のさいには、そういうものを持っていないか検査される。〝タンク〟の中で話されることはその場かぎり、おもてに出ることはない。

壁がアクリル樹脂で中が丸見えの〝タンク〟をテレビで観たことがあるが、この〝タンク〟は、妨害電波のバリアで守られ、受信も発信もできないが、見たところはふつうの部屋だ。テレビのとちがって最先端ではないが、機能は果たしていた。

入室前に携帯電話をベルトからはずし、貴金属保管箱にしまった。補強された重たいドアを開けて、中に入った。

会議用のテーブルと背もたれの高いオフィスチェアが並ぶふつうの部屋で、コーヒーメーカーなどの備品は奥の食器棚にしまってあり、目に障《さわ》る蛍光灯は最近になって暖色系の電球に替えられた。この部屋にいると頭痛がしてくるし、たがいを殺し合いたい気分になることに気づいたからだった。それでなくてもストレスの溜まる仕事だ。

「どうかしましたか?」彼はドアを閉め、さりげなく尋ねた。わかっていて尋ねるのもゲームのうちだ。

「〝対象C〟」彼女は片方の尻をテーブルに載せた。支配者のポーズだ。わざとやってるな、と彼は思った。周到でなければ足元をすくわれるからだ。フェリスはボディ・ランゲージや微表情分析など、この男社会で自分を優位に立たせるものはすべて学んでいる。

アルは彼女の姿に見惚れた。魅力的で上品な女だ。四十八歳で離婚歴があり、成人した娘がひとりいる。澄んだグレーの瞳、ハイライトを入れたブロンドの髪を短くカットしている。男っぽい髪型だが、彼女の場合はスタイリッシュで女らしさを際立たせる。仕立てのよいパンツスーツはやわらかなダークグレーだが、体にぴったりフィットしたジャケットの下のブラウスは鮮やかなブルーで、瞳の色に深みを添えていた。仕事ができてなおかつ女らしい絶妙なバランスを、彼女は見事に保って踏み誤ることがなかった。

いまの状況で、彼が用心すべき唯一の人間でもある。彼女がドジな奴だからではなく、ドジでないからだ。冷静で論理的で、損害を防ぐのに必要だと判断すればどんな手段もいとわない。だが、この場合、論理的であることが邪魔になる。彼女がすべてをぶち壊すような判断をくださないよう、アルは自分が楯になって懸命に頑張ってきた。だが、それにも限界がある。これ以上、彼女を抑えることはできないだろう。

ゼイヴィアにもそれはわかっている。

「対象C」彼女がもう一度言った。

「"対象C"に変化は見られませんが」

「空白の時間に関してほころびが見えているじゃないの」

へたに取り繕うとろくなことにならない。「ほころびではありません。われわれは空白の時間があることを知っているが、"対象C"は知らない。彼女はどんな形であれ反応していない。気分が悪くなっただけであり、その結果とった行動から判断するに、気分が悪くなったことに重要性を見出していません」

「どうしてそれがわかるのかしら。彼女は大変に優秀だったということを忘れてはならない」

「それは以前の話です。彼女の記憶は消し去ってある。いまの彼女は大変に小さな世界に住むふつうの人間にすぎない」

「ここまで徹底的にやったケースははじめてなのよ。あなたとちがって、わたしはそこまでこの方法を信用していない」

「逆の結果を示す証拠がない以上、信用しないわけにはいきません」辛辣《しんらつ》な口調で言った。

フェリスのほうが階級は上かもしれないが、アルはそんなことでびくつきはしない。そんなやわな性分ではなかった。

世界の人口七十億に対し、四年前にほんとうはなにがあったのか知っている人間は六人だけだ。もともとは八人だったが、ひとりは自然死して、もうひとりはゼイヴィアが始末した――フェリスはその詳細までは知らないが、アルは知っている。パーセンテージから言えば小数点以下だが、はたして安心できる数字なのかどうか。フェリスはその六人のうちのひとり――〝対象C〟もだ。厳密に言えば彼女は知らない。だが、いつか記憶を取り戻す可能性がなきにしもあらずだった。彼女を監視しつづけているのはそれが理由だ。彼女は外部から連れてきた人間であり、チームの一員ではなかった。つまり、鎖の弱い部分だ。フェリスは彼女を信用していなかったが、ほかに選択肢はなかった。

「肉眼による監視を命じる」フェリスが言った。彼の意見を尋ねているのではない。たんに決定したことを伝えているのだ。

クソッ！　大変なことになりかねない。怒りの眼差しを彼女に向けた。「過剰反応ですよ。それはとりもなおさずゼイヴィアから過剰反応を引き出すことになる。そうなったら一巻の終わりだ」

さすがフェリス、彼の挑発に乗ってこない。やり返すだけだ。議員や委員や役人や将校たちの扱いには慣れている。怒ったサイが突進してきても、眉ひとつ動かさないにちがいない。命令を取り消すつもりのないことはあきらかだった。「ゼイヴィアのこととなると、あなたは用心しすぎるきらいがあるわね。彼だってわたしたちとおなじ、死を免れない存在なのよ」

アルは首を傾げた。「彼を殺そうと思えばいつでもできる」彼は言い返した。「逆もまたしかり、彼がわれわれを殺そうと思えばいつでもできる。彼はそのことを承知している。わたしもだ。それにあなたも。彼が準備をしていないとは思わないでしょう？　われわれ全員の犯行の証拠をつかんでいるし、網を張りめぐらしている。とてもすべてを見つけられない」

「彼がそう言ってるだけでしょ。自分を罪に陥《おとしい》れるようなことを、彼がするかしら？」

「自分が死ぬとわかっているのだから、彼にとってそんなことはどうだっていい。事が大きすぎるんですよ、フェリス。これが公になれば、損害を抑えることはとうていできない。ここは冷静にいかないと、そうなるんですよ」

さすがのフェリスもむっとしたようだ。冷静さこそが彼女の取り柄《え》なのだから。彼女は決断に感情をけっして交えない。指の爪でテーブルを叩いた。一度だけ。それから表情を消した。「肉眼による監視チームは出さないことにする。彼女がいつもとちがうことをしていないと確信したいのよ。オーディオで拾えないことはなにもしていないことを」

「だったら、ゼイヴィアに言うべきでしょう」

「それはだめ。ぜったいにだめよ。彼のことだから、ここぞとばかり彼女と接触をはかる」

その可能性は充分にあった。ゼイヴィアはああいう性分だから、何事も偶然任せにはしない。その一方で――「彼女を監視していることを、彼が知らないと思ってるんですか？ 彼に警告しないことほど危険なことはない」

「だったら、彼に命じて監視させればいい」

フェリスにはゼイヴィアのことがよくわかっていない。命じてなにかをさせられる男ではないのだ。彼にとって仕事はオファーされるもの。気に入れば引き受ける。アルは彼と一緒に仕事をしてきた。彼を鍛えたのはアルだった。この世界で、アルは彼のことを誰よりも信頼していた。ひとつだけけっしてしてはならないことがある。それはあの男を過小評価することだ。

「彼はやりませんよ。いまはまだ。彼は独自のやり方で〝対象C〟を監視している。だからほころびにも当然気づいています」

「なんですって？　どういうこと？」ほとんど叫びにちかかった。つまり、フェリスは怒りで爆発寸前ということだ。「あなたはそれを知っていて、阻止しなかったのね？」

「彼はわれわれを信用していない。お互いさまですよ。こっちが気づいていることも、先刻承知だ」張り詰めた空気をほぐそうと、アルはコーヒーを淹れに立った。コーヒーポッドを選んでコーヒーメーカーにセットし、発泡スチロールのカップをセットする。マシーンが音を発し、数秒後に熱いコーヒーをカップに注ぎはじめた。「そのうえ彼は作戦本部の場所を知っているし、分析官の名前も勤務シフトも、住んでいる場所も知っています。あなたの日課も家も、娘さんの家まで知っているんですよ。わたしの言うことは信じられないかもしれないが、フェリス、これだけは信じたほうがいい。世界中に諜報員はあまたいるが、彼だけは怒らせたくありませんね」

彼女はしばらく黙っていた。鼻孔が開いているのは、ほかの連中同様に自分もターゲットになる可能性を分析しているからだ。自分は安全だと思っている人間は、他人の命を平気で危険に曝《さら》す。自分も危険だと思っている人間とは立場がまるでちがうのだから。

彼女はいま、自分の身に迫る危険を排除する策を考えている。彼をセキュリティ上の危険分子だとみなせば、躊躇《ちゅうちょ》せずに始末するだろう。だがゼイヴィアもフェリスが率いるチームの一員だから、その意味では信頼していた。逆もまたしかりだ。しかし、〝対象C〟の問題となるとまたべつだった。いま、彼女はゼイヴィアがチームの一員でないことを知った。彼女は自分の判断に少しの疑いも抱かない。そこが彼女の強みであり、弱みでもあった。選択肢を考慮し、命令する。

フェリスが考えているあいだ、彼はコーヒーを飲みながら待った。ついに彼女が決断をくだした。「ゼイヴィアはあなたがなんとかしなさい」その目は冷たかった。「〝対象C〟に関してすべてが現状維持であることを再確認したいので、肉眼による監視を即刻はじめさせる。そっちはわたしが手配するわ。ゼイヴィアに知らせるかどうかは、あなたの判断に任せる。わたしは賛成しかねるけれどね。慎重には慎重を期すこと」

フェリスが自分で手配するということは、彼の知らない連中を使うということだ。彼の支配力を弱め、なおかつ、責任はすべて彼に押し付ける腹だ。ゼイヴィアに知らせ、それでも作戦が失敗すれば、彼が責任をとらねばならない——だが、ゼイヴィアに知らせないなんてことは、正気な人間なら恐ろしくてできない。

「ええ、彼に知らせますよ」アルは怒りを抑えて言った。「あなただって、部下たちが車の中に座ったまま喉を掻き切られるのはいやでしょう」

彼女が口を引き結ぶ。「そんなことになったら、すべてを白紙に戻して彼を切り捨てる。

後始末はなんとかするわよ。彼によく言っておいてちょうだい」

タイルの床にヒールの音を響かせて、彼女は〝タンク〟を出て行った。アルは元気づけにコーヒーをまたごくりと飲んだ。彼女がいま言ったことをゼイヴィアに言うわけがない。そんなことをすれば、彼女はあすを迎えられないだろう。どうしてそれがわからないんだ?

自分は安全だと思っているからだ。

だが、彼女は安全ではない。誰も安全ではいられない。

11

リゼットの日曜日は平穏無事だった。家にいるのだからなにも起こりようがない。でも、掃除はする。掃除しながら目を光らせ、隠しマイクや隠しカメラを徹底的に探した。絨毯をめくり、ランプの埃《ほこり》を払い、家具の配置換えまで行った。テレビとＤＶＤプレーヤーをつなぐ配線が怪しいと思ったが、テレビは壁掛けタイプだからべつの場所に移動できない。それに、とくに変わった様子もなかった。

テレビのドラマでは、盗聴器はたいてい電話かランプに仕掛けられている。あるいは本棚の本の中にカメラが内蔵されていて、本の背表紙に開けられた小さな穴から覗いていたりする。それで、点滅する赤いライトのせいでばれる。まったく、そんなばればれの仕掛けを施すなんて、どこまで馬鹿なの？

そんなことを考えたらまた頭痛に襲われる。はっと身構えたが、まるっきり痛くない。バンザイ！　なにがひどい頭痛の引き金になるのか、まだ解明できていないが、頭痛を止めるためならなんでもやるつもりだった。最初のころは盗聴器とか隠しカメラのことを考えると激しい頭痛に襲われたが、そのことばかり考えるうちにそれが日常になってしまったせいで、頭痛も起きないのだろうか。

この家に盗聴器が仕掛けられているとして、それが回線の中だったら素人《しろうと》には打つ手がない。コードレスフォンのバッテリーカバーを取り外し、中を覗いてみたが怪しいものは見つからなかった。

いままでにわかったことから、三つの結論が導き出される。ひとつ目、盗聴装置を仕掛けたのはプロの仕業だ。ふたつ目、徹底的に捜索しようにも、対象について知らなさすぎる。三つ目、自分は頭がどうかしている。まあ、三つ目はひとつの可能性として挙げただけで、自分ではおかしいと思っていない。二年分の記憶がなくなっているのはたしかだ。顔の整形手術を受けているのもたしかだ。そのことも記憶にない。それは反論できない事実で、だからすべてを疑ってかかるべきで、信じられるものはなにもないという結論に行きつく。

自分の身になにが起きているのか調べようがないことが、いちばん頭にくる。記憶の欠落や顔が変わったことに明白な理由は見つからないし、どんなにとっぴでもいいから、なにか取っ掛かりがつかめればいいのだが、それもできないでいた。自分の知っているかぎり、こんな症状が出る病気があるとは思えなかった。

知っているかぎり。これがキーワードだ。

残るのは陰謀説だけれど、こんなありきたりの生活を送る人間が、陰謀に巻き込まれたりする？　でも、携帯が盗聴されているとか、車に追跡装置が取り付けられていると疑ったことや、ふだんの生活ぶりからは考えられない運転技術を身につけていることは、どう説明すればいいの？

まるで体の中にべつの人間が棲《す》んでいて、おもてに出てこようともがいているみたい。いいえ――それじゃまるで二重人格じゃないの。そういう感じではない。そうではなくて、彼らによって閉じ込められた、単調でつまらない牢獄からほんとうの自分が逃げ出そうとしている。おもしろいことがなにもない、おなじことの繰り返しの退屈な日常は、かつての自分にはまるで似合わない。いつだって冒険を求め、自分を駆り立てて生きていた。シカゴで就いていた仕事は――

だめ、だめだめ！　床に倒れて頭を掻きむしる。うめき声を呑み込んで体を丸め、耐えきれない激痛をやわらげてくれるなにかに意識を集中しようと必死になった。盗聴しているであろう誰かに、なにかおかしいと感づかれてはならない。弱みを見せたら、そこをついてくるだろうから。いまだって頭痛に見舞われたら手も足もでないのだから、なにが引き金になるか相手に悟られたら大変なことになる。過去について質問するだけでいいのだから。

そんなことを考えていたら、痛みが耐えられるレベルまでやわらいだ。ほかのことに意識を集中するのが鍵だ。頭痛はそれほど頻繁に起きなくなっていたし、だいぶ予想がつくようになった。不意を衝かれるのは、まったく異なる話題がひょいと頭に浮かんだときだ。

でも、それは過去を思い出す手掛かりでもある。自分の身に起きた謎を解き明かすための、それは代償と言えるだろう。引き金になりそうな考えを避けるのではなく、とことん突き詰めるべきだ。シカゴに住んでいたことはわかった。問題はどんな仕事に就いていたか。その部分は霧に包まれ、曖昧模糊《あいまいもこ》としている。でも、それだけでも手掛かりになる。頭の中の霧を晴らすのは、虫歯を針で突くようなものだ。霧は自然と晴れるかもしれないし、晴れないかもしれない。自然と晴れるのを待つだけの余裕はおそらくない。どこを調べればいいのか場所がわかったのだから、ときどきそこに戻って霧が少しでも晴れたかどうか調べてみよう。

シカゴが鍵になる。シカゴから首都ワシントンに引っ越した記憶がないので、手掛かりはそこで途絶えるが、シカゴでなにかあったにちがいない。どこから手をつければいいのか、それがわかっただけでもよしとしなくちゃ。

就寝時間になるころには、疲れ果てていた。掃除をしたせいもあるが、なにも見つからなくて精神的にまいったせいもある。これだけ疲れていたらよく眠れそうだ。掃除して埃をかぶったので——それだっていつもの自分とはちがう——シャワーを浴び、就寝時間より十分早くベッドに入った。

ドラッグストアで出会ったホットな男性の夢をまた見られるかも。金曜の夜に見た夢を思い出すたび、動悸が少し速くなる。体の中に彼を感じるほどの生々しい夢だった。目を閉じれば、熱と興奮が甦る。あのとき迎えた絶頂は、そう、まるで爆発だった。真夜中にそれで目覚めたけれど、睡眠不足を補ってあまりあるすてきな夢だった。

ところが、ミスター・Xはもう夢に出てきてくれなかった。月曜の朝、がっかりして目覚めた。不機嫌なまま日課をこなす。いつもとおなじに振る舞うことで慰めがえられるからではない。いまやふつうにしていることが、身の安全を守るのに不可欠だからだ。

時間どおりに家を出て、いつもの道を車で仕事場へ向かった。バックミラーを何度もチェックしたが、通勤ラッシュで車は数珠《じゅず》つなぎ、ちょっとの隙間に割り込もうとする車ばかりだから、うしろにどんな車がいたかいちいち憶えていられなかった。それにしても似たような車が多い。おなじ車かと思って目を凝《こ》らしても、色がちがっていたり、ヘッドライトの形がちがっていたりということばかりだった。それに、始終バックミラーを見ていたら、前の車に衝突しかねない。けっきょく諦めて、職場に無事に到着することに意識を集中した。

仕事をしていると少しは安心できる。立ち止まって出勤を記録するとき、警備員にほほえみかけた。IDカードは首からさげている紐にクリップで留めてあった。警備員とはむろん顔見知りだが、セキュリティ・チェックは徹底していた。

数人の人と一緒にエレベーターに乗り込み、ベッカー投資会社が入っている階でエレベーターが止まるように暗証番号を打ち込む。エレベーターがのぼりはじめ、モニターとケーブルがうなりをあげた。エレベーターに暗証番号を打ち込むのは、もっぱらクライアントに感銘を与えるためだった。階段を使えば出入りは自由だし、消防規則があるからそこまで規制はできない。それでも、まわりには壁があり、人がいる。もっとも、襲撃チームが建物の屋上からロープを使っておりてきたら、そんなものはなんの役にもたたないだろう。

頭痛。

うめき声を洩らさないよう、床に倒れ込まないよう、意志の力を総動員した。目の前にいる女性のブラウスの抽象模様に意識を集中する。模様は大胆でも、グレーとクリームとブルーの抑えた色使いだから、全体的に見るとすてきなブラウスだった。

ああ、よかった。模様に意識を集中するのは、かなり有効だ。鼻歌を歌わずにすむ。

エレベーターをおりると、ほかのエレベーターから受付係がおりてきたので、絨毯敷きの廊下を一緒に歩いた。「おはよう」受付係が先に挨拶した。名前はレイ、美人で歳は二十三か四。小脇に本を抱えている。マーケティングの教科書。レイはべつの職種に転職しようと夜間大学に通っているのだ。リゼットも大学を出てすぐに勤めた会社では受付をしていたし、アルバイトでウェイトレスもしていた。でも、受付よりウェイトレスのほうが断然おもしろい。重労働だけれど、動き回っていられるし、常連客ばかりだったとはいえ、毎日なにかしら変化があった。

もしいま学生だったら、もっと静かな仕事を選ぶだろう。研究職とか。

でも、エネルギーがありあまっていた子供時代を考えると、ウェイトレスのほうが適している。うるさい客をうまく扱うことに生きがいを感じたりして。

若いころの記憶は引き金にならないことに、そのとき気づいた。ふつうの記憶だからか。でも、襲撃チームが建物の屋上からおりてくるイメージは、シカゴと同様に再考の余地がある。勇気を試されるような仕事を、実際にやっていたのかもしれない。

それが自分に似合っているような気がしてならない。どこでなにをしていたにしても、毎日、オフィスでじっとしていられたはずがない。

デスクのいちばん下の抽斗にバッグをしまっていると、ダイアナが仕切り壁の向こうから顔を覗かせた。「おはよう！　もう大丈夫なの？　週末に電話するつもりだったんだけど、いろんな邪魔が入って、子供たちを相手にバタバタしてるうちに電話しようと思ってたことを忘れてて、つぎに思い出したときには、もうすっかり遅い時間だったりでね」

ダイアナの子供は五歳と四歳の姉弟で、ふたりとも小学校にあがる前に首の骨を折っているだろうというぐらいの腕白だった。たった一度、数時間を一緒に過ごしただけで、リゼットはへとへとになった。

「頭痛はときどきぶり返すけど、ずいぶん楽になったわ」頭痛の発作に襲われたときのために、予防線を張っておいた。「吐き気のほうは、金曜の午後にはおさまったわ」

「よかった。電話で話したときは、ひどい声してたもの。きょうは、お昼になにか食べられそう？」

「もちろん。それじゃ、そのときにね」

ダイアナは手を振り、自分の席に戻っていった。彼女に家の用事がないときに、週に二日は一緒にランチしていた。彼女の子供たちは用事を生み出す名人だ。医者通いから、託児所の友達の誕生パーティーに持っていく贈り物から、託児所でふたりが壊したものの穴埋めなどなど。ダイアナの人生はダメージ・コントロールに費やされている――ほんものの、肉体的ダメージだ。悪い知らせの類《たぐい》ではなく。

そこではっとなった。ダイアナの子供たちは五歳と四歳だ。つまり、リセットがベッカー投資会社で働いて五年になるなら、下の子がお腹にいるころの彼女を憶えているはず……でも、そんな記憶はなかった。ダイアナに子供がいなかったころのことも思い出せない。

なにかがおかしいことはたしかだから、これ以上証拠を集める必要もないけれど、人付き合いに関する記憶のほうが、車の登録証や運転免許証や所得申告書よりも説得力がある。ダイアナの誕生日や子供たちの誕生日は憶えている。だったら、ふたりの子供が生まれたときのことも、憶えていて当然なのでは?

つまり、彼女はそのころここで働いてはいなかった。ここで働き、いまの家に住んでだいたい三年だ。それ以前の二年間は――誰にもわからない。

そして、空白の二年間より前、彼女はべつの人間だった。どんな人間で、なにをしていたのか探りださないと。すべてはそこにかかっている。

12

一日中考えて、確信したことがある。いまの生活は自分のではなくて、かつての自分はどうしてだか盗まれてしまった。なにも変わっていないふりをすることに意識を集中してはいるが、過去の自分を解き放つ鍵は、いまのきまりきった日常を破ることだ。かつての自分だったらどう振る舞うか想像して、それを行動に移すことだ。

感情が麻痺したように、毎日毎日おなじことを繰り返す必要はない。たとえ監視《サーヴェイル》されていても――〝サーヴェイル〟なんて言葉、どこから出てきたの？――よほどとっぴなこと、たとえば急に武道を習いはじめるとか、そういうことをしないかぎり、警報は鳴り出さないはずだ。じつを言えば、武道の訓練はいますぐでなくても、いずれはやりたいと思っていた。

そういうことを念頭に置き、リゼットは仕事が終わると、いつもとちがう道に車を走らせた。ラッシュアワーの大渋滞の中、車を巧みに操って家とは逆方向に向かった。どこへ行くというあてはないから、とくに急がない。

何事もなく――いつもどおりに――仕事を終えたが、駆り立てられるような切迫感を抑えるのが大変だった。何事もないこと自体がまちがっているように思える。これまで以上に警戒すべきだと思えてならないのだ。仕事中はつねに、うなじの毛が逆立って、もっと高いレベルの警戒態勢に入れと警告を発していた。身のまわりに警戒すべきことが見当たらないだけに、かえって不安になる。オフィスが盗聴されているの？　同僚の誰かに監視されているの？　コンピュータのキーボードで打ち込む文字すべてが記録されているの？

逆立つ神経を宥《なだ》めるために、のんびりとドライヴする必要があった。ついて来る車があれば、見分ける絶好のチャンスだ。尾行がついていなければ、いつもの自分の限界を超えた先まで踏み出してみよう。そうすれば、穏やかな気持ちで家に帰れるだろう。頭をすっきりさせるのに、長いドライヴ以上のものはない。悩み事があると、あてもなくドライヴに出たものだった。そのうち潜在意識が働き出して、問題の解決策が浮かびあがってくる。

いつもより少しスピードをあげ、数珠つなぎの車の距離が少しでも空くとすかさず割り込んだ。すばやくスムースに車のあいだを縫って走っていると、アドレナリンが軽く噴出して体の力が抜けていった。きつすぎるベルトをゆるめたような開放感だ。いつもは制限速度を守り、走行車線を走っている。まるで老女の運転みたい。でも、きょうはちがった。

西に向かい、ヴァージニア州に入った。景色が流れすぎる。一瞬、ほんの一瞬、気が抜けた。誰もここまで探しにこない。尾行されているとしても、それらしい車は目に留まらなかった。

ずっと走りつづけても意味がないので、I-66をいったんおりて戻ることにした。しばらく行くと大型チェーンストアの看板が目に入った。ちょっと胸が躍った。スポーツ用品を扱っている。

勘を頼りに車を進めると、右手に大きな赤と緑の看板が見えてきた。数分後、大きなショッピングセンターの中にその店が見つかった。

やった。

そういつもいつも、あてもなく車を飛ばすわけにはいかない——まあ、できないことはないけれど、ガソリン代だって馬鹿にならないし、気分転換ならもっといい方法がある。以前はもっと体調がよかった。大学時代は、走って泳いでヨガもやった。いまはなにもしていない。まあ、ときどき家のまわりを散歩するし、おいしくはないけど健康にいいものを食べるようにしているし、散歩するには暑すぎる日や寒すぎる日には、エクササイズのDVDをかけて体を動かしている。でも、ここしばらくは運動と言えるようなことをやっていなかった。家のまわりを散歩するのを運動と言えるかどうかはべつにして。

たぶん、言えない。もっとちゃんと体を鍛えなければ。

やれることはたくさんある。ダンベルを買って筋力アップをはかるとか。散歩ではなくジョギングをするとか。武道を習いたいと思うけれど、〝彼ら〟を警戒させることになるから、その案はすぐに却下した。

だったらジョギングからはじめよう。ランニングシューズが必要だ。いま履いているシューズは傷《いた》んでいないけれど、散歩ではなく走るなら、サポート力のあるシューズでないと。

スポーツ用品店の前に、いい駐車スペース、つまり、縦にふたつ並んだスペースはなかった。駐車場は混んでいるので、バックで車を入れるあいだ人を待たせるのは気が進まない。そこで、子供服の店とパン屋の前に駐めることにした。しかも駐車場の出口にちかい列の端を選んだ。少し歩かないといけないが、体を鍛えるつもりなのだから歩くのも運動のうちだ。

ショッピングセンターは買い物客で混雑していた。店に出入りする客、歩道を行き交う客、駐車場の車のあいだを通り過ぎる客。子供たちにその親たち、年配の男性、紫色の看護白衣を着て白いナースシューズを履いた女性、あちこちにたむろする十代のグループ。メールをしながら道を横切る子供もいた。こんなところで自分の運命を試さなくてもいいのに。万が一転んでも、車に撥ねられても、ちかくに看護師がいるから大丈夫。場違いな人間は見当たらなかった。車に乗ったままで、こっちの様子を窺っている人間もいなかった。尾行がついているとしても、目につかないのだからよほど上手なのだろう。

リゼットは足早に店に向かった。ドアが開くと店内の匂いに包み込まれた。革と油と金属が混ざり合った匂いを思いきり吸い込む。スポーツ用品店に特有の匂いがあるなんて、ふつうは思わないものだが、これがそうだ。どの店もそうなのだろう。すっかり忘れていた。

わくわくしてきた。自分の場所という気がする。ランニングシューズ以外にも買いたいものが見つかるかもしれないから、大きなカートを引き出して真ん中の通路を進んだ。

はじめてのような、懐《なつ》かしいような不思議な気分だ。左右に分かれている通路にはなにが並んでいるのか、きょろきょろしながら進んでいった。なにが必要で、どんなものに興味を引かれるだろう。ほかの客たちのチェックも怠らない。こっちに注意を向ける人はいないし、場違いな人もいない。

でも、尾行する人間ってそうなんじゃない？　その場に融け込んで目立たない。気づいたときにはあとの祭だ。

店の奥の右隅に注意が引き寄せられた。ランニングシューズはあとまわしだ。カートの向きを変え、まるで磁石に引き寄せられるようにハンティング用品売り場へ向かった。緑と黒と茶色の迷彩色の大きな看板が天井からぶらさがっているので、いやでも目を引く。〝ハンティングとフィッシング用品〟まさにいま欲しいものだ——釣りに行くつもりはないけれど。

まるでお菓子屋に入った子供だ。心はうきうき、わくわく。とてもはじめて足を踏み入れた場所とは思えない。

まず目に入ったのが奥の壁にずらっと並ぶ武器だった。ほとんどがライフルで、ショットガンとエアーライフルもいくつかあった。カウンターの向こうに立つ店員が、万引きに目を光らせている。彼女は無意識のうちに店員の人物評価を行っていた。茶色の髪、小さな目。

歳のころは三十、痩せていて、力持ちではない。店員は彼女を見ると会釈《えしゃく》し、ひやかしだと判断したらしくそっけない態度をとった。

なにも知らないくせに。彼女は会釈を返さなかった。店員はすでに横を向いていた。

ずらっと並ぶ武器を眺めながら、手元に銃があればと思ったときのことを思い出した。うらぶれたマンションの駐車場で、窮地に追い込まれたときのことだ。

拳銃を手に入れるにしても、足のつかないやつじゃないと。購入にあたって身元調べをされたら、〝彼ら〟を警戒させることになる。

ハンティング・ナイフに目を引かれた。高価なナイフは鍵のかかった陳列ケースにしまってあり、手で触れることのできるほうは、硬いプラスチックで覆われ壁に架けてあった。高級品というのではないが、ナイフ一本に二百ドルは払えない。一本取って眺めてみた。刃渡り十五センチほどで、ステンレス製の固定刃のナイフだ。上等ではないが、長さはちょうどいいし、握りが小さくて手にぴったりくる。革の鞘《さや》も売っているので一緒にカートに入れた。

つぎの棚を見て喜びの叫びをあげそうになった。熊避《よ》けスプレー！　中身は特別に強力な唐辛子スプレーだ。拳銃にはかなわないが、なにもないよりはまし。ひとりでジョギングするのに、唐辛子スプレーなら持って走れる。ちょっと、いったいなに考えているの？　これまでずっと、なにも持たずに近所を散歩していたくせに。

スプレーを二缶カートに入れ、思い直してもうひと缶追加した。多すぎて困ることはない。

キャンプ用品の売り場で蜂避けスプレーを見つけ、なにも考えずに大きな缶をふたつカートに入れた。ひとつはベッドの脇に、もうひとつはバスルームに備えておく。唐辛子スプレーとおなじくらい効果があり、射程距離六メートル。すごい！

おなじ売り場にバックパックがずらっと並んでいた。時間をかけて、訴えかけてくるものを選んだ。つまり、大きすぎず、ファスナーやポケットがいっぱいついているもの。それからナイロンのロープとカラビナ（ハーケンにザイルを連結するのに用いるD字形の金属の輪）。最後のふたつを眺めていたら、けさ、頭に浮かんだ、建物の屋根からロープを使っておりてくる襲撃チームを思い出した。思い出しても頭痛は起きなかったが、胃がぎゅっと縮んだような気がした。それは……そう、期待感から。なんてことだろう。それに似たことを、実際にやっていたの？

まさか。週末にロッククライミングをやっていたのならわかる。でも、屋根からロープでおりるなんて、ゾクゾクする。

ほかにプロテインバーとレインポンチョなど、ぴんとくる品物をカートに入れた。考えずに選んでいた。手に取ったものをそのままカートに入れる。考え込んだら気分が悪くなりそうだから。吐くのはまっぴら。こういうものが必要なの、それだけ。

最後にランニングシューズの売り場に立ち寄った。

三十分かけてシューズと分厚い靴下と、光沢のある素材のジョギングウェアを選び――運動をはじめるなら、まず道具を揃える、でしょ？――レジに向かった。日はまだ長い。日暮れまで間がある。いつもより帰宅時間が遅くなるとはいえ、帰りの車の中でプロテインバーを食べ、ショッピングバッグを置いてすぐに着替えれば、暗くなる前に走りだせるだろう。初日だから長く走るつもりはない。でも、自分を追い詰めてみたかった。どこまでやれるか興味がある。

レジまで来て、カートの中身をいま一度あらためた。ナイフと唐辛子スプレーとプロテインバー、レインポンチョ、ほかにも来るべきゾンビの襲撃に備えていると臭わせるようなものをまず取り出し、レジ係のほうに押し出した。「これは現金で払います。残りはクレジットカードで」

用心するだけ無駄かもしれない。精算するところを誰かが見ていて、買った商品をすべてメモしているかもしれない。知る術はないのだから、用心するにこしたことはない。買ったものを分けて支払うなんて、レジ係が変に思うかもしれない。でも、レジの若い女性をよく見て気づいた。たとえリゼットが弓矢と赤いビキニとライト付きヘルメットを買ったとしても、レジ係はまばたきひとつしないだろう。

それでも精算を終えると、うんざりとため息を洩らした。帰りにＡＴＭに寄らなければならない。現金をほぼ使い果たしてしまった。それに、これからは用心のため手元に現金を置いておく必要がある。ＡＴＭで一度に引き出せるのは二百ドルまでだから、あすの昼休みに銀行に行って大きな額を引き出そう。

〝彼ら〟は気に入らないだろうけれど。

いい気味。

見えない敵を相手にするのは疲れる。なにがどうなっているのかわからなくても、頭の病気に罹ったとは思わない。座り込んでアルミホイルで帽子を作るようになったら、そっちの線を疑ってもいいかもしれないけど。それまではやれるだけのことをやる。

帰り路は頻繁に車線を変えず、スピードもあまり出さなかった。一日分の興奮はもう味わったし、あれはあれで楽しかったが、いまはもとの、というかいまの自分に戻ろう。ドライヴスルーのATMから現金を引き出し、バッグにしまうと気持ちが楽になった。あす銀行に行ったら、もっと楽になるだろう。

ドライヴウェイに車を駐め、後部座席に置いたショッピングバッグをつかみ、家の横手の窓から覗いているマギーに会釈した。マギーは指を振り、カーテンを閉じた。リゼットは鍵を手に玄関に向かった。そのとき、またしてもうなじの毛が逆立った。

振り返っちゃだめ。気づいていることを〝彼ら〟に悟られてはならない。

笑うべきか泣くべきかわからなかった。でも、振り返りはしなかった。

男は運転席に深く体を沈めていた。ドリンクホルダーには冷めたコーヒーがあり、左手には携帯電話を握っている。静かな住宅街だ。静かすぎる。夕闇が迫り、通りで遊ぶ子供の姿もまばらになった。これ以上ここにはいられない。すでに〝対象〟の隣人のひとりから、どうかしましたか、と声をかけられていた。

こんなに退屈な任務ははじめてだ。上の不興《ふきょう》を買うようなこと、なにかしたか？

「はい、彼女をいったん見失いました」もう一度説明する。「でも、すぐに見つけました」助手席に置いたラップトップに目をやる。〝対象〟の車を示す赤いライトが光っている。「彼女は買い物していました。ヴァージニア州のショッピングセンターで」

いいえ、彼女がどの店に入ったのか、どうしてヴァージニアを選んだのかはわかりません。おそらくセールをやってたんでしょう。彼女だって女ですからね。男は駐車場に入り、パン屋の前で彼女の車を見つけた。彼女がそこからどこへ行ったのかわからないが、パン屋の隣には本屋と靴屋と婦人服を扱う店があった。

一時間ほどして、彼女はショッピングバッグをいくつか持って、車に戻った。男が車を駐めた場所からは、どの店のショッピングバッグかまでは判別がつかなかった。だが、彼女はひとりで買い物していたわけで、なにもたいしたことではない。そのあと、銀行のＡＴＭに寄ったが、買い物したあとだから筋はとおっている。

前にべつの〝対象〟を見失った男は中東に飛ばされた。結果を出せなければ、ほかの人間に取って代わられる、それだけのことだ。ドジった人間をパリに飛ばしてくれるような、太っ腹なボスなんていない。

その生活ぶりからして、〝対象〟は夜は家にいる。家の中でなにが行われているのか知らないが、知る必要もなかった。一時間もすれば仕事から解放されるだろう。うまくいけば、ナショナル・リーグの試合の最後の二イニングぐらいは観られる時間に家に帰れるかもしれない。

そのとき、〝対象〟の玄関のドアが開き、男の退屈が吹き飛んだ。なんなんだ？

彼女はドライヴウェイでストレッチをはじめた。まじめな勤め人の姿はそこにはなかった。家から出て来るのを見ていなければ、彼女だとわからなかっただろう。

髪をポニーテールにしているせいで、顔が鋭く見える……それに、危険な感じに見える。靴以外は全身黒ずくめだ。靴も濃いグレーだ。ワシントンのこの季節はジメジメと暑いことで有名なのに、バギーショーツや袖なしTシャツは着ていない。シャツは半袖でゆったり——武器を隠そうと思えば隠せるほどゆったり——しているし、ぴったりフィットした長いパンツを穿《は》いていた。

監視に就いたのは最近だが、〝ブリーフィング〟は受けていた。〝対象〟は帰宅すると朝まで外出しないはずだ。彼女が近所を散歩する写真は見た。iPodを身につけて、イヤホンをつけて、ぼんやりした顔で、ショーツにタンクトップ、銃を隠し持つ余裕はどこにもなかった。つまり、家を出るのは珍しいが、まったくなかったわけではない。それでも……外見はまるっきりちがう。

彼女はジョギングで通りに出た。こっちに向かってくるようならと、コンピュータを上着で覆ってエンジンをかけようと身構える。ところが、彼女は逆方向に向かった。ほっとしてうしろ姿を目で追った。背筋が伸びたいいフォームだ。はじめはゆっくりと、徐々にスピードをあげてゆく。まっすぐ前を見つめるのではなく、周囲に視線を配り警戒を怠らない。iPodはなしだ。ひとりで走るとき、耳を塞ぐなんて馬鹿だ。背後からちかづいてくる足音が聞こえない。それでひったくりの被害に遭う人間は大勢いる。

通りに出たとき、〝対象〟はこっちを見なかったが、気づいていることはたしかだ。

彼は急いで携帯の番号を押した。回線がつながると、言った。「なにか起こりつつあると思います」

短い沈黙、怒気を含んだ声。「なにかって、なんなんだ?」

「思いちがいかもしれませんが、彼女はフィジカル・トレーニングをはじめたようです。軽いジョギングではありません。まるでちがいます。本気でランニングをするつもりです。iPodを身につけず、周囲に気を配って。あきらかにこっちに気づいています」

また沈黙。「引きあげろ。彼女が戻ってきたとき、そこにいるのはまずい。べつの人間をつける」

13

午前三時は、自分に自信のある泥棒にとって稼ぎ時だ。家は真っ暗。住人たちは眠っている。眠っていて当然だ。

フェリスは当然リジーに見張りをつけている。警戒態勢に入っていなくても、ゼイヴィアはその車に気づいていただろう。なんの変哲もない車だが、この界隈の住人の車はすべて頭に入っている。これはちがう。乗っている男は、目立つまいと気を使っていた。煙草は吸わないが、眠気覚ましにコーヒーを飲んでいる。暗視ゴーグルをつけなくても、男が魔法瓶のカップを口元に持っていくときの頭の動きを見分けることができた。

彼女の家に行く前に、周囲の偵察をすませた。すべて異常なし。フォージが言っていたとおりだ。見張りはひとりだけの、低レベルの監視。

ゲームのやり方はわかっているから、彼女に監視がついたからといって驚きはしなかった。だが、事前に情報が拾えなかったから、監視を命じたのはフォージではなくフェリス・マガウアンなのだろう。つまり、彼女はネットワーク以外の人間を使ったのだ。

どちらにとっても、好ましい展開とはいえない。フェリスは指揮権をフォージから奪い取った。フォージは文句を言っただろうが、フェリスが自分のやり方をとおしただけのことだ。ただ、外部の人間を使うのは気に入らない。信頼が崩れたことを意味している。いままでつづいてこられたのは、信頼があったからだ。武装し、防護し、安全策を張り巡らせたうえでの信頼だが、それを維持できたのは、たがいをよく知っている、ごくかぎられた人間しか知らないからこそだった。外部の人間となると……どんな訓練を受けてきたかわからないし、状況が流動的になったときどんな反応を示すかわからないし、どこまで知っていて、どんな命令を受けているのかもわからない。

熟達のプロを相手にするのはいい。素人はご免だ。素人はなにをしでかすかわからない。うっかり眠り込んで仕事をしくじることもあれば、不意に物音がしただけで発砲することもある。この監視が武装しているかどうかもわからない。フェリスが送ってよこしたのだから、武装しているにちがいないが。

このグループの全員が輪になって立ち、たがいの頭を銃で狙う図がときどき頭をよぎる。そのなかでいちばん危険でいちばん有能なのは、まちがいなくフォージだ。むろんゼイヴィアのほうが上だが、それは彼が若くて、いまもトレーニングをつづけているからにほかならない。だが、この図を思い浮かべるとき、彼が狙うのはフォージの頭ではない。フェリスの頭だ。彼女がもっとも冷静さを失いやすく、それゆえに均衡を破りかねないからだ。彼女は持っているものを守ろうとする。そして、守るための唯一の手段は、ほかの人間を消すことだと思っている。

ほかの人間たちだって、そう思っていないわけではない。彼も安全策を講じているし、アル・フォージがそれをしなかったら、それはもうアル・フォージではない。

あと数年は大丈夫だろうが、それから先、フェリスがいつお荷物になってもおかしくない。彼が生き延びられるかどうかわからないが、それは彼女もおなじだ。

さしあたり、五年間——万が一に備えて、二重生活を送ることに同意したときから数えるとそれ以上だ——やってきたことを、やりつづけるだけだ。

彼にできることはなにもなかった。いま起きていることに対処するだけで、つまりそれは、リゼットの家に忍び込むことだ——監視下におかれている家に。

暗がりでにやりとした。挑戦することが好きだった。

たまに神がほほえみかけてくれることがある。小雨が降りだした。完璧。駐車した車にいる男の視界が制限される。霧が出てもおなじことだ。ゼイヴィアなら車内が濡れようが、ウィンドウをさげる。目的は監視であって、車内を濡らさないことではないのだから。だが、人間は本能的に雨を締め出そうとする。

ゼイヴィアは家の裏手に到着すると、壁にぴたりと張り付いて、ほんの少しだけ頭を覗かせ、通りの向かいに駐まっている車の様子を窺った。

たまに神が笑いかけてくれることもある。ちょうどそのとき、向かいの家のあかりがついたのだ。二秒後にはポーチのあかりがついて、玄関のドアが開き、バスローブ姿の家主が、足元に小さな犬をまとわりつかせて出て来た。犬はさっと庭に走り出て用を足した。

それが人間の性《さが》だろうが、車の中の男は外から見えないようシートを倒しているはずだ。シートに座っていても、体を低くしているだろう。そしていま、彼の注意は犬の飼い主に向けられている。車に気づきませんように、それとも、この界隈の車でないことに気づきませんように、と念じながら。

いまだ。ゼイヴィアは家の裏口にちかづいた。

向かいの家の主人が犬に語りかけている。叱るというより問いかけだ。もうすんだの?とかなんとか言っているのだろう。なにを言おうがかまわない。家主がポーチに立っていてくれるかぎり、車の中の男はほかに注意を向けるわけにはいかない。

ゼイヴィアがもう一度覗いてみると、犬は楽しげに尻尾《しっぽ》を振りながら家主のもとに駆けてゆくところだった。車の中の男の注意がそっちに向いているのもあと数秒だ。

ドアノブとデッドボルトとふたつの鍵はゼイヴィアの手の中にあった。一緒に持つと擦《こす》れて音をたてるから、片方ずつ持っていた。ふたつの鍵を開ける。どちらもほとんど音をたてない。鍵の片方を左のポケットに、もう一方を右のポケットにしまい、ノブをそっと回した。

ドアの隙間に体を滑り込ませ、ドアを閉めてからじっと耳を澄ました。

彼がいるのはキッチンだ。窓から光が射し込んでいる。オーブンとコーヒーメーカー、電子レンジのライトもついている。小さいが役にたつ。聞こえるのは冷蔵庫のジージーいう音だけだった。床がきしむ音も、壁を布地が擦れる音もしない。彼の静かな侵入によって、彼女は目を覚ましてはいない。エアコンの室外機のスイッチが入る音がして、通風孔から冷気が噴き出した。

好都合だ。エアコンの音が小さな音を掻き消してくれる。

キッチン以外、家の中は真っ暗だった。彼女は眠るとき、暗いのを好む――洞窟の中のように真っ暗なのを。終夜灯は必要ないのだ。バスルームのあかりをつけっ放しにして、廊下を照らすこともしない。暗闇は彼にとっても好都合だった。

キッチンを歩き回って、家電の時計がすべておなじ時刻を示していることに気づいた。三時三十二分。リジーは意識して時刻を合わせているのだろうか。一分の大切さが頭の隅にこびりついているのだろうか。彼自身は時間に対して動物的な勘を持っており、どの時間帯にいようと体をそれに合わせる術も身につけていた。時計を見ずに分の単位まで時刻を言い当てることができる。作戦行動をとるときには、チームのメンバーたちと時計の時刻を合わせるが、それは自分のためというよりメンバーたちのためだ。リジーの時間に正確なところがとても好ましかった。秒の単位まで正確なのだから。

探し回る必要はなかった。自分がどこにいて、彼女がどこになにをしまっているかわかっている。写真を、それもたくさん見ているから、家の外と内のレイアウトは頭に入っている。足を踏み入れるのははじめてだが、未知の領域ではない。

彼女は廊下の先の部屋で眠っている。感じでわかる。彼女の存在に引き寄せられる気がするので、手元の仕事に意識を向けるのに苦労した。


夢を見ているのだと、リゼットにはわかっていた。前に見たことのある夢だった。白ずくめのあの家がまた出てきた。立体的な部屋だけはべつで、あらゆる色彩が揃っていた。家中の色という色がここに集まってきたかのようだ。でも、彼女がいるのは色彩のある部屋ではなく、いちばん広い白ずくめの部屋だった。しんと静まり返っている。

彼がここにいる。ミスター・Xが。姿は見えないし、声も聞こえないけれど、彼がちかくにいるのがわかる。おなじ部屋にいるのとおなじぐらい強く、その存在を感じることができる。振り返って、隅々まで視線を送った。白い壁、白い窓、でも、部屋には彼女以外に誰もいなかった。

ちょっと待って。どういうこと？　これは夢なの、それとも現実？　前にもここに来たことがある。でも——ああ、そうそう、夢で、だ。動悸が速くなった。Xはあの夢にも出てきたし、この夢でも彼女のことを待っている。

あらゆる色が揃ったベッドルームに、彼はいる。広大なこの家のなかで、たったひとつ、現実的で具体的な部屋。彼がちかくにいるので、体が反応していた。前の夢で手に入れたものが、いまも欲しくてたまらない。セックスだけではない。たしかに地面が揺れ出しそうなほどパワフルで、ほかのことはどうでもいいと思わせるセックスだったけれど。ただし、ひとつだけ、どうでもよくないものがあって、それがリセットを彼に結び付けようとしていた。

それにしても、彼はどこにいるの？

色の部屋を探して部屋から部屋へと巡り歩いたが、前の夢のときにあった場所にそれはなかった。もうっ、どうして部屋がじっとしてないのよ。苛立ちは募るばかりだ。いまや完全に道に迷った。廊下は曲がりくねり、やっと端まで来たと思うとさらに伸びる。怒りに任せて床を蹴りたい気分だ。彼はここにいる――この家のどこかに。細胞レベルで彼を感じる。そこは直感が幅をきかすところで、理屈は出る幕がない。彼を早く見つけ出さないと手遅れになる。彼はほかにやることを見つけて、去っていってしまう。いつだってそうだった。

そのとき、彼の匂いがした。かすかに男の匂いがする。彼の匂い、彼だけの匂い。彼の肌、彼の服、彼が使っている石鹸……すべてが集まってXになる。ほかの誰も気づかないほどかすかな匂い。でも、彼女にはわかる。一度ならず、彼の匂いを吸い込んだことがある。目を閉じて深く吸い込むと、安らぐと同時に色めきだち、熱くなった。

鼻と直感を頼りに進んだ。考えることはやめて、前へ前へと進んだ。するとようやく探していた部屋に辿りついた。ドアを開ける前からそこがそうだとわかっていたけれど、ノブを回してドアを押す自分の手を見つめていると、足元で鮮やかな色彩が弾けた。そこに彼がいた。いつものように、彼女を待っていた。どこを探せばよいかわかりさえすれば、いつだって見つけられる。

「リジー」彼が言ったのはそれだけだった。ひと言、彼女の名前を。でも、それで充分だった。


はじめて足を踏み入れるこの家のことを、ゼイヴィアは自分の家のように細部まで知っていた。建物自体は古いが、中は現代的に改装されていた。リビングルームとダイニングエリアはひとつづきで、玄関を入ると左手がリビング、右手がダイニングだ。ダイニングエリアと廊下を隔ててキッチンがある。

リビングルームに入り、ぐるっと見回す。ここもまた真っ暗ではなかった。窓にかかる分厚いカーテンの隙間から光が射し込んでいるし、家電のライトがついている。コードレスフォンの充電器の小さな青い光、ケーブルボックスのあかるい琥珀《こはく》色の光、DVDプレーヤーの赤い光。それらのやわらかな光のおかげで、家具の配置がわかった。ざっと見回してみて、目当てのものはここにないとわかった。彼女がなんでもかんでもベッドルームに持ち込んでいないことを願った。そうなると困ったことになる。部屋の真ん中に立って、ゆっくりと視線を一周させた。椅子、床、平らな面すべて——

あった。ダイニングエリアの丸いテーブルの上に——ヴァージニアに買い出しに行った成果のショッピングバッグ。

この早朝の訪問——鍵を持っているのだから、家宅侵入とは呼ばない——は、けっして安全とはいえないが、知らなければならないことがあった。彼女はどこへ、なぜ行ったのか？ 自宅から半径二キロ以内で必要なものはなんでも揃うのに、どうしてヴァージニアまで出掛けていったのか？ 彼女をここに住まわせたのにはちゃんと理由があるのだ。行動半径を狭くするため。判で押したような生活こそ味方だ。リジーを生かしておく鍵だ。彼女の日常は、道路事情を考慮しても分の単位まで予想がつく。

でも、きょうはちがった——というより、きのうの午後、帰宅途中からちがってきた。職場を出ると反対方向に進んだ。車を飛ばした。ヴァージニアまで行き、そこから引き返し、途中の出口で高速をおりた。行きには素通りした出口だ。引き返して最初の出口でおりたのなら、行きにそこでおりそこなったから戻ったのだろうと想像がつくが、出口をいくつも通り越した先でおりたのだ。まるで尾行をまこうとするかのように。

リゼットは尾行を見分ける術を知らないし、尾行をまく方法など知っているわけがない。だが、リジーなら知っている。

リゼットはきちんとしている。買ってきたものを、そこらに放りっぱなしにするはずがない。彼女らしくないことをそうたくさんしているわけではないが、それだけでも充分に意味がある。

ショッピングバッグの中身を調べるには暗すぎるし、取り出すこともできない。カサコソいう音で彼女は目を覚ます。記憶が一部でも戻っていたら、警戒しているはずだ。それに、ショッピングバッグを置いた場所も中身も憶えているだろう。彼ならそうする。侵入者がいたかどうか、それですぐわかるからだ。

ポケットから小さなペンライトを取り出した。先端に黒い絶縁テープを巻いてあるので、そこから射すのはごく細い光だ。背後の窓をちらっと見る。通りに面した窓だ。彼女はそこにブラインドを取り付け、両側の隙間をカーテンで覆っていた。ブラインドは閉じているが、それでも羽根《スラット》の隙間からかすかに光が射し込んでいた。雨にもかかわらず、だ。

一か八かだ。窓とショッピングバッグのあいだに移動し、ペンライトの光をショッピングバッグに当て、そこに記された店の名前をすばやく読み取り、ペンライトを消した。心臓をドキドキさせながら、しばらくじっと立っていた。砲火を浴びても冷静でいられる彼が、いま汗をかいている。眉間《みけん》をきれいに撃ち抜かれた気分だった。

なんてこった。スポーツ用品店を侮《あなど》ってはいけない。ある種の装備を揃えようと思えばそこで揃うのだ。

ショッピングバッグのうちふたつは空《から》で、靴の箱も空だった。いったいなにを買い込んだんだ?

開いていないバッグのうちのひとつには、口のところにレシートがホチキスで留めてあった。

レシートを読むことができれば、バッグを開けなくてすむ。中にはかさばるものが入っており、中身をぜひ知りたかった。だが、レシートを読むためには十秒か十五秒ぐらいペンライトをつけっ放しにしなければならない。捕まえてくださいというようなものだ。

選択肢のひとつは、バッグをキッチンに持っていってそっちで読むことだが、どんなに慎重にやったとしても音をたててしまう。レシートをはずして、キッチンに持っていって読むという手もあるが、きっとリジーにばれて警戒させてしまう。選択肢の最後は、一か八かペンライトをつけてここで読むことだ。

最善の策は、監視の男を消すことだ。

だが、殺したくはない。向こうだって仕事でやっているのだ。眠気覚ましにコーヒーを飲みながら。それを責めるつもりはない。

キッチンタオル。

赤と白のチェックのタオルが、シンクの横のリングに掛けてあった。特別な畳《たた》み方をしてあるわけではなく、ただ掛けてあった。キッチンに戻り、タオルをじっくり眺めた。タオルは両端がきっちりと揃うように掛けてある。几帳面なリゼットでもここまではやらない。その昔、リジーがこうするのを見たことがあった。

タオルをリングからはずし、ダイニングエリアに戻る。おもてに光が洩れないよう、ペンライトをタオルでくるんでスイッチを押し、レシートを読んだ。

バックパック。ナイフ。ロープ。唐辛子スプレー三缶。彼女はこれを現金で支払っていた。つまり、クレジットカードの請求書に買った商品が表示されることはない。

ペンライトを消し、目を閉じた。しばらくじっと立っていた。アドレナリンが全身を駆け巡る。もはや疑いようがなかった。自分の直感を疑っていたわけではない。だが、これが動かぬ証拠だ。彼女は甦った。あるいは、甦りつつある。

リジーは逃げる準備をしているのか、それとも戦う準備をしているのか。すっかり思い出したのか、それとも断片的に？　どこまで記憶が甦ったのだろう？　きっと一部だ。細部まですべて思い出したのなら、いまごろ自分のベッドで眠っているはずがない。バックパックに買ったものを詰めて、姿をくらましている。武器を買うための書類をすでに揃えたのだろうか？　いや、正規の手続きを踏んで買うことはしないだろう。ヴァージニアの田舎の蚤の市か、路地裏のブラックマーケットをあたる。これまで行ったことのない場所に足繁く通うようなことになれば、彼らは困ったことになる。

いや、彼女が困ったことになる。

今後は、彼女の車や電話や電子機器に仕込まれた監視装置をモニターするだけではだめだ。彼女の居所を四六時中知っておく必要がある。彼女が尾行をまいて、車を捨て、この家も、これまでの三年間の生活もすべて捨て去る可能性はある。運任せにはできない。たとえ甦ったのが記憶の一部だけだとしても、これだけのことをやってのけたのだ。いまは事態がわからず、怯えているだろう。

逃げ出すとしたら、バックパックを持って出るはずだ。そうでなきゃ買った意味がないだろ？　学校に通うはずはないし、ハイキングに行くはずもない。ショッピングバッグからバックパックを取り出したら、音がする。どのバッグになにが入っているか、いまはわかっている。レシートがホチキスで留めてあるバッグには、唐辛子スプレーも入っている。

バックパックを手に取る必要があった。ほかにもやり方はあるが、あらゆる策を講じておきたかった。

バッグに手を突っ込むだけなら、カサカサいうぐらいだ。できればバックパックを取り出して細工したいが、この状況でそれは無理だった。

ポケットから小さなポーチを取り出す。小さな追跡装置が三個入っている。もっと小さいのもあるが設置するのがむずかしい。ここにいる時間は最小限に抑えなければならない。追跡装置を一個取り出す。それぞれが封をし直せるビニール袋に入っていて、袋には番号がふってあるから、どの装置をどこに設置したかわかる。袋をブラインドの隙間から射し込む光にかざし、番号を読んだ。オーケー、二番をバックパックに。

小さな装置だから床に落としたりしないよう慎重に扱う。ショッピングバッグに手を突っ込むとカサコソ音がした。動きをゆっくりにすると音は小さくなった。バックパックのストラップが手に触れた。さらに手を入れるとフラップがあった。この下にファスナー付きのポケットがあるはずだ。よし。見なくても手触りでわかる。慎重に手をひっくり返し、フラップの裏面に追跡装置を取り付けた。

ゆっくりとショッピングバッグから手を引き出す。

ワンアウト、残るはふたつ。

タオルをキッチンに戻し、両端が揃うようにリングに掛けた。

さて、これからが腕の見せどころだ。

ためらうことなく彼にちかづいていった。服を脱ぎながら。考え直したりしない。そもそもなにも考えていなかった。本能と欲望のままに、肌と肌を合わせる。それだけ。彼を迎え入れる。それだけ。うねりながら絶頂へと昇っていって、叫ぶ。この部屋でなら、叫びたければ叫べる。諦めてばかりの人生で、やっと欲しいものを手に入れることができる。ここでなら、生きることができる。

ミスター・Xは腕を組み、じっと待っている。服は着たままで、じっと待っている。いつだって待っている。彼女は下着をさげ、足を抜いた。ためらいも、戸惑いも、恐れもない。ほほえんで、彼の黒い目を見あげ、彼の服を脱がせはじめた。シャツを脱がせ、裸の胸のぬくもりに顔を埋め、深く息を吸い込んだ。とてもいい匂い。ほんものの匂い。頬に当たる肌の熱を感じる。胸毛が鼻をくすぐる。

夢だとわかっている。夢のなかでも最上の夢。

これだけでもすばらしいけれど、彼の匂い以上のものが欲しかった——もっと、もっと。ベルトを引き抜き、ジーンズのファスナーをさげ、手を中に滑り込ませて、彼のものを手で包み込む。指を突きあげる硬さを感じる。彼が喉の奥で深い音を出す。ため息よりは大きくて、うなり声ほど大きくない音。

ジーンズを押し下げて脱がせる。ブーツに邪魔はさせない。現実世界ではブーツをなんとかしなければならないが、ここは夢の中、ブーツに邪魔はさせない。彼女はもう濡れて、準備ができていた。あとは彼に埋めてもらうだけ。彼を押し倒してまたがり、激しく奪いたかった。でも、気がつくと絶頂を迎え、すべてが終わっていた。震えながら息をあえがせながら、目覚めた。まだだめ！　まだ目覚めたくない。早すぎる。彼の肌触りや匂い、すべてを味わいたかった。

彼の両手が髪に絡まって自分のほうに引き寄せる。彼女が離れていかないように。その手が好きだ。大きな手、力強い手、殺すことも歓びを与えることもできる手、傷つけることも癒《いや》すこともできる手。この手を恐れる人がいる。でも、彼女は恐れない。

Xが彼女を抱きあげてベッドへと運んだ。こういう彼がいちばん好き。裸で、逞《たくま》しくて、焦れている。彼の世界を思いきり揺り動かすと、彼は焦れる。すると荒々しくなる。破壊のかぎりを尽くして、それからこのうえなくやさしくなって、愛してくれる。宝物になった気分だ。

足が床から離れた。舞いあがる。彼が欲しくてたまらない。彼はここにいる、すぐそばに。空を飛びながら、彼の首に腕を巻きつけ、抱きついた。夢だもの、飛べる。ベッドに向かう彼の腕の中で、小さく笑った……横を向くと、鏡の中に自分の顔があった。目をぎゅっとつむって、開けると、やっぱりそこに顔がある。あたらしい顔、自分のではない顔が。

それとも、これが自分の顔なの？

どっちがほんもののわたし？　Xが望むのはどっちの顔？

彼が愛しているのは、どっちの顔？

それより問題なのは、彼はそもそもわたしを愛しているの？　あんなことをしたあとでも？

ベッドにおろされたので、鏡の中の顔は見えなくなった。そのほうがいい。見たくなかった。感じたい。心配なんてしたくなかった。Xを抱きしめて、あとは体にすべてを委ねる。しばらくのあいだ、ふたりは大きなベッドに横たわっていた。胸を合わせ、脚を絡ませ、鼓動を合わせて。目と目を見合わす。一瞬、心臓が止まるかと思った。ああ、彼はなんて美しいの！　きれいではない。でも、心の目で見ると、彼は……美しい。

彼女の顔のことなど、彼は気にしていない。顔の奥の彼女は昔のまま、彼にはそのことが大事だ。そう、彼は愛している。いまも彼女を愛している。

彼が喉にキスした。これまでずっとそうしていたように。でも、ああ、いまはそれができない。もう時間がなかった。一緒にいられない。彼女が住んでいる世界と、彼が住んでいる世界はちがう。それはここではない。運がよければ、また夢に見られるかもしれない。運に見放されたら、二度と見られない。

「いま」彼女はささやいた。

彼が笑いながらうなった。「まだだ」

リゼットは口を開き、お願い、と言おうとしたけれど、できなかった。懇願すれば、彼はよけいに時間をとるだろう。

ふたりには時間がなかった。

リゼットは全身を震わせた。夢が終わって欲しくない。彼が中に入ってくるのを待ってはいられない。こうしてただ抱き合っているだけなら、ひと晩中ここにいられる。でも、体が疼く。あと一分、待てるのはそれだけ。

早く、早くと急きたてる欲望よりもなによりも……Xにいなくなって欲しくなかった。二度といやだ。

ゼイヴィアは廊下を彼女のベッドルームへと向かっていた。流れるような動きで、床の上を漂うように足音をたてない。ぜったいに彼女を起こしたくなかった。もし目覚めたとしても、真っ暗だから姿は見えない。強姦魔か殺人鬼だと思うだろう。女ならそう思う。いや、たとえ姿が見えたとしても、そう思うにきまっている。ドラッグストアで会ったとき、彼女はまったく気づかなかった。もし目を覚ましてランプをつけ、黒ずくめで武器を持った彼を見たら、記憶が一気に甦るだろうか、それともパニックをきたして悲鳴をあげる？　おそらくパニックと悲鳴だ。

ベッドルームのドアは開いていた。ひとり暮らしだから、いちいちドアを閉める必要はない。中に入って立ち止まり、ベッドを、彼女を見た。

目覚まし時計とコードレスフォンの充電器の青いライトのおかげで、丸くなって眠る彼女の姿が見えた。低い枕の上の黒い髪、首元まで引きあげた上掛け――片方の足が突き出している。変わらないものもある。彼女の顔にどんな細工を施そうと、脳みそに……奥のほうにリジーがまだ残っている。そう考えるべきだった。押し込められた檻《おり》から、彼女がいつか自分を解き放つだろうと。

もうひとつ、変わらないものがあった。リジーは〝バッグフェチ〟だ。ハンドバッグが大好きで、安いのをいくつも持つより、金を貯めて上等な革のバッグを買うタイプだった。彼が訓練した女たちや、一緒に訓練した女たちは、ハンドバッグよりもポケットやウェストポーチを好んだが、リジーはちがった。バッグに固執した。選んだ末に買ったバッグを、そこらにほっぽったりしなかった。ベッドルームまで持っていって椅子の上に置いた。椅子の位置を動かすことがあっても、バッグはつねに椅子の上だ。

いま、ベッドルームの椅子は、リジーの頭から一・五メートルほど離れた場所にあった。ベッドサイド・テーブルの反対側だ。バッグは白いからかんたんに見分けられた。長いストラップがついている。おそらく拳銃は持っていないだろうが、リジーは狙いをはずさないから、目を狙って蜂避けスプレーをかけられたら、一瞬目が見えなくなるだろう。不利な立場にたつ彼に対し、彼女がどう出るかは神のみぞ知るだ。

ストラップに指を入れてそっと持ち上げ、ベッドサイド・テーブルから携帯電話を取り、うしろ向きのまま廊下に出た。キッチンがいちばんあかるいから、作業場として最適だ。バッグをキッチンのカウンターに置き、作業に取り掛かる。追跡装置――一番――をファスナー付きのポケットに取りつけようとして、手を止めた。〝バッグフェチ〟のリジーのことだから、ハンドバッグをいくつも持っているだろう。服やその日の気分や、持っていくものに合わせてバッグを替えているはずだ。あすはべつのバッグを持っていくかもしれない。

バッグはだめだ。財布が目についたので引き出し、開いてみた。女持ちにしては大ぶりな革の財布で、小切手帳がおさまるようになっているが、そこに入っていたのは小切手帳ではなく現金だった。現金二百ドル。ほかにはクレジットカードが何枚かと運転免許証、医療保険カード、レシートが二枚。レシートの日付を読みとろうにも暗くて無理だった。時間はどんどん経ってゆく。

　バッグは替えてもこの財布はつねに持ち歩くだろう。これは賭けだ。現金を取り出し、裏地が剝がれている部分をめくって小さな追跡装置を差し込み、現金をもとどおりに入れ直して、財布をバッグに戻した。

　つぎは携帯電話だ。彼女がもし電池をはずしていたら、持って出るつもりだということだ。金曜に落として壊した携帯の代わりは、シンプルな二つ折りの携帯だった。スマートフォンにしなかったのは、よい決断だ。ふつうは電池の下に追跡装置を仕込むが、彼女が使うたびに電池をはずすなら、見つかる可能性が高いし、取り外されてしまうかもしれない。

　ゼイヴィアはしばらく携帯を眺めた。キッチンのほうがあかるいとはいえ、はっきり見えるわけではないので、手探りで作業せざるをえない。追跡装置を隠せるようなへこみや割れ目はそう多くはない。キーボードカバーの端に触れてみる。硬いプラスチックではなくゴム製だ。爪の先を差し込んで持ちあげ、追跡装置を差し込んでもとに戻す。安全な隠し場所とはいえないが、電池ケースを使えないのだから仕方がない。

　バッグと携帯を持ってベッドルームに戻り、もとあった場所に置いた。携帯を置くときには、テーブルに当たって音がしないよう細心の注意を払った。

　そっと息を吸い込みながら彼女に目をやる。

　いま彼女が目を覚ましたら、こっちは逃げ場がない。もし目を開けたら、目覚まし時計の光で彼の姿が見えるだろう。すぐに出て行くべきなのに、彼女がこんなに間近にいるものだから、うしろ髪を引かれる思いだ。ドラッグストアでその姿を見ただけで、渇望は一気に激しくなった。目に蜂避けスプレーを吹きかけられる危険は覚悟のうえで、いまこうして、眠っている彼女を眺める贅沢に浸っていた。

リジー。ゆるくカールした黒髪は、枕の上で乱れ、絡まっている。顔の形は変わってしまったが、唇の曲線はもとのままだ。掛け布団からはみ出した足ももとのまま。

匂いも変わらない。

肌の感触を手が憶えていた。

悲鳴をあげるまで彼女を攻めたてたのは、ずっと昔のことだ。終わると、今度はこっちがやられる番だった。あなたのは、悲鳴というよりうなり声だけれどね、とからかわれたものだ。

拳を握りしめながら、彼女に触れたい衝動と必死で戦った。それ以上を望んで、イチモツがひくつく。クソッ、早くここを出ないと、とんでもないことをしてしまいそうだ。

家に忍び込んでから二十分後、ゼイヴィアはおもてに出た。雨はまだ降っていた。ありがたい。監視の車はおなじ場所に駐まっていたが、中に動きはない。雨に誘われて眠り込んでいるのかもしれない。せっかくコーヒーを飲んだのに。それとも、ボトルに向かって用を足している最中か。ゼイヴィアも監視についたことがあるから、どんなものかわかっている。

あそこに座らずにすんでよかった。

裏口の鍵をふたつ、音をたてずに閉めると、暗がりを伝って逃げた。監視の車とのあいだに家を二軒挟むところまで来ると足を速めた。早くトラックに戻り、追跡装置がちゃんと作動するかコンピュータで確認したかった。それがすんだら自宅に帰り、リジーが目覚めて一日をスタートさせるまで、仮眠をとろう。

準備を整えなければ。リジーはいろんな意味で目覚めた。面倒なことになる。どっちの側につくか、とっくに決めてあった。何年も前に。正しかろうと、正しくなかろうと、それを守るだけだ。

リジーは生きている。だが、ほんとうの意味で生きてこなかった。

それは彼もおなじだ。


夢の中で、彼は膝でリゼットの脚を押し開き、それから深く貫いた。あえいだのは痛いからではない。解放感、歓び、これまで感じたことのない一体感のせいだ。おたがいがおたがいの一部になる。

あることに気づかなかった鏡が——前にはなかったはずだ——ベッドの上に現れた。ベッドとおなじぐらい大きい鏡が、夢を映している。顔……どっちの顔なの？　古いほう、それともあたらしいほう？　それがなんなの？

目を閉じれば、心を掻き乱すものを締め出すことができる。目を閉じる代わりに、鏡に映るXを見つめた。広い肩、筋肉質の背中、丸いお尻。こんな見事なお尻、見たことがない。ベッドの上で絡みあうふたつの体、日に焼けた彼の肌のせいで、彼女の肌の白さが際立つ。彼の硬い体のせいで、彼女の体はよけいにやわらかく見える。彼は大きくて広くて、彼女をすっぽりと包み込んでいる。まるでちがうのに、ぴったりと合っている。

彼の力強い脚を見つめる。彼の動きを目で辿る……激しさがおさまって……やさしいとさえいえる動き。抜き差しのゆったりとしたリズムが、だんだんにスピードと力を増していった。

リゼットは目を閉じて、体をあずけ、高みへと、どんどん昇っていった。声をあげ、弓なりになってXにしがみつく。彼が深くまで入ってくるのを感じ……

彼がなにかささやいたけれど、なんと言ったのかわからなかった。眉をひそめて、口を開いてこう言おうとした。「なに?」彼がささやいたことは大事なことだ。無駄口を叩かない人だから、でも、その言葉を形作る前に、彼が返事をする前に――

目を開けた。体がぐらっとして、全身の筋肉が張り詰め……それから、力を抜いた。ひとつずつ、筋肉の力を抜いてゆき、マットレスの中に融け込んでいった。筋肉がとても弱く、重く感じる。

ウォルグリーンズに足しげく通おう。Xがあそこの常連なら、また会えるかもしれない。

つぎは、怯えた兎《うさぎ》みたいに逃げ出したりしない。彼に電話番号を教えて、彼をお茶に誘って、それから……

はい、そうですとも。リゼット・ヘンリーはセックスに飢えたストーカー。夢が現実になると信じている。彼みたいな男性に妻も恋人もいないと信じている。

雨が降っていた。目を閉じて、窓を叩く雨音に耳を傾けた。屋根や窓を叩く雨の音は、また眠りに誘ってくれる心安らぐ音だ。雨のせいで暗いけれど、もうじき夜が明ける。いま眠ったら夢のつづきを見られるだろうか。あれはあれで完結してしまったのだろうか。朝になって目覚めたとき、夢はちゃんと記憶に残っているだろうか。

いまはまだ、夢は生々しいまま、彼の匂いを嗅ぐことができる。

14

首都ワシントンに生息する人間たちの多くは、エゴの罠にはまっているが、フェリス・マガウアンは、自分の地位やそれに伴う役得についてあれこれ悩んで時間を無駄にしたことはなかった。理想どおりの完璧な世界でなら、お抱え運転手が行きたいところに彼女を運んでくれるし、彼女の権威に疑いを挟む者はひとりもいない。心ひそかにそういうことを望んではいるが、完璧な世界などないから、望みは望みとして、現実に対処するしかなかった。

この場合の現実とは、雨の中を出掛けて行くことだ。最良の計画はたいてい途中で頓挫《とんざ》するものだし、ゲームの性格上、彼女がアル・フォージのもとに出向かねばならない。アル・フォージを呼びつけるわけにはいかないのだ。言えば彼は喜んでやって来るだろう。でも、いま彼女はNSAに勤めており、彼をここに来させては面倒なことになる。超がつく詮索好きたちに、ふたり一緒のところを見られたくなかった。あくまでも裏の関係であり、どちらにとってもそのままにしておくにかぎる。

ある意味、彼女のほうが楽だった。〝対象C〟の秘密裏の監視に、彼女は関わってはいない。アルはその責任者であるばかりか、表向きは国家安全保障局の傘の下で働いていることになっている。彼が実際に行っていることは、〝必知事項〟と〝極秘事項〟の層で幾重にもくるまれているので、大統領ですらすべてを把握していないほどだ。アルがキャリアをスタートさせたのは財務省だった。そこの秘密検察局を経て司法省に移り、そこから先はなにをしてきたのか謎に包まれている。

ＮＳＡは、ふつうの生活を送る自国民――つまり、ホームレスと世捨て人をのぞくすべての人間――を監視しているが、それでもアルのファイルのすべてにアクセスできるわけではない。興味深い国際問題に関して、両者の情報にはギャップがあるが、彼女はあえてそれを埋めようとはしなかった。いよいよとなれば、この国にはアルのような人間が必要なのだ。彼女自身の経歴のなかにも、ギャップがふたつほどあるのだから。

アルがかつてやっていたことを、いまはゼイヴィアがやっている。だが、アルの磁石はつねに北を向いていた――つまり、何事も国のためだった――が、ゼイヴィアは予想がつかない。彼がこの仕事をはじめたころは、アルとおなじ国家に忠実な人間だと思っていたが、それがだんだんに怪しくなっていった。計り知れない能力を備えたゼイヴィアに寄せる彼女の信頼は、この四年のあいだに薄れつつあった。だが、アルはまだ彼を信頼している。その信頼は、本人が気づいている以上に重いものだ。

自分たちがしてきたことを正当化するつもりはない。そんなことはできない。考えるたびに胃がむかむかしてくる。必要なことだと頭ではわかっていても、心では後悔し、嘆《なげ》いていた。あの日、全員が魂の一部を失った。どれほど仕事に打ち込もうと、失った魂を取り戻すことはできない。

そしていま、問題になっているのは〝対象C〟のことだ。誰も彼女を抹殺《まっさつ》しようとは思わなかったが、彼女が要《かなめ》であることはわかっていた。いちばんの弱点だ。関わった全員の首を絞めるだけでなく、国家に取り返しのつかぬ損害を与えかねない。アルはどう思ったか知らないが、フェリスとしては命令を出したくなかった。それでも、そうすることが必要だとわかっている。アルは認めようとしないだろうが。

問題は、あれほど鮮烈な出来事を共に潜り抜けた者たちには、家族のような連帯感が生まれることだ。アルのチームに寄せる忠誠心は伝説の域に達している。だが、〝対象C〟はチームの一員ではなかった。チームが利用した道具だった。

彼女が脅威になるようなら抹殺すると、最初から決まっていた。彼女が脅威にならないかぎり、生かしておくことに、フェリスも異存はない。

彼女が脅威にならないかぎりは。

ささいなことだが気になる動きが表面化していた。ひとつひとつはささいなことで、かんたんに説明がつく。だが、全体として見ると、まったくべつの像が浮かびあがり、無視できるものではない。それは、〝対象C〟が脅威になりつつあると告げるものだ。

〝対象C〟の監視チームが拠点にしている建物は、なんの変哲もない煉瓦造りの二階家だった。ドアには〝キャピトル・テンポラリー・サービス〟と表札が出ている。ここを派遣会社だと思って応募しに人がやって来たら、受付には係の者がいて、マネージャーもいるから、派遣の仕事が見つかる。だが、いざ先方に出向こうとしても、そんな会社は存在しない。頭のあまりよろしくない男が、〝テンポラリー・サービス〟とは〝コールガール〟の婉曲《えんきょく》的表現だと思い、料金を値切ろうとやって来ることもたまにはある。それより多いのが、道を聞こうとやって来る人たちだ。

内部のセキュリティは最高水準だった。彼女はいま玄関を入り、受付係に会釈した。見た目からは想像もつかないが、受付係もちゃんと武装している。親指の指紋照合で最初の強化ドアが開き、そこからさらに幾層ものセキュリティ・チェックを潜り抜け、上のレベルに到達する。ぜったいに突破できない建物などない。侵入し破壊する手段はかならずある。だが、この建物は権力や活動の中枢ではないし、まったくと言っていいほど目立たない。

ようするにここは監視と支援を行う場所だ。アル・フォージが諜報活動を行っており、そのごく一部、ほかとは完全に切り離されている部分が、もっぱら〝対象C〟の監視を行っていた。

アルはいま手が離せないということなので、わたしが来たことを伝えて、とフェリスは言い、〝タンク〟で待つことにした。静寂を味わうめったにない機会だ。聞こえるのは自分の息遣いと足音だけ、ほかの誰でもない自分がたてる音だけだ。誰にも見られていないし、誰もこちらの反応を窺っていないし、決断がくだされるのを待ってもいない——少なくともいまは。フレンチローストのポッドを選んでセットし、コーヒーを淹れた。孤独を楽しむ。アルが長く待たせるとは思えないから、この時間を大切にしよう。

決断しなければならないことがいくつもあった。軽々しく決められないことばかりだ。彼女がどこに住んでいるか、娘がどこに住んでいるか、ゼイヴィアは知っている、とアルは言った。聞き捨てならない。アルは警告のつもりで言ったんだろうし、彼女もそう受け止めた。

自分の身に危険が迫っているとほのめかされるのはいい。覚悟のうえだ。でも、娘の安全が脅《おびや》かされるとなると……無視はできない。アシュリーは大切な宝物だ。娘の身になにかあったらと考えるのも耐えがたい。娘には人生を謳歌して欲しい。愛して愛されて、家庭を築き、キャリアをまっとうして欲しい。身勝手だとは思うが、いつかこの手に孫を抱いてみたいとも思っていた。

大切な娘の身になにかあったら、とても耐えられない。

アシュリーが危険な目に遭わないよう、どこかに隠すわけにはいかない。彼女はいまスタンフォード大学の大学院に通っている。優秀な学生で、目標を達成するためならどんな努力も惜しまない頑張り屋だ。いかんせんまだ若いから、フェリスが危険だと説明しても、事の重大さを理解できないだろう。学業が中断されることを受け入れるわけがない。

そうなると、ゼイヴィアのほうをなんとかしなければならない。

そのとき、アルが〝ダンク〟に入って来た。あいだを置かずにまた訪ねて来たことを、彼はどう思っているのか、顔には出さない。ラスベガスでポーカーをやったら、大儲けできるだろう。「どういう風の吹き回しですか？」彼は暢気《のんき》に言い、コーヒーメーカーの前に立ち、ポッドを選んだ。

アルは暢気なタイプではない。というよりどんなタイプにも化けられる。だが、つねに考え、つねに評価し、自分のやり方で物事を進めようとする。彼女がここに来たわけなど先刻承知だ。

それでも、フェリスはいまの状況と、彼女の意向――その一部――をかいつまんで話した。「〝対象C〟は、どうも落ち着きがなくなっている。大きくではないけれど、これまでの生活パターンからはずれた行動をとっているわ」

彼はコーヒーカップがいっぱいになるのを待って取り出し、ひと口飲んでから暢気に言った。「たとえば？」

彼女はむっとした。〝対象C〟の車に追跡装置を付けているのだから、きのうの午後、彼女がどこに行ったか知っているはずだ。アルを馬鹿だと思ったことはないし、それは向こうもおなじだろう。彼がこういうダンスをするのには理由がある。

「ヴァージニアのショッピングセンターまではるばる出掛けることを、生活パターンからはずれた行動と言わないのかしら？　ちかくにおなじ品揃えのショッピングセンターはいくらでもあるのに」彼女が声ににじませたのは、軽い興味だけだ。

アルがため息をついた。「彼女が店で不埒《ふらち》な行いをしましたか？」

「彼女はスポーツ用品店に行ったのよ」

「それはそれは」彼は見事に抑揚のない声で言った。打てば響くとはこのことだ。激しい口調で言うよりよほど皮肉が効いている。フェリスは思わずほほえんだ。「彼女のクレジットカードの記録によれば、ランニングシューズとジョギングウェア、それに蜂避けスプレーを買っています」

彼女はその言葉を払うように手を振った。「わかってるわよ。ほかの店でクレジットカードを使っていないこともわかっている。現金で支払ったか、ほかでは買い物をしなかったか。もう一度言うけど、彼女はちかくのスポーツ用品店を素通りしている。どうしてあの店だったの？　どうしてヴァージニアくんだりまで出掛けて行ったの？」

「そもそも買い物するつもりはなかったのかもしれません。衝動的にドライヴに出掛けただけかも」

「ちょっと」フェリスは言った。〝馬鹿なこと言わないで〟は省略した。「彼女は衝動的にならないようプログラムされているのよ。衝動的になるなんてありえない。行きあたりばったりに車を走らせたこと以外にも、すべきでないことをしてるわ」

「たとえば？」

「きのうの夜、帰宅してから走りに出た。監視の人間が受けた印象をそのまま伝えると、まるでトレーニングをはじめようとしているみたいだったそうよ」

「それはその人の印象にすぎない。わたしが思うに、あなたは彼女のことをなにも知らない人間を監視につけた。彼女はランニングシューズとウェアを買った。それで走りに行った。べつに不自然ではない。われわれが知るかぎりでは、彼女の職場の同僚たちは、ダイエットやシェイプアップを話題にしている。それで、彼女もやってみようと思ったんですよ」

フェリスは考え込んだ。「ありえるわね」ぎりぎりありえる話だ。「あたらしい携帯のアクティベーションをしていたら、それも考えられるでしょう。でも、携帯を壊した翌日に、わざわざあたらしいのを買いに行っておきながら、いまだに電池すら入れてないのよ。どうして店でアクティベーションしてもらわなかったのかしら？　買ったのが土曜日で、きょうは火曜日。そういう小さな違和感の積み重ねが、わたしは気に入らないのよ」

彼が黙っているのは、携帯電話のことが気になっているからだ。ふだんの生活パターンからそれている。ドライヴすることも、衝動的に買い物することも、それに仕事が終わったあとでジョギングすることも、彼女らしくないが、非常ボタンを押すほどのことではない。

それでも、彼は携帯のことを説明できないでいる。携帯を買って電池を入れない人間がどこにいる？　彼らのような人間、つまり、電池を入れればGPSが作動して、位置を探知されると知っている人間なら、電池を入れないだろう。世界中で、人びとは気づかないうちに追跡装置を身につけている。いまの世界情勢を考えれば、持ち主はいつその装置によって追い詰められ、身柄を拘束されるかわからない。

「彼女の上司が、勤続年数について口をすべらせたことが、すべてのはじまりだったとしたら」彼女はつづけた。「それが引き金になって、記憶の調整が行われたとしたら」

「彼女のかつての能力が表面化してきたとしても、記憶が戻ったとはいえない」アルが言う。「彼女は記録にアクセスできないし、どこから手をつければいいのかもわからない。たとえできたとしても、わかるのは二年間の空白があるということだけだ。どこにも辿りつけない。あなたも知っているはずだ。ぬかりはありませんよ」

「彼女の記憶が戻らないかぎりは」

「その確率はどれぐらい？　玄関を出て雷に打たれる確率よりも低い」

「ええ、そうなると、雷に打たれる確率はかなり高いってことね。だったら、〝対象C〟に関して、その確率がどれぐらいまでなら許容範囲と考えられるのかしら？」

これで彼を言い負かした。唯一の妥当な答は〝ゼロ〟だ。

彼女がアルに望むのは現実を受け入れること、〝対象C〟をかばうのをやめることだ。彼女には手足となる部下がいるが、アルの投入できる人材にはとうてい敵《かな》わない。彼が人を動かし、彼女が情報操作を行えば、協力してこの難局を切り抜けられる――おそらく多少のダメージは受けるだろう。もしかしたら、死ぬまで疑惑がついて回ることもあるかもしれないが、人生を刑務所で終えることも、死刑判決を受けることもない。

「取り越し苦労だと思いますがね」彼が言った。「たとえ彼女がすべてを思い出したとしても、彼女になにができます？　彼女だって、秘密が守られることを願うはずだ」

「確率のことでもうひとつ質問。彼女が記憶をすべて取り戻す確率は？　あの処置を考えれば、せいぜい記憶の一部が甦るだけだと思うけれど」

「あの処置を考えれば、彼女が人間として機能していること自体が驚きですよ」アルが鋭く切り返した。

「彼女は同意したのよ」

「もうひとつの選択肢は、頭に銃弾をぶち込まれることだったから」

頭が痛くなってきた。フェリスは額《ひたい》を揉んだ。なにもかもうまくいかない。危険信号が目の前で点滅しても、アルには本気で取り組む気はないのだ。自分でなんとかしなければならない。

いいでしょう、こっちはこっちのやり方でやる。

それでもいちおう挨拶はとおしておく。「いいわ。いましばらく様子を見ましょう。自分が正しいことを祈るのね。さもないと共倒れになるわよ」

15

体がそれほど衰えていないとわかったのは、リゼットにとって嬉しい驚きで、けさは太股《ふともも》が多少痛むぐらいだった。きょうも、仕事から戻ったら、プロテインバーではなく、まともな食事をとって、また走ろう――距離を少し伸ばし、スピードも速くしてみようか。それとも、筋肉を一日休めたほうがいいのか。でも、走りたくてうずうずしていた。

家のドライヴウェイに駐めた車に乗り込もうとしたとき、マギーがスウェットパンツにTシャツという格好で玄関から出てきた。

「リゼット、ちょっと待って!」

困ったことになった――朝のおしゃべりは日課に入っていない――と思いながら、車の屋根越しに隣人を見た。「仕事に行かなくちゃ――」

「わかってるわよ、すぐにすむから」マギーは玄関ポーチの縁まで来て手招きした。珍しいことに煩《うるさ》い犬を抱いていない。リゼットがそれに気づいたとたん、家の中から騒々しい鳴き声が聞こえた。取り残されて文句を言っているのだ。

仕方がない。濡れた芝生を踏みしめて、いやいやポーチに向かった。濡れた靴で出勤したくないのに。「なにかあったんですか？」

「そうなのよ」マギーは化粧しておらず、そのせいで若く見えた。へんなの、とリゼットは思った。「いいこと——見てはだめよ。振り返ってはだめ。きのうから、見慣れない車が通りに駐まっているの。けさの七時ごろにいなくなったと思ったら、べつの車がおなじ場所に駐まるじゃないの。まるで誰かを見張っているみたいにね。気味が悪いと思うでしょ。盗みに入ろうと思って、下見に来たんじゃないかしら」

見るなと言われるとよけいに見たくなるのが人情だ。リゼットは見るまいと必死になった。冷や汗が噴き出す。やっぱり思い過ごしではなかった。誰かに見張られていた。思ったとおりと満足すればいいのか、怖がればいいのかわからない。

見ちゃだめ、見ちゃだめよ。なにを言おうか考える。「警察に通報して、調べてもらったほうがいいんじゃありません？」

「どうかしら」マギーはリゼットから視線を離さない。「面倒はいやなのよ」

もし泥棒が下見しているなら、すべきことはひとつだ——べつの可能性に対処する方法を、そのとき思い付いた。

「わたしがなんとかします」きっぱり言った。「まわりに気を配っていただいて、ありがとうございます」

マギーはちょっと驚いた顔をした。「あなた、なにするつもりなの？」

「車のナンバーを控えます」

そのとおりにした。けさはバックで車を出さずにすむ。前日、あたらしい駐車の仕方を守り、バックで車を入れたからだ。車を出しながら、通りに駐まっている車に注意を払うと、闖入者《ちんにゅうしゃ》の車はすぐにわかった。ベージュのどこにでもあるセダンがそうだ。この通り沿いの住人の車はすべて知っている。乗っているのは男で、横を向いてシートに寄り掛かっていた。まるで顔を見られるのは困るというように。こっちが警戒態勢に入っておらず、探そうと思って見ていなければ、そんなことにも気づかずに通り過ぎていただろう。

いつもの通勤コースをとると、監視の車が駐まっているほうへではなく、逆方向に曲がらなければならない。きっとすぐにあとをついてくるだろう。つまり、ナンバーを読み取るのがむずかしい。

男にピストルで狙い撃ちされる心配はまずないだろう。男の任務は監視だけだ。なぜだかわからないし、相手が誰なのかもわからないが、いまのところ危害を加えられていなかった。マギーが言うように下見に来た泥棒だとすると、まず武器は持っていない。捕まったとき武器を持っていると刑が重くなるから。

ドライヴウェイのはずれで一時停止して、左右を確認し——車の往来はない——通りに出ると即座にブレーキを踏んだ。ギアをバックに入れ、問題の車に向かってバックで車を走らせた。タイヤが悲鳴をあげる。バックのまますれ違うと、男が驚いた顔でこっちを見た。

車のナンバーが見えるところまでさがってまたブレーキを踏み、ナンバーを書き留め、ギアチェンジして車の横に並ぶと助手席のウィンドウをさげた。男も恐るおそるウィンドウをさげた。「ちょっと」車のナンバーを書き留めたメモ帳を掲げて、怒鳴った。「このあたりに泥棒の下見に来たのなら、考え直したほうがいいわよ。車のナンバーを書き留めたから」

彼女が車を激突させたとしても、男はこれほどぎょっとしなかっただろう。「ぼくが――なに？　まさか。ぼくは、そんな――ほんとうだ、そんなつもりは――」

「だったら、この通りからいなくなることね」彼女は吠えた。「ずっと人を待っていたなんて言わないでよね。近所の人たちに気づかれなかったとでも思ってるの？　わかった？」

わかったようだ。

心臓がドキドキいっていた。車が最初の十字路を曲がって姿を消すのを見送る。なにかをやり遂げたあとのような爽快な気分だった。助手席のウィンドウをあげ、運転席のウィンドウをさげて、マギーに親指を立てて見せた。にんまりして彼女の家の前を通り過ぎた。マギーが敬礼を返してくれた。

一石二鳥。リゼットは満足していた。あの男が泥棒の下見に来たのなら、二度と現れないだろう。彼女を監視するために雇われた私立探偵なら、やっぱり二度と現れないだろうが、近所の人に見つかったうえ、ナンバーを書き留められ、泥棒呼ばわりされた、と報告書に記載するだろう。彼女はまだなんとかレーダーをかいくぐっている。

ベージュの車の男は、角を曲がりきると親指で携帯電話の番号を押した。「感づかれました」簡潔に言った。「隣人が怪しんで〝対象〟に言いつけたんです。すると、〝対象〟がナンバーを書き留めて、泥棒の下見をしているんだろうって言いがかりをつけてきたんです。警察に車のナンバーを言うと脅されました」

沈黙があった。連絡係は状況判断を行っているのだ。「彼女はそれまで気づいていなかったのか？　その確信はあるのか？」

「確信はありませんが、隣人が窓から覗いているのは何度か見ました。〝対象〟が家を出たら、隣人が慌てて家から飛び出してきて、話があるって〝対象〟を呼びとめました」

「わかった。いずれにせよ、きみはしくじった。クライアントにはこちらから報告しておく」

三十秒後、フェリスが言った。「監視はやめなさい」

彼女は電話を切り、通話記録を消した。これからは自分のやり方でやるしかない。

16

ダイアナは昼休みに用事があったし――息子がなにを思ったのかトイレにスニーカーの片方を流してしまい、水道屋を呼ぶ羽目になったうえ、あたらしいスニーカーを買ってこなければならない――リゼットも行くところがあったので、食事はべつべつにとることになった。その昼休みの道路はいつもながら渋滞しており、銀行に着くのに倍の時間がかかった。そのほうがよかった。これからやろうとしていることが、はたして大事なことなのか、愚かな行為なのか自分でもわからなかったからだ。

現金でいくら引き出せばいい？　お給料からいくらか貯金するようにしてきたが、家のローンや公共料金の支払いがあるし、郊外といえどもワシントンだから土地の値段はけっして安くなかった。金利は低いけれど安全なので、譲渡性預金にしているお金がいくらかあるが、貯金の大部分は給料天引き積立だ。

当座預金に五千ドルほど入れてあるが、住宅ローンがこの口座から引き落とされるので、空にすると支払いができなくなる。考えただけでも恐ろしい。不渡り小切手を切ったことはないし、支払いが滞《とどこお》ったこともなかった。

でも、生き延びるために現金が必要だとしたら、急に逃げ出すことになったら――二千ドル引き出すのは折衷案《せっちゅうあん》だ。それだけあればしばらくはなんとかなるし、残っているお金で住宅ローンを引き落とせる。つぎの分までは。それから先は、わからない。

もしかしたら、もっと自由気ままで、スパイのあの手この手を知っている人間に変身するかもしれない。でも、さすがに公共料金の支払いを免れることはできないだろう。

スパイのあの手この手？ ぎょっとした。なんてこと！ そうなの？ そういうことに携《たずさ》わっていたの？

筋はとおるけど、恐ろしい。自分がスパイだとは思えない。でも、もしべつの人格に変わるよう洗脳されていたとしたら、そう思えなくても当然なんじゃない？

また頭が痛くなった。考えるのはやめて、仕事をしろという合図だ。この頭痛はただの頭痛みたいだ。待ち伏せしてて襲いかかってくるのとはちがう。こっちが順応してきた証《あかし》かもしれないし、あるいは――あるいは、ほかのなにか。ため息が出る。説明は幾とおりもあって、どれもしっくりこないのに、どうすれば正しい答を得られるの？

銀行は混んでいた。時計を見る。昼食はなにか買って帰りの車の中ですませなきゃならない。

手続きを終えて二千ドルを無事財布におさめたころには、職場に戻るまで三十分しか残っていなかった。職場にほどちかいところにバーベキュー・レストランがある。気に入りの店ではないけれど、早いし、帰り路にあるから時間を節約できる。

先に電話して注文を入れておこうと思ったが、そうなると携帯に電池を入れなければならない。なんだか不安で、そうする気になれなかった。誰かに話を逐一聞かれていると思うと、びくびくしてしまう。

レストランの駐車場に車を入れて、残り二十分だった。料理はまあまあだけれど早いから、そこそこ混雑していた。テーブルに座って食べている人もいれば——カウンターで注文して、料理を受けとったらテーブルを選ぶ——テイクアウトする人もいる。カウンターには店員が三人いた。スポーツ用品売り場の店員とちがい、こちらは仕事を楽しみ、常連客と冗談を言い合っている。

リゼットは帰りの車の中で食べるつもりで、テイクアウトのサンドイッチを注文した。カウンターの向こうの男はビール腹でひげ面で、彼女の父親ぐらいの年格好だったが、お釣りをくれるときウィンクしてきた。この店に来る女性客みんなにキスと笑顔を振りまいているのだろう。だが、無害の部類に入れられる男だ。店を出ようとすると、ちょうど入って来た年配の女性が、ドアを押さえておいてくれた。リゼットはほほえんで会釈し、暑い夏の午後の日差しを浴びた。燻《いぶ》した肉の匂いがする。

二歩まで歩かないうちに、ゆっくりと駐車場を流す黒い車に気づいた。乗っている男ふたりは、駐まっている車をチェックしているようだ。運転手が右側を、助手席の男が左側を見ている。彼女は立ち止って様子を窺った。うなじがゾクゾクする。思い過ごしだろう。だが、彼女の車の横を通ったとき、運転手は一瞬ブレーキを踏んだ。もっとよく見ようとするように。

脅威評価。

ああ、どうしよう、頭痛だけは勘弁して、いまはだめ!

男たちを見ることだけに意識を集中する。

すると痛みは耐えられるレベルにまでやわらいだ——なんとか動ける。でも、動くためには、脅威を評価しなければ。

評価は一瞬で終わった。助手席の男はうつむいている。どちらもフードをかぶっていて、しかも顔を隠すように深くかぶっている。暑い季節にフードなんて、どうかしている。

車に気づいたのは彼女ひとりではなかった。駐車場内をゆっくりと流しているうえ、乗っている男たちは、テイクアウトのサンドイッチや定食を目当てにやって来たようには見えない。数人の客が車に戻るところで、なかの男ひとりが不意に立ち止まった。ひとつ向こうの通路をゆっくり通り過ぎる車を見て、用心しろ、とその体が叫んでいるようだ。首都ワシントンでは、走行中の車からの射撃は日常茶飯事だ。ほとんどがギャングがらみとはいえ、巻き添えを食う可能性はある。

運転手があたりを見回し、彼女に視線を止めた。なにか言ったのだろう。助手席の男が顔をあげ、やはり視線を彼女に向けた。

それから、ウィンドウから体を出す。手に拳銃を握っているのが、彼女には見えた。ランチの袋を落として横に飛ぶ。手は自然と持ってもいない武器に向かっていた。最初の一発は高すぎ、背後の窓ガラスに当たった。ガラスが割れ、破片が飛び散る。悲鳴が空気を切り裂く。立ち止まって車を見ていた男が、地面に突っ伏した。

リゼットはごろっと転がり、新聞自動販売機の陰にうずくまった。銃弾を防ぐ楯とはいかないが、あいだに車を挟んでいるから、狙撃手からこちらは見えないはずだ。心臓がいまにも胸を突き破りそうだ。血管を流れる血液の音がうるさくて、あちこちであがる悲鳴も聞こえないぐらいだった。

人々はコンクリートに突っ伏すか、身を隠す場所を探して走っていた。だが、男がひとり、新聞自動販売機の前で竦《すく》みあがっている。中年の男で、買ったばかりの昼食の袋を胸に抱き、きょろきょろとあたりを見回す。「伏せて!」リゼットは叫んだ。

また銃声が響く。男は悲鳴をあげ、肩を押さえてクルッと回転した。袋が落ちる。よろっとなって倒れた。

彼女は横に身を投げ出した。三発目は新聞自動販売機に命中した。

さっき狙撃手の顔を見た——というか、その一部を。白人男性、三十代、体重は九十キロ以上あるだろう。でたらめに撃っているのではない。まっすぐ彼女を見ている。まさに狙い撃ちだ。

ごろっと転がったとたん、背後のコンクリートに銃弾がめり込む。逆方向に転がると、新聞自動販売機がまた弾を受けた。もとの方向に転がる。つぎの一発は頭上をかすめてレストランの裏側の壁に当たった。飛んできた煉瓦の破片が腕をかすった。痛みはあるがたいした傷ではない。

クソッ！　丸腰で、追い詰められた。狙撃手はうまく狙える場所へと彼女を追い詰めればいいだけだ。

車はゆっくりとちかづいて来る。じきに狙える場所まで来る。狙撃手が使っている銃の種類は？　リボルバー？　オートマチック？　銃弾は何発？

めまぐるしく頭が回転して分析を行った。全身をアドレナリンが駆け巡っているにしては冷静だった。まずい。どこにも行けない。

彼女にウィンクしたビール腹のひげ男が、ショットガンを担《かつ》いで玄関から出て来た。もう笑っていない。彼が引き金を引くと、耳をつんざく轟音がとどろいた。

「なにしやがる、クソ野郎！」彼は顔を真っ赤にして怒鳴り、ハンドグリップを前後に動かして弾を再装塡し、流れるような動きでショットガンをまた担いだ。

狙撃手は叫びながら身をかわし、運転手はアクセルを踏み込んだ。車は尻を振り、リアバンパーで客の車を引っかけ、駐車場を出て行った。

リゼットの頭の上でショットガンがまた銃声を響かせた。独創的な悪態が束になって彼女の耳元をかすめた。わかったか、ヘナチョコ野郎！　ケツ洗って出直してこい！

耳がガンガン鳴っていた。いいえ、待って――サイレン、たぶん。よくわからないけど。黒い車は通りに飛び出したとたん、車二台とぶつかりそうになった。不運な運転手たちはよけようと必死でハンドルを切った。タイヤがきしむ。

どうしようもない。

リゼットはさっと起きあがり、弾をよけて転がっているあいだに肩から落ちたバッグをつかみ、車へと走った。警察の事情聴取を受けるためこの場に残るべきだろうが、そうはしていられない。彼女が昼食を買うのにこの店を選んだせいで、ショットガン野郎が面倒なことにならなければいいけど。

どうしようもない。

ここから出て行くだけだ。

鍵を手に車に戻る途中で足が止まった。車――ここに残していくしかない。このまま乗りつづける危険は冒せない。一度ならず見つかっている……正確には、何度？　スーパーに買い物に行ったとき、おなじ車があとをつけて来ていた。あのときは思い過ごしで片付けたけれど、見張られているという感覚は付きまとっていた。車の車種もナンバーも、彼らは知っている――追跡装置を車に取り付けているかもしれない。べつの車が必要だ。

あたらしい客が駐車場に入って来るのが見えた。運転手は目の前で駐車場から出て来た車が衝突事故を起こしそうになるのは見ていただろうが、ここでなにがあったのかは知らないはずだ。その車に駆け寄ると、男が車から出て来てその場で立ち止まり、レストランの惨状に気づいた。

「なにがあったんだ？」男が心配そうに尋ねた。彼女を脅威に感じてはいない。たいていの男は女を脅威とはみなさない。

「撃ち合いがあったんです」彼女は言い、ちかづいていった。わざと息をあえがせる。車を見る。クライスラー、彼女の車とおなじシルバーグレー、おそらく六気筒エンジン。

「なんだって？　死者は出たのか？」男は一歩さがった。車に戻るつもりだろうか。

「それはないと思います」彼女は足をゆるめ、肩越しに振り返った。怪我《けが》をした男のまわりに人だかりができていた。ショットガン男――マネージャーかオーナー――は黒い車が戻ってくるのを期待するように、通りを見つめていた。

「警察が来るまでここを去ってはいけないんじゃないか？」男が顔をしかめた。「そうするきまりだろ。おれはなにも見てないけど……おい、大丈夫なのか？」

悠長に事情を説明している暇はなかった。

「ごめんなさいね」心からそう言い、男の喉にパンチを繰り出した――殺すほど強くなく、でも、膝を突いて鍵を落とし、両手で喉を押さえて息をしようとあえぐぐらいは強いパンチを。落ちた鍵を拾いあげ、男を脇に転がし、運転席に乗り込んでエンジンをかけた。流れるような動きのなかで。

男を轢《ひ》かないよう注意しながら、バックで車を出す。頭の一部で考えていた。自分の車をここに残し、盗んだ車で逃げるつもりならぐずぐずしてはいられない。

「ごめんなさいね」もう一度言い、バックミラー越しに、男が立ちあがろうともがいている姿を確認した。よかった。股間を蹴る方法もあったけれど、彼はなにも悪いことをしていないのだから、もうひとつの方法を選んだ。あんなやり方、どうして知っているのか……相手が抵抗できずにうずくまるけれど、致命傷にはならない――手掛かりは残さない――パンチの繰り出し方を、どうして知っているのだろう。

この車もそう長くは使えない。警察はじきにやって来る。数秒ではないにしても、数分のうちにはやって来る。警察は、狙撃事件だけでなく、車の盗難事件も捜査しなければならない。パトカーは大通りから駐車場に入って来るだろうから、建物の裏手の出口を使うことにして、最適なルートを考えた。

なんのための？　逃亡。自由。生存。

そのとき、彼らの姿が目に入った。狙撃手が乗った黒い車が舞い戻ってきたのだ。警察が到着する前に彼女を仕留める腹だ。

彼らがこっちに気づいた。

リゼットはブレーキを踏み込み、最初の角を曲がろうとした。すると向こうからやって来る車はブルーのライトを点滅させていた。すごい。盗んだ車でパトカーに突っ込もうとしている。

車を横にしてパトカーを停止させようかと、一瞬思った——だめだめ、ただの時間稼ぎにすぎないし、最終的にはブタ箱にぶちこまれる。たったいま、男を殴って車を奪ったばかりだもの。安全ではない。捕まる。

ただし、警察がまだ彼女を捜していなければ話はべつだ。

たぶん。でも、携帯や無線は車よりも速い。

この瞬間から考えるのはやめて、本能のままに動く。一瞬恐怖を感じながら、アクセルを踏み込んだ。黒い車の二番煎じだ。タイヤがきしみ、クラクションが鳴り響く。白いピックアップ・トラックが、側面に突っ込んできて衝突寸前で止まった。トラックの横にいた車の運転手は女で、思わずハンドルから手を離して目を覆った。そんなことしてもなんにもならないのに。おまけにブレーキを踏んだ。

リジーはひやひやしながらバックミラーを覗こうとした。ああ、もう、シートが彼女より背の高い持ち主に合わせてセットしてある。手を伸ばしてバックミラーを調整し、つぎにシートを前に送った。これじゃまともにブレーキも踏めない。黒い車はついてきてる？　この時点では確認できなかったが、いないとはいえない。あいだに何台か車が挟まっていて見えないだけかも。パトカーがすぐそこにいるのに、彼らは危険を冒す？　なんともいえない。彼らはそこまで躍起になってる？　幸運にもここで彼らを振りきることができたとして、せっかく追跡装置を仕掛けた車に彼女がいないことを知ったら、彼らはそうとう頭にくるはずだ。〝幸運〟が聞いて呆れる。でも、少なくともいまは車を運転できている。スーパーマーケットの駐車場からつけてきたグレーの車の男は、ゆうべ、インターステートを楽しくぶっ飛ばしていたときにも見かけたが、二度ともうまく尾行をまいた。いま、彼らをまくことができれば、居所を探知される心配はなくなる。

それから、どうするの？

命からがら逃げ回る。ひとつ曲がる道をまちがえれば、ひとつ計算ちがいをすれば、命はない。このスピードで走りつづければ、おそらく人を撥ねてしまう。何人もの命を奪ってしまう。そんなことしたくない。誰も傷つけたくなかった。でも、逃げなければならない。黒い車。彼女とおなじように追い越しを繰り返している。運転はもっと乱暴だ。あおりを食った車が道をはずれ、砂ぼこりが舞いあがった。

こんなことがいつまでもつづけられない。いまごろは、警察が事情聴取をして、彼女が運転している車の特徴をつかんでいるだろう。先回りされる。手段はいろいろある。タイヤをパンクさせるスパイクベルト、道路封鎖、ヘリコプター。彼女は車を乗っ取っただけではない、銃撃にも関与していたのだ。警察は黒い車の男たちもだが、彼女の行方も躍起になって捜すだろう。空からの捜索で見つかったら、一巻の終わりだ。

道路がすいてきたので、運転しやすくなった。黒い車にとってもそれはおなじだ。「偶然の事故に見せかける努力ぐらいしなさいよ」彼女はつぶやいた。「人気《ひとけ》のない郊外で交通事故を装うとか、撃つにしたって……あんな公開処刑みたいな真似しなくたって」処刑？　そうだ。あれはまさに処刑だ。正体のわからない敵を、彼女は本気で怒らせてしまったのだ。

つぎのランプからインターステートに入る。急ハンドルを切ると片側のタイヤが路面から浮いた。またヴァージニアに向かう。盗んだ車で駐車場を飛び出してから数分しか経っていないが、時間の余裕はなかった。ヘリコプター、飛んでこないでよ、お願いだから。

黒い車がついて来る。彼らの車のエンジンのほうがパワーがあるから――こっちはただの六気筒――楽に追いついて来た。バックミラーを見ながらハンドルを握りしめ、間合いを計る。ちかづいて来る。黒い車は左車線をやって来て横に並んだ。二台の車がインターステートを時速百六十キロ以上で突っ走る。六気筒エンジンは安定しているが、パワーに余裕はない。助手席の男はフードを脱ぎ、さげたウィンドウ越しに黒い拳銃を構えた。

ブレーキを思い切り踏み込んで急ハンドルを切り、向きを変えた。四車線のインターステートを逆走する。なんというすご技！　いったいどこで習ったの？　黒い車も停止した。遠くに点滅するライトが見え、パトカーがやって来るのがわかった。

「もう、やだっ！」吐き捨てるように言う。視界がぼやける。アクセルを踏み込んだ。インターステートを時速百六十キロで走るだけでも充分に怖い。スピードに関係なく、インターステートを逆走すれば、命知らずのアドレナリン全開野郎でもビビるだろう。

思っていた以上のスピードで路肩にずれた。そうしなければトラックと正面衝突していた。路肩をはずれたときには、一瞬だが車が宙に浮き、それから草深い傾斜地に着地して、前方に木立が見えた。やだっ！　木と車――つねに木の勝ち。やっとのことで悪者から逃れたと思ったら、クソッたれの木に激突して死ぬなんて。

いま、「クソッたれ」ってたしかに言った。

恐怖満載の十五分のあいだにしたことの中で、その言葉を吐いたのがいちばん〝らしくない〟ことだ。よりによってこんなときに。

ハンドルを回しながらアクセルから足を離し、思いっきりブレーキを踏んだ。奥歯がガタガタいうほどの急停止だ。助手席側から木に激突した。

バッグをつかんで車を飛び出し、猛ダッシュをかける。サイレンはまだ遠くに聞こえるが、車の中に隠れているわけにはいかない。草の上にタイヤの痕がくっきりついているだろうし、背後のインターステートは大混乱をきたしているだろうし、ああ、それに、壊れた車がここにある。

警察は彼女の人相や服装を詳しく聞き出したのだろうか？　目撃者の言うことほどあてにならないものはない。髪の色は憶えてないし、背の高さも年齢も人によって言うことはまちまちだ。でも、ショットガン男は、肩の上に上等の頭を乗っけているみたいだし、その頭に鋭い目をつけているみたいだった。いまは心配して時間を無駄にしてはいられない。なるべく遠くに逃げなければ。

足を草に埋めて走りながら、車についた指紋を拭き取る暇がなかったことを思い出した。でも——だからどうなの？　彼女を殺そうとした連中は、彼女が何者か知っている。彼女の指紋がどこかにファイルされていたら……なに寝ぼけたこと言ってるの？　むろんファイルされているにきまってるじゃない。問題は、それが警察がアクセスできる米軍情報サービスのファイルか、それ以外のファイルかだ。

現場が現場だし、地形から考えても、長く見つからずにすむはずがない。木立が途切れるとさびれた運動場があり、アパートが建ち並ぶ通りに出た。公園やそのまわりは人通りが多い。ジョギングする人の姿は見慣れているだろうが、通勤着にハンドバッグをさげてジョギングする人なんている？　自分の荒い息遣いに邪魔されながらも、ヘリコプターのブンブンいう音ははっきり聞こえた。マスコミのヘリの可能性もあるが、おそらく警察のヘリだろう。道行く人たちにも聞こえたらしく、照りつける日差しに手をかざして空を見あげた。飛行機が通過しても無関心な人は多いが、ヘリコプターはかならず人の注意を引きつける。

レポーターであれ警官であれ、ヘリコプターの搭乗者は走っている人間を捜しているはずだ。だからバッグを胸に抱きしめて立ち止まり、ほかの人たちに倣《なら》って片手を額にかざし、空を見あげた。公園には子供連れの女性が数人いた。ここで走らなければ、彼女たちに紛れこめるだろう。

周囲に溶け込む。

リジーはじっと空を見あげていた。よそ者だと見咎められないだろうか。ここまで走って来るのを誰かに見られなかったろうか。息が荒く頬が赤いことに気づかれないだろうか。でも、ここはマンモス団地だから、よそ者かどうか見分けはつかないだろう。マディソン——彼女が車を汚す手伝いをしてくれた、へんに大人びた子供——が気づいたのは、小さな団地だったからだ。あれがずっと昔のことのようだ。いつだった……三日前？

ヘリコプターは低空飛行でインターの上を飛んでいた。きっと大混乱をきたしているのだろう。でも、ここからだとなにも見えない。

ひとりの男が誰にともなく尋ねた。「何事だ？」

誰も答えようとしない。ヘリコプターは旋回し、引き返していった。リジーは隣に立っている女性を見て肩をすくめ、歩き出した。行く先がわかっている、確固たる足取りで。

ハハハ。これからどうなるか、まるで見当もつかないというのに。

17

ゼイヴィアは〝J・P・ホルストン〟名義の部屋で、ようやくひと眠りした。椅子にもたれかかり、ブーツを履いたままの足をデスクにのっけて。自分のベッドで寝てもよかったのだが、自分名義の部屋にいて、味方でない連中に踏み込まれる可能性がまったくないとは言い切れなかった。

リジーが家の前で監視と渡り合ったことをインスタントメッセージで知った。それでこそリジーだ。度胸が据わっている。

だが、ほかの連中は彼ほどリジーを知らない。彼女のやり方には一本筋がとおっている。彼らをはらはらさせているだけのことだ。ゼイヴィアの側の人間たちは静観の構えで、なにかあれば彼に知らせてくれるだろう。けさ早く、フェリスがまたアルに会いに来たことは知っていた。リジーが監視とやり合ったあとで、フェリスは雇った人間を監視役からはずした。

それは賢い選択だ。リジーを追い詰めないこと、いつもの生活に落ち着くのを待つことだ。いちばん大きな問題は、フェリスがそのあたりのころ合いを知っているかどうかだ。彼女は自分の賢さを過信している。つまり、ほかの人間の能力を見くびってかかる。ほかの人間にだって、彼女の計画を台無しにしようと思えばできることがわかっていない。彼女の世界では、命令を出せば部下たちはみな従う。現実世界では、命令に従わないのがふつうだ。自分の得にならないと思えば、誰も協力などしない。

リジーが監視をやっつけたのだから、フェリスはさぞご立腹だろう。アルは……さあ、どう思っているのか。アルがどう出るか予想するのはむずかしい。そこが彼がすぐれている所以《ゆえん》だ。

フェリスのやることは予想がつく。アルとは正反対だ。それなのに、ゼイヴィアはアルをいちばん信頼していた。

それはアルがおなじ経験をしているからだ。アルは実戦を経験している。人を殺すとはどういうことか知っている。彼らがやってきたことはほんものだ。抽象的な概念ではない。五年前、彼らはみなひどい状況に陥っていた。四年前、ひどい状況は悪夢へと変わっていた。それに対処するため、彼らは不安定な協力体制を組まねばならなかった。

彼らはみな、自分たちがしたことの責めを一生背負わねばならない。リジーをのぞく全員が。彼女は部外者だった。信頼できないと思われていた。彼女が計画の要だったことを考えれば、ゼイヴィアは彼女を信頼できないとは思っていなかったが、彼女はたしかにそれを乗り越えるのに大変な苦労を強《し》いられた。精神の均衡を保っていられなくなった。解決策は頭に銃弾を撃ち込むか、ある処置を行うかしかなかった。リジーは処置を受けることを選んだ。ああ、大変な選択だ。命を失うか、自分自身を失うかの選択。

彼自身も、ほかに選択肢は持っていなかった。あのときは。いずれにしても、リジーを失う。そのことで彼は激怒した。

彼から戦術的認識を取ったらなにも残らない。雪玉が坂道を転がりおちるのを止めることはできなかったが、最初から自分なりに爆弾の仕掛け線を張り巡らせていた。彼がおとなしく命令に従う兵隊でないことに、フェリスが気づいたときには遅かった。彼が倒れれば、彼女ばかりかグループの全員が共倒れになる。

グループのメンバーはもともと八人だった。そのうちふたりはすでに死んだ。ひとりは自然死、もうひとりは、人の介添えがあって死んだ。ゼイヴィアがなぜ知っているかと言えば、彼自身が介添え役だったからだ。

ほかには彼自身、リジー、アル、フェリス、チャーリー・ダンキンズ、アダム・ヘイズ。彼らは犯罪人であり、生存者だ。チャーリーとアダムは退職し、悠々自適の生活を送っている。自分たちがやったのは正しいことで、あとのことはフェリスとアルがなんとかしてくれると信じて。

ゼイヴィアも望めばそれができた……リジーがいなければ。彼女が内なる炎も自発性も消し去られて――そう彼らは思っている――あたらしい人生をインストールされて以来、ずっと監視をつづけてきた。ありがたいことに、ほかの連中は処置が成功したと確信していた。ありがたいことに、彼らはまちがっていた。

　ゼイヴィアは希望を捨て、処置を受け入れた。化学的洗脳は永続的なもので、彼のリジーは永遠に消え去り、彼女の退屈な影だけが残ったと思っていた。アルとフェリスも、このまなにも変わらないと信じていた。ところが彼女は病気になった。ウィンチェルの迂《う》闊《かつ》なひと言で、彼女は気づいてしまったのだ。世界はおもしろみのない、きまりきったものではないことに。

　いや——待てよ。彼はもっと前に気づくべきだった。彼女の吐き気。ひどい頭痛。あれはウィルスのせいではない。彼女の頭脳が回復しつつある兆しだったのだ。記憶を消し去る処置と戦っていたのだ。ウィンチェルのひと言に、彼女が反応しなかったのはそのせいだ。なにかおかしいと、すでに気づいていたのだ。そして、最初の機会を捉え、携帯を破壊した。すべてを思い出したわけではない。記憶が完全に甦ることはないのだろう。だが、彼女の人格が自己主張をはじめている。つまり、処置は失敗だった。今後の判断材料となるからいいことだ——この方法はまた用いられるだろうから。あるいはすでにやられているのかもしれない。

　アルは知っておくべきだが、もう少し先だ。断じていまではない。処置が失敗だったことを彼らが知れば、リジーはあすの朝まで生きていられない。

だが、事態は収束した。リジーは仕事に出掛け、彼の監視ネットワークから緊急事態の報
告は送られてこず、彼は何時間か眠ることができた。
昼ごろにぎょっとして目が覚めた。デスクから足をおろし、椅子の上で上体を起こしてコ
ンピュータのスクリーンを眺めた。リジーは車に乗って移動していた。いまはランチタイム
だから珍しいことではない。ほかのすべても通常どおりだ。前に淹れたコーヒーが残ってい
たので電子レンジにサンドイッチと一緒に入れてあたため、食事しながら彼女の動きを追っ
た。
彼女は動きを止めた。スクリーンに住所が浮かびあがった。べつのスクリーンで具体的な
場所を確認する。クソッ、彼女はまた銀行に寄っている。頭の中で特大の警報が鳴り出す。
彼女は前日、スポーツ用品店からの帰りにATMに寄った。それから二十四時間経っていな
いのに、どうしてまた銀行に行くんだ?
現金。現金が必要になっているのだ。クレジットカードは瞬時に探知されるから使わない
ほうがいいと知っている。警察にではない。フェリスの陣営に、アルの陣営に、彼自身に
……ああ、なるほど。
彼女は逃げるつもりか?
地図の上でリジーの車の動きを辿りながら、警戒コードを送った。彼女はいま、勤め先に
戻ろうとしている。また止まった。バーベキュー・レストランの住所が出てくる。昼食をテ

イクアウトしているのだろう。オーケー、すべてがいつもどおりだ。銀行を除けば。アルの分析官はこのことをつかんでいるのかどうか。きょうはべつの分析官が担当しているから、ゆうべ、彼女がATMに寄ったことを知っているかどうか。監視記録はその日のうちに破棄される。アルは日々情報を受け取っている。もしも――この場合は大きな〝もしも〟だ――分析官が銀行に行ったことを報告すれば、アルのことだからおかしいと思うはずだ。

苦いコーヒーの最後のひと口を飲み込んだとき、地獄の蓋《ふた》が開いた。

コンピュータのスクリーンに警告メッセージが浮かびあがると同時に、固定電話が鳴り出した。

「クソッ！」彼はがなり、椅子から跳び出した。なにが起きたのかわかっている。クソッたれフェリスが、アルの頭越しに行動を起こした。もしそれが成功していたら、もしリジーの身になにかあったら、クソ女の世界を吹き飛ばしてやる。

受話器に手を伸ばし、部下からのメッセージを読む。〝襲撃発生〟

「現場にいるのか？」

「もうじき着く。メッセージを受け取ったばかりだ」

またメッセージが入る。〝店のオーナー、ショットガンを持って出て来て応酬〟

「いまのメッセージも読んだか？」ゼイヴィアは尋ねた。グロックを取り出し、箱形弾倉をチェックして装塡《そうてん》し直す。リジーが襲撃されているときに、座ってメッセージを読んでなどいられない。つねに身近にある寒気が血管や胃にでんと居座った。もし彼女が死んだら、一時間以内に世界は代償を払わされることになる。だが、フェリスだけはゼイヴィアがじきじきに手をくだす。彼女がどんな予防措置をとっていようと、どこに隠れようと、かならず見つけ出して償《つぐな》いをさせる。

「ああ、じきに現場に着く。狙撃者は逃げた」

「彼女の姿は見えるか？」そこが肝心だ。ゼイヴィアの命も、彼らの命もそこにかかっている。

「いや、まだ。いま駐車場に入った。クソッ！　彼女がいる！　まっすぐこっちに向かって来る！」

彼女は無事だった。彼の心臓を鷲づかみしていた鉄の手がゆるんだ。

世界は終わらなかった。

「おれもそっちに行く。携帯のほうに逐一知らせてくれ」彼は受話器を置き、ドアを出た。

フェリスはリジーひとりを狙わなかった。どこまで馬鹿なんだ。問題は、彼女の手下がこのマンションで彼を仕留めるのか、もっと人気のない場所、たとえばリジーのいる場所に最短距離で行ける路上のどこかで襲ってくるつもりかだ。

リジーがどこで昼食をとるかわからなかったはずだが、レストランは帰り道にあるから、最初からそのあたりで狙い撃ちするつもりだったのかもしれない。彼女がたまたまレストランに入ったから、そこを襲撃場所にしたのだろう。彼がとるであろういちばんの近道で待ち伏せするというのが、いちばん理に適っている。

フェリスはアルの部下を使っていない。そんなことをすれば、アルに筒抜けだ。アル自身、そういうことがないよう予防措置をとっているだろう、おそらく。はたして彼女は自分のところの諜報員を使ったのか、それとも民間人を雇ったのか？

民間人だろう。それなら使い捨てができる。足元をすくわれる心配もないし、費用が安くあがる。少額ならほかの関係ない経費として計上すればいい。

彼女はゼイヴィアに監視をつけているはずだ。マンションを出ればすぐに連絡がいくだろう。

選択肢はいくつかある。自分のトラックに乗って、マンションの一階にある個人のガレージから出る──あるいは、〝J・P〟の車でおなじところから出る。それとも、べつの安全な場所に置いてあるオートバイを使うか。だが、それではおもしろくない。いちばんいいのは、彼らに知られている車に乗って出て、監視チームを引き付け、途中で始末することだ。フェリスは代わりを見つけようとあたふたするだろう。

それに、自分のトラックを使えば、油断していると思わせることができる。襲われるとは思っていないと、敵に思わせるのだ。彼が油断するはずのないことを、フェリスは知っている。アルもだ。だが、彼女が雇った連中は知らない。そこが付け目だ。

ガレージのドアがあがると同時に周囲に視線を配った。白のシボレー・マリブが、通りの反対側に停まっていた。乗っているのはひとりだ。

ぽんくらめ。ばれればれじゃないか。オーケー、言い方を替える。ぼんくらではないかもしれない。だが、あきらかに民間人だ。だが、見くびってはならない。ベテラン諜報員だと思って対応する。

マンションから二キロも行かないうちに、尾行車を見つけた。白のマリブではなく、グレーのトラック、ダッジだ。賢い選択。スピードを落としたときを狙って横につけ、狙い撃ちするつもりなら車高がおなじトラックのほうがいい。そこまで考えたことは褒《ほ》めてやってもいい。

男ふたり。グレーのトラックがちかづいて来たときに確認した。援軍はいない。白のマリブも見当たらなかった。たったふたり？ 舐《な》められたもんだ。

それならそれで、こっちのやり方で始末してやろうじゃないか。車線をときどき変えながらも余裕のある運転をしてみせる。尾行をまこうとしてはいないが、なるべく早く目的地に着きたいと思っているような運転だ。尾行は後方にさがったが、こっちを見失うほどではない。

運よくというか運悪くというか、いままでがら空きだった道路にほかの車が現れた。乗用車が二台とセミトレーラーが猛スピードで追い越していった。かなり先まで行って走行車線に戻ったら、この距離ならこっちの姿はバックミラーに入るだろう。グレーのトラックが横に並んでなにか仕掛けてきたら、前方の車から丸見えだ。スピードを落として距離をあけざるをえない。彼の改造車なら、余裕でグレーのトラックを道路から押し出すことができるが、そろそろ住宅地にさしかかるから、攻撃を仕掛けるチャンスはぐんと少なくなる。

ところで、リジーはいまなにをしてるんだ？　携帯のベルが二度ほど鳴ったが、いまは両手が塞がっていて出られない。

車の往来が多くなってきたところで、携帯をつかんだ。ああ、わかってる、運転中のメールは禁止だろ。こっちは必要に迫られてるんだ。

メールを読んで笑った。〝彼女に襲われ車を盗られた〟

「クール」

彼の部下たちは優秀だ。襲われた奴はこの先数カ月、からかわれつづけるだろう。親指で返事を打ち込む。「尻に二匹ひっついてる。なんとかする。彼女を追えるか？」

「無理」瞬時に返事があった。

「了解。二匹を始末したら彼女の電波を拾う」

携帯を置く。ほっとしたら悪態が出た。リジーは無事どころか、彼さえも予想しなかった行動に出た。彼の手下を襲った？　オーケー、むろん彼の手下だから、彼女には指一本触れないが、それにしたって……ああ、まったくクールだ。

それに、彼にはまだ始末しなければならないひっつき虫が二匹いる。

彼が気に入っていてよく走りに行く公園がある。隅から隅まで知り抜いているし、ワークアウトに目先の変わったことがやれると嬉しいという、本気のランナーが集まる場所でもあった。ランチタイムだから道は空いているが、それでも公園まで十分ほどかかった。ランチタイムのランナーたちが最後の一周を終えたところで、駐車スペースはいくつか空いていた。ここがいちばん混むのは早朝と、暑さがやわらぐ午後遅くだから、うまくすれば目撃者の心配までせずにすむ。

尾行者たちは、彼がここでなにをするつもりか不思議に思っているだろう。だが、彼らがなにを思おうが関係ない。ここで彼が車を駐めたのをこれ幸いと、人気のない場所に追い詰めて始末しようとするかもしれない。思わず鼻を鳴らしたくなった。勝手に夢見ればいい。防犯カメラも目撃者も存在しない場所に彼を追い詰める気なら、その夢は叶う。

彼はダートの走路の入り口ちかくにトラックを駐め、木立の中の走路に走り込んだ。グレーのトラックが駐車場に入って来た。

左のほうに向かうにつれ木立は密になり、走路に枝を差しかけている。頭の中に走路を思い浮かべる。右に左に鋭くカーブしているので死角があちこちにあり、そのうえ岩や茂みがさらに視界を遮ってくれる。

大きな木の陰に身を隠し、拳銃を抜いて待った。見張るのにもってこいの場所で、走路が見渡せるし、彼らが安全策をとり木立に沿って来たとしてもちゃんと見える。戦略的には両方を使うのがいい。ひとりが走路を使い、もうひとりが木立の中を進む。

案の定、走路に足音がした。その足音がゆっくりになり、慎重に動いているのがわかる。木の間越しに男が見えた。三十代なかば、額のあたりは髪が後退をはじめている。公園にいる男たちにうまく紛れ込める格好だ――普段着で、怪しげなところはいっさいない。

男の居場所を確認したところで、注意を木立の中に向けた。葉擦れの音や枝が折れる音、石が跳ねる音に耳を澄ます。もうひとりはどこだ？

最初の男がきょろきょろしながら目の前を通り過ぎた。ゼイヴィアは身じろぎもしない。くすんだ色の服が背景に溶け込む。人の目、とくに訓練を積んでいない人の目は、細部より動きを捉えるものだ。茂みと木々の小さな隙間から獲物を観察し、右手に握った拳銃がサイレンサー付きだと気づいた。

恩にきるぜ。ゼイヴィアはそっと走路に出た。

うなじへの一打で、男はうなり、倒れた。それ以上の声を発する間もなく、ゼイヴィアは男の手からサイレンサー付き拳銃をもぎ取って後頭部に押し当て、引き金を引いた。

男は一度、体を引きつらせ、事切れた。

サイレンサー付きとはいえ、まったくの無音ではない。どれだけ離れているかにもよるが、おそらく相棒の耳に届いただろう。そう遠くはないはずだ。そうでなければ、戦略的にまるでなっていない。おそらく相棒は拳銃の発射音だと思っただろう——たしかにそのとおりだ——が、ゼイヴィアの拳銃にもサイレンサーが付いているかどうか、相棒には知る術はない。「仕留めたのか?」と大声で尋ねるのはよほどの馬鹿だし、ふたりはそこまで馬鹿ではない。経験不足ゆえに彼と渡り合えると読みちがえたのだろうが、馬鹿ではないはずだ。

ゼイヴィアは木立の中に戻り、慎重に、すばやくあたりを見回し、待つ——

頭上二十センチの木の幹に銃弾がめり込んだ。

ゼイヴィアは体を落として転がり、拳銃を構え、木立の中に動きがないか探った。呼吸が乱れていた。

なにもない。

走路をやって来た男は、最初から捨て石で、木立の中の狙撃手がゼイヴィアをおびき出すためのおとりに使ったのか。

悪くない。うまくいかなかったが、悪くはない。

狙撃手その二は、そう遠くにいるはずがなかった。ゼイヴィアはうずくまり、呼吸を整えた。辛抱強いほうだが、ほかにやることがあるから気が逸る。古くからある戦術がいちばん有効かもしれない。慎重に動いて小石を拾いあげ、左のほうに放った。それほど大きな音は立たないが、それでよかった。足が滑ったようなやわらかな音が出ればいい。

弾が発射される。閃光が見え、狙撃手の足音が聞こえた。泥を踏む音、落ち葉を踏む音。

それで充分だ。

ゼイヴィアは二度引き金を引いた。ふたり目が倒れた。念のため腰を屈めた格好で、標的を見据えたままちかづいて行った。

男は死んでいなかった。長くはないが、いまはまだ生きている。ゼイヴィアの姿を見ると、拳銃を持ち上げようとした。

ゼイヴィアはその手首をブーツで踏みつけ、眉間に銃口を押し当てた。走路に戻ってひとり目の死体を引きずり、木立の中に隠した。誰かに見つかって悲鳴があがり、作戦が失敗に終わったことをフェリスが知る前に。これで稼げる時間はたかが知れている。走路についた足跡をブーツで擦って消し、拳銃についた指紋を拭き取ってから男の手に握らせた。これで刑事たちを楽しませてやれる。拳銃の持ち主が死んだ男だと判明すればなおさらのこと。

トラックに戻った。目撃者がいて、木立の中のふたつの死体と彼とを結び付けるかもしれないから——携帯電話で車の写真を撮る手合いがいるのだから、人のやることはよくわからない——トラックはマンションではなく安全なべつの場所に駐めておき、当分はほかの車を使おう。

駐車場を出るあいだに、携帯にインストールしてあるプログラムでリジーの居所を調べた。

18

郊外に出る代わりに、リジーは市街地に戻った。首都ワシントンは、観光客や政治家や、ふつうの暮らしを送る一般市民で溢れている。姿をくらますには最適だ。市の中心部は公共交通網が完備しているが、メトロを使う危険は冒せない。そこら中に防犯カメラが設置してあるうえ、出入り口が極端に少ない。

ありがたいことに現金を持っている。被害妄想——実際には被害妄想でもなんでもなかったが——に救われた。

歩道を足早に歩く。行き先がわかっているというふうに。頭の中は混乱をきたしていた。あれだけの装備を買い込んだのに、ぜんぶ家に置いてくるなんて。バックパックに詰め込んで車に入れておけばよかった。車を乗り捨てたくせに、よく言うわ。いまだから言えることだ。バックパックを取りに車に戻る暇、あった？　あのときのこと思い出してみても、いいえ、むりむり。考えてる暇もなかった。バックパックをレストランに持って入るという手もあった。都会でもバックパックを使う人は大勢いるから、彼女がそうしても目立たなかっただろう。

せっかくの装備も手の届かないところにあったのでは、どこかの地下金庫にしまわれたのとおなじだ。買って損した。家に帰る勇気はない。悪者に捕まらなくても、警察に捕まる。なにしろ自動車泥棒なのだから。そのうえ、男から車を奪うとき暴力を振るったし。それで、罪状はまったくちがったものになるのだ。ただの泥棒ではない、危険な泥棒だ。だから、家に帰るなんてもってのほか。

つぎの疑問。悪いのは彼らなの、それともこっち？　思い出せないかぎり知りようがなかった。過去にものすごく恐ろしいことをしでかしたらしい。曲芸まがいの運転技術を身につけているし、ハンティング・ナイフや拳銃や唐辛子スプレーに引き寄せられた。どうして？

その疑問が頭痛の引き金を引くと思って身構えたけれど、なにも起こらなかった。

もっと理詰めで考えないと。彼らはこっちの居所を知ることができる。こっちが悪者だとしたら、彼らはなぜもっと前になにか仕掛けてこなかったの？

様子を窺っていただけだった。彼女が記憶を取り戻しはじめるまで、なにも起きなかった。いままでどおりに振る舞おうと努力したのに、尾行をまいたり、携帯を壊したり、あたらしい携帯の電源を入れなかったりした。そうそう、ヴァージニアまで遠征したことを忘れてはならない。彼女を警戒して見張っていた人たちに対して、記憶を取り戻したと宣言したのとおなじだ。

いま考えればかんたんにわかることだ。せめて数日、できれば一週間ぐらいはおとなしくしているべきだった。

悔んだってしょうがない。あーあ。これからどうすべきかを考えないと。彼らは思っていた以上に手ごわいのだから。

本能は逃げろと言った。できるだけ遠くへ。でも、彼らはそれぐらいお見通しなんじゃない？　悪人だろうと善人だろうと、こっちが逃げることを、彼らは予想している。

考える時間が必要だ。冷静になって、計画をたてる時間が。

退屈で意外性に欠けるリゼットなら、いまごろパニックに襲われていただろう。でも、かつての彼女、おもてに出てこようとしている女はパニックになんて襲われない。自制や冷静さの価値がわかっている。それに、計画をたてることの価値も。

まるでふたりの人間に分かれてしまった気がする。なにもしなかったリゼットと、それに……誰？　ほんとうのわたしは誰なの？

リジー。

はるか遠くから聞こえるこだまのように、その名前が頭に響いた。やっと聞こえるかすかな音だった。とたんに激痛が襲ってきたが、なにかに集中する前に消え去った。

これは……いったいどんな意味があるのかわからない。両親がリジーと呼んでいたのを憶えているから、失われた記憶ではないのかもしれない。大学時代はリズと呼ばれていたけれど……どこかの時点でリジーに変わり、それからまたどこかの時点でリゼットに戻ったの？

それがいつのことか、どうして憶えていないの？

なぜなら、なにかのきっかけがあって変わったのではなく、だんだんにそうなったから。

でも、〝リジー〟のほうがしっくりくる。〝リゼット〟は足に合わない靴みたいだ。ふたりがいまも戦っているのは困る。なにかしなければと思うが、だったらなにをすればいいの？

本能のままに。おかげでここまで来られた。

自分は標的だ。それはわかっている。わからないのは、誰に狙われているのか、どうして狙われるのか。とりあえず、隠れる場所を見つけないと。家に戻ることも、友達に電話することも、車を取りに行くこともできない。仕事に行くことも、近所を散歩したりジョギングしたりもできない。尾行者たちは彼女の容姿を知っていたが、いまの彼女の居所は知らない。状況が変わるまでにどれぐらいの余裕があるのだろう？

本能が命じるまま、つぎのドラッグストアに入った。入り口にちかいレジ係にほほえみかけ、かごをつかんで買い物をはじめた。髪を染める？　だめ。彼女の髪は平凡な茶色だ。染めたとわかる髪は悪目立ちする。彼女がブロンドか赤毛に染めるだろうと、彼らは予想しているかもしれない。それよりヘアピンを買って髪をアップにまとめよう。髪の長さやスタイルをごまかせるし、ホテルの部屋の鏡を見ながらへたにカットするよりいい。

だが、ハサミは役にたつ。よく切れそうな頑丈なハサミを選んでかごに入れた。ハサミは家に置いてきたナイフほどの威力はないが、なにもないよりはいい。ドラッグストアにはハンティング・ナイフも唐辛子スプレーも置いてなかった。残念。

広いつばの帽子も買うことにした。顔を隠せるだけでなく、夏の日差しから肌を守ってくれる。だぶだぶのTシャツと安いテニスシューズと靴下も買うことにした。ズボンは置いてなかったが、けさはスカートでなくズボンを穿いて家を出た。とりあえずこれでいい。安物の大きなバッグとトラベルサイズの化粧品、それに大きなサングラスもかごに入れた。彼らが捜しているのは、怯えた中流のビジネスウーマンだ。だから、それ以外の人間に扮すればいい。

それならできる。不思議と自信が湧いてきた。ほかの誰かになれる。前にもなったことがあるのだから。

財布と携帯に取り付けた追跡装置のおかげで、リジーの居所はわかった。ゼイヴィアとしては、慌てて出て行く必要はない。彼女はいまのところ大丈夫だ。記憶が戻りつつあるのだから、怯え、混乱しているだろうが、そういう人間はどこにでもいる。彼女はフェリスの部下たちをうまくまき、自分の車を置いて逃げるだけの分別もあった。これで彼らには、リジーを追跡する手段がなくなった。彼女は怪我していないし、自分の意思で行動している。いまは落ち着く時間を与えてやろう。へたに出て行って彼女にやられでもしたら、後世までも語り草になる──過去にしてやられたことがある。何度もではないが、油断は禁物だ。

トラックを乗り捨ててべつの移動手段を手に入れなければ。それには時間がかかる。J・Pの車は使えない。マンションに戻れば、フェリスの手下がまた襲ってくるだろう。J・Pのガレージから出れば、あるいは気づかれないかもしれないが、おなじ時間でオートバイを取ってこられるのだから、わざわざ危ない橋を渡ることはない。オートバイのほうが速いし小回りがきくし、目立たない。それにヘルメットが顔を隠してくれるから、顔画像認識プログラムにひっかからない。

フェリスのことだから、暗殺チームが──それも二組とも──しくじったことで、倍返ししてくるだろう。アルが関わっているかどうかには疑問の余地がある。おそらく関わっていない。そうでなければ、外部のチームが使われるはずがない。だが、アルを相手にする場合、彼がどんな手を打ってくるか、あらかじめ予測しないにかぎる。アルに電話しようかとも思ったが、時間の無駄だ。アルがこの一件に関わっていなかったとしても、いまごろはもう知っているだろう。この先アルがなにをするにしても、自分で指揮を執《と》るはずだ。フェリスと組むにしろ組まないにしろ、ゼイヴィアに対して話すことはおなじだろうから、得るものはなにもない。いずれにしろ、完全に連絡を断つことで彼らに不安を与えることができる。フェリスはわが身と娘の身を守ることに躍起になるだろう。人手をそっちに割《さ》くから、リジーを捜すほうは手薄になる。けっこうな話だ。フェリスには償ってもらうが、いまはその時ではない。最優先すべきはリジーだった。フェリスは時間をかけて片付ける。

リジーの居所をもう一度チェックする。彼女はダウンタウンに向かっていたが、ようやく動きを止めた。キーを叩いてズームインする。ドラッグストア。

このごろでは、大型のドラッグストアはデパートみたいなものだ。必要なものはなんでも揃う。着替え、サングラス、キッチンナイフはないだろうが、ハサミや爪やすりはある。髪の色を変えるかもしれない。可能性はいくらでもある。どれも彼が教えてやったことだが、彼女のことだから独自のひねりを効かせるだろう。逃げ回るのは疲れる。肉体的にもだが、脅威になりそうなものはないか周囲に視線を配り、つねに気を張っていなければならない。彼自身は薬の力も借りて、何日だってつづけられるが、リジーは現場を離れて久しい。すぐにくたくたになり、身を潜《ひそ》める場所を探すだろう。彼女の居所を示すふたつの明滅する点を見つめる。

彼女がまた動き出した。オートバイを取って来て、フェリスの動きをちゃんと把握してからリジーのもとに行こう。

道の真ん中で立ち止まって外見をいじることはできなくても、つば広の帽子とサングラスぐらいはつけられる。これであちこちに取り付けられている防犯カメラから顔を守れる。疲れていた。でも、動きつづけなければ。脚が痛い。走り回ってアドレナリン全開になったが、それも燃え尽き、いまはぐったりしていた。いまはただゆっくり眠りたかった。

踏ん張れ。弱音を吐いてる暇はないのよ。気を引きしめないと。疲労に負けたら無防備になる。

……それでも、じっくりと状況を見極めるために、泊まる場所は見つけないと。観光客が集まる場所にはホテルがたくさんあるが、そういうところは身分証明書とクレジットカードの提示を求める。現金で泊まれる場所を探すべきだ。ホテルはまず無理だろうけど、でも……

でも、勘が働くというか、金に目がないフロント係がいるホテルならなんとかなるかも。小さなホテルにかぎる。最高級ホテルではなく――それなりのホテルでもなく。ひとつ星か、星なしのホテル、個人経営で資金繰りに汲々《きゆうきゆう》のホテル。さらに歩いてゆくと、治安がそれほどよろしくない界隈に入った――でも、掃き溜めというほどでもない。高級とはお世辞にも言えないモーテルがひしめくこのあたりは、モール（国会議事堂からワシントン記念塔までの大緑地帯）から八キロほどだ。

足がふらつくほど疲れていたけれど、あたりをぐるっと歩き回って、部屋の配置や駐車場、出入り口の位置関係を調べた。完璧なモーテルはなかったが、条件にいちばん合うのが古い赤煉瓦造りのモーテルだった。第一に、駐車場に駐まっている車の数が少ないから、現金をちらつかせれば便宜を図ってくれそうだ。部屋はすべて駐車場に面している。逃げ道が狭い廊下しかない部屋に閉じ込められたくはない。古い建物だから、バスルームに開閉可能の窓がついている。窓は小さくて高い位置についているから抜け出すのに苦労するだろうが、必要に迫られれば文句は言っていられない。全裸で全身泡だらけだろうが、窓から逃げ出す。

このモーテルの利点がもうひとつ。ここにあること。疲労困憊で空腹で、ドラッグストアのショッピングバッグを抱える腕が痛い。最初はこんなに重く感じなかったが、この重さが体力を奪う。これ以上歩き回ったら、自分から危険に飛び込んでいくようなものだ。

オフィスの窓から中を覗いた。フロント係は若い娘だ。助かった。不運な身の上話に乗ってくるのは女性だし、見返りに体を要求したりしない。フロント係は見るからに退屈しているし、勘が働きそうだ。どちらの要素もリジーに有利に働く。

モーテルの玄関を入り、帽子を脱ぐ。大きなため息をつきながらフロントに向かって歩く。

「いらっしゃいませ」フロント係が顔を輝かせた。やっと客がやって来た。

「あの、部屋をとりたいの。できれば一階の部屋」駐車場の車の数から考えて、一階の部屋は空いているはずだ。

フロント係は――名札にシンディとある――ほほえみ、コンピュータのキーを叩いた。

「何泊されます？」

ここからが腕の見せどころ。「一泊だけ」

「かしこまりました。運転免許証とクレジットカードを見せてください」

リジーは下唇を噛んだ。いまごろは彼女の写真がテレビで流されているだろう。でも、車の盗難とカーチェイスぐらいでニュースになる？　彼女の運転免許証の写真をわざわざ流す？　それより彼女の身元はもう割れているの？　ありがたいことに、狭いロビーにテレビはなかった。あったとしても、シンディがニュースを観るとは思えない。せいぜい昼メロか、視聴者参加のゲームショーの再放送ぐらいだろう。

「現金で」彼女はそう言って財布を取り出そうとした。「クレジットカード、持ってないの」シンディは鼻にしわを寄せた。「部屋が破損した場合に備えて、クレジットカードの番号を控えろって、オーナーに言われてます」

リジーは考え込むふりをした。「手付けをよけいに払ってもいいんだけど」必要のない金はなるべく支払いたくないので、そう言った。「二十ドル？　三十？　あすの朝、チェックアウトのときに部屋を見てもらって、それで手付けを返してもらえればいいわ」古い建物を壊すような真似はするつもりがないという意思表示だ。

「だったら……それでいいです。運転免許証は見せてくださいね」

さあ、これからが本番だ。リジーは体を強張らせ、不安そうな表情を浮かべた。「あたし――あの――名前が記録に残るのって、ほんと、困るのよね」

シンディは即座に頭を振り、ため息をついた。「それは無理ですね。申し訳ないですけど」

リジーは下唇を震わせた。「わかるわ。あたし、ただその……夫が、ね。彼に見つかると大変なのよ。町を出て行く算段はついてるの、それで、D・Cから離れさえすれば安全なんだけど、ただ……それが、あすまで待たないとならなくて」

シンディのブルーの目が大きくなった。「だんな?」

リジーはうなずいた。あとはほんものの恐怖と不安を見せるだけだ。

「警察に通報したら……」

リジーは苦々しく笑った。「彼、市警察の警官なの。だから……つてがいっぱいあって。警察は信用できない」正直な気持ちだ、と苦々しく思った。

シンディはコンピュータを見つめ、唇を嚙み、またため息をついた。リジーはつぎの手を考えていた――これ以上やるとばれそうだし――ところが、シンディはこう言った。「だったら……一〇七号室はいま使える状態じゃないんだけど、最後に泊まった客が、壁にパンチ食わして穴開けるし、タオルラックを壁からもぎ取るしで、修理がすんでいないの。ひと晩だけなら、そこに泊まってもらってもいい。ひと晩だけですからね」彼女は人差し指を振って強調した。

「まあ、助かるわ! ありがとう!」リジーは熱を込めて言い、シンディにクレジットカードが見えないよう慎重に財布を開いた。札を取り出そうとすると、シンディが言った。「いいの、いらないわ」

リジーは眉を吊りあげ、フロント係を見つめた。

若い娘の親切に涙ぐむなんて、疲れている証拠だ。そうは言われても、百ドル紙幣を抜き取り、カウンターに置いた。信頼は金で買えると思っていないし、誰にも借りは作りたくなかった。「ありがとう。でも、受け取って」涙を拭い、なんとか笑顔を作った。「どうせ彼のお金だし。使っちゃいたいの」

シンディは肩をすくめ、百ドル紙幣を取りあげた。おそらく彼女のポケットに入るのだろう。べつにかまわない。フロント係の給料は高くないだろうから、お金は大事だ。リジーはキーカードを受け取るとポケットにおさめ、フロント係にもう一度感謝の笑みを送ってから玄関へと向かった。

わが家にはちかづけないけれど、今晩泊まる場所は確保できた。五分前と比べたら、たいした進歩だ。

フェリスにとって怒りはめあたらしい感情ではないが、この仕事では自制が肝心要だから、感情をあらわにしたことはついぞなかった。ふだんは苦もなく感情を抑えられる。でもいまは、カッと燃える怒りの激しさに、抑えるのが大変だった。沸々《ふつふつ》と燃えたぎる怒りがいまにも限界に達しそうだ。何事もなかったように振る舞わなければならないのに。オフィスから出るときは、秘書に笑いかけるべきだし――いつだって強張った笑みになるけれど、笑みは笑みだ――駐車場を出るときには、守衛に会釈すべきだ。そのあいだに出会う人間は無視すればいい。

なんて女なの！　こんなに単純なことが、なぜうまくいかないの？　いまわかっているのは、プリペイド携帯に入った要領をえないメールだけだ。〝プロジェクト失敗〟詳しいことがわからなければどうしようもない。すべてが失敗に終わったとは考えにくい。だったらどの部分が失敗したの？　リゼットを仕留めるのはかんたんだ。ゼイヴィアを始末するはずのチームがしくじった？　そっちの任務のほうが重要なのに。そのことはくどいほど念を押し、腕のたつ連中を送り込むように頼んだ。もし最悪のシナリオが現実のものになったとしたら、激怒したゼイヴィアが野放しになっており、いつ襲ってくるかわからない。

いまの自分がどれほど無防備か気づいてぎょっとなった。護衛もなくひとりで車を運転し帰宅するところだ。防御的運転スキルは身につけているが、拳銃は家に置いたままだ。通常の仕事に武器は必要ない。たとえいま拳銃を持っていたとしても、ゼイヴィアにつけ狙われたら、生き延びられるかどうかは運頼みだ。フェリスは運を信じない。信じているのは自制と緻密な計画、それに準備だ。

ハンドルをきつく握りすぎて関節が白く浮き出る。制限速度を守るのに、ありったけの自制心を必要とした。できるだけ早く家に戻りたかったが、スピード違反で捕まったら元も子もない。電話をかける必要があるが、盗聴される可能性がわずかでもあるなら、かけたくてもかけられない。自宅もオフィスも車も、定期的に盗聴探知器でチェックしているが、この街にいて、どこででも自由におしゃべりできると思うほど馬鹿ではない。とくにいまはぜったいにできない。

計画も準備も満足のいくものだった。その計画が実行段階で不首尾に終わったのだ。なんてことよ！　一流の仕事人を使う約束だったのに。あてがわれたのは、AチームではなくBチームだったとは。Bは〝まぬけ《ボーゾー》〟のBだ。

神経をピリピリさせながらも無事に帰り着いた。それでも、ガレージに車を入れて扉をさげるまで、肩甲骨のあいだの凝りはほぐれなかった。ガレージの隅々にまで目を凝らしてから車を降りた。ゼイヴィアの能力は知っているから、何事もおろそかにはしない。ドアの鍵を開けて中に入ると警報装置が鳴り出した。コードを打ち込んでドアの鍵を閉め、まっすぐ書斎に向かった。デスクの抽斗から武器を取り出す。家中を調べ回ってようやく、警戒を解いた。この一件が片付くまで、慎重に動かなければならない。

つぎにバッグからプリペイド携帯を取り出した。これも買い替えなければ。そもそもプリペイド携帯というのは使い捨てだ。ずぼらな人間はそのきまりを破る。自分がずぼらな人間の仲間入りするとは思ってもいなかったが、いまは買いに行く暇はないし、なにがあったのかいますぐ知りたい。

拳銃と携帯を持ってバスルームに行く。渦流浴槽にお湯を出し、スイッチを入れる。片隅にしつらえた岩を湯が伝って流れ落ちる。滝のある風呂だ。ふだんならその音に心安らぐのだが、いまは目的を果たす手段にすぎない。湯がいっぱいになったので渦を作る装置のスイッチを入れた。バスタブと滝のあいだに立った。会話を聞こうと耳をそばだてる者がいたとしても、雑音がひどくて聞き取るのに苦労するだろう。

電話をかけた。連絡係が出る。「なにがあったの?」

短い沈黙。もっともらしい言い訳を考えているのだろうが、けっきょく出てきた答はこれだった。「両方とも失敗しました」

フェリスは耳を疑った。「両方とも?」どうしてそんなことが? ゼイヴィアは手ごわい相手だとしても、もうひとつは楽勝だったはず。最悪のシナリオの上をいく事態だ。「どうしてそんなことが? よほど無能だったとしか考えられない」

「仕掛けた場所がレストランでした。オーナーがショットガン持ってヒーローを気取った。うちの連中は逃げ出し、対象を見失いました」

「ドジ踏んどいて、いけしゃあしゃあと」怒りのあまり言葉を失う。めったに悪い言葉は口にしないが、この男の失敗の尻拭いをするのはこっちだ。彼は肩をすくめてつぎのクライアントの相手をすればいいが、こっちには後始末が残っている。

「ショットガンが出てくるとは思ってなかったものでね」

「おたくの部下たちは指示どおりにやってくれると思ってたわよ」リゼットは死ぬべきだ。あんなの、人間とは呼べないんだから! まあ、それは言いすぎだけど。でも、記憶と基本的な性質をごっそり取り除かれた人間が、以前とおなじように機能できるわけがない。彼女を始末するのは赤子の手を捻《ひね》るようなものだ。「彼女を見つけ出したんでしょうね」

「いえ、まだ。彼女は駐車場にあった車を盗んで逃走しました」

「つまり、彼女は自分の車に乗ってはいないのね？」フェリスは鼻梁を摘まんだ。「おかしいじゃないの。自分の車があるのに、どうして他人のを盗まなきゃならないの？」

「わかりません。気が動転しててなにも考えられなかったのかも」

「それなら、冷静になってから取りに戻るはずでしょ。そうはならなかったの？」

「はい。彼女の車はレストランの駐車場にあります」

フェリスは天井を見あげ、大きく息を吸い込んだ。やっぱりそうだったのか。ささいなことだが、リゼットらしからぬことをやっていたのは、記憶が戻ったからだったのだ。あるはずのないことだ——でも、百年前には不可能だと思われていたことが、いまでは日常茶飯事になっている。せっかくいい車に乗っているのに、駐車場に置きっぱなしにして、ほかの車を盗んだわけは、アルにだって説明できないだろう。

「ほかにも悪い知らせがあります」携帯から低い声がまた聞こえた。

「予想はつくわよ」彼女の声は張り詰めていた。

「もうひとつの対象に向けて送り出したチームが、死体で発見されました。ふたりとも。一時間前に公園で」

予想していたとはいえ、足元の床が抜け落ちた気がした。洗面台に手を置いて体を支える。

「きょうの午後、死体が見つかったという報告は受けていない」国土安全保障局《NSA》はすべてを把握している。

「そりゃそうでしょう。連絡が入らないので彼らの車を追跡し、死体を見つけ、きれいに持ち去りましたからね」

「それで、〝対象〟は？」

「自宅に戻っていません。まだ居所を突きとめていませんが、じきにわかりますよ」

映画『ターミネーター』のシーンが目の前に浮かんだ。ゼイヴィアはロボットだ。なにをしようとズンズンズンズンやって来る。邪魔する奴をなぎ倒しながら。彼のような高度のトレーニングを積んだ人間には、抵抗すればするほど逆効果になる。これほど頼りになる味方もいないが、彼を敵に回したら――

この家にはパニックルーム（強盗対策用の避難所）がある。五年前に造った。でも、一生ここで暮らすわけにはいかない。娘はどうなるの？　ゼイヴィアが野放しになっているかぎり、この状態はつづいてゆく。それに、困難から逃げるのは彼女の性格に反する。困難に対処すべきだ。この任務遂行のための計画をたてるべきだ。暴れまくる感情を落ち着かせ、恐怖に呑まれないように抑えつける。

「娘のアシュリー――彼女を保護して」

「もし抵抗したら？」

「させたいだけさせればいい。でも、彼女を安全な場所に閉じ込めてちょうだい。こっちが片付くまで」アシュリーは怒るだろう。母親似だから。きっといつまでも母親を恨むだろう。でも、ひとり娘を埋葬するよりは、恨まれるほうがはるかにいい。ゼイヴィアは非情だ。フェリスに手が出せなければ、みせしめに娘を使うだろう。なんでもありだ。誘拐、拷問、殺人。立場が逆だったら、フェリスもためらうことなく必要な手を打つ。だから、ゼイヴィアがそうするのはある意味あたりまえだ。

なにがなんでもわが子を守る。

費用はばかにならない。アシュリーは独立心旺盛だ。というか、ひとり立ちしたがっている。どこかに匿《かくま》われ、いま受けているふたつのサマークラスが受けられなくなり、友達とのつきあいも断たれればおもしろいわけがない。

かわいそうに。でも、アシュリーの安全はなにものにも代えがたい。

「仕事をふたつ頼んだわよね。ひとつはかんたんなもの、もうひとつはけっしてかんたんとはいえないもの。どちらも引き受けるとあなたは確約した。ところが、あなたはとんでもない無能な人間を差し向けた。収拾がつかない事態に陥った。それで、どう対処するつもり？」

「心当たりがあります」連絡係が言った。声に切迫感がなかった。仕事がうまくいかないことに慣れているのだ。よくない。それなのに、彼の評判はすこぶるよかった。「金に糸目をつけないなら、ほんものを紹介しますよ。この道のプロをね。めったに仕事をしない。ですが、特別な状況下では、彼は……測り知れぬ価値を持ちます」

いくらかかるのか、フェリスは尋ねなかった。ささいなことだ。それに、その〝ほんもの〟とやらがそんなにすごいなら、どうしてその男に最初からやらせなかったの？　腹がたつ。「やり方はどうでもいいから、ちゃんとやってちょうだい」彼女は安全ではない。娘も安全ではない。ゼイヴィアが生きているかぎり。リゼットを葬らないかぎり、誰も安全ではいられない。数年前に始末するべきだった。

「わかってますよ。彼を向かわせます」

「娘が無事に保護されたら連絡して」電話を切り、その場に立ったまま、頭の中にシナリオや可能性をいくつも思い浮かべた。とくに目立つものがあった。自分の手を汚してでも事態を収拾しなければならないとしたら、最初にやるのは彼だ――そのことに彼も気づいている。

19

一〇七号室はしばらく使われていなかったようだ。壁の穴と傾いたタオルラックもだが、部屋の中はカビと埃の臭いがした。このモーテルは資金の流れに問題がある。シングルベッドにはおぞましい金色とオレンジ色のベッドカバーがかかり、めくってみたらシーツが敷かれていなかった。ありがたいことに、バスルームにタオルが置きっぱなしになっていた。

「すごい。まだ運が残ってた」

優先順位。まずお腹がすいている。財布から一ドル紙幣数枚を取り出し、ドラッグストアでもらったお釣りも握りしめて、廊下の先の自動販売機に向かった。部屋のキーを片手に、お金をもう一方の手に持ち、帽子とサングラスで変装する。ジャンクフードの食事はあまりに味気ないが、バーベキューサンドを食べそこなったので、ペタンコの胃袋が背骨に巻きつきそうだ。カビが生えてたってかまうものか、というぐらい空腹だった。

選ぶほどの品揃えではない。ソーダ、水、チップス、クッキー、クラッカー。買い込んで部屋に戻り、ドアを閉めると〝夕食〟を部屋にひとつだけのテーブルに並べた。帽子とサングラスをはずして、部屋にひとつだけの椅子に腰をおろした。

ほんの一瞬、恐ろしいその一瞬、テーブルに突っ伏して泣き出しそうになった。ぐっと唾を呑み込み、天井を見あげながら、いま取り乱してはだめと自分に言い聞かせた。

あの男たちが自分を狙って撃ってきたと気づいたときから、逃げつづけてきた。だから、いまのいままで、自分がどれほどひどい状況に置かれているのか考える余裕がなかった。でも、泣かない。泣いて自分を見失ったりしない。つぎの一歩に意識を向けよう。つまりそれは食事をすること。それからシャワーを浴びて、少し眠る。体を休めないと、この先動き回れない。そこまではなんとかなる。問題はその先だ。計画をたてる必要があるのに、なにも浮かばなかった。

この街を出るべきだけれど、でも、どうやって？　公共交通は監視されている。地下鉄に設置されている防犯カメラの数を考えると、帽子とサングラスで変装したぐらいじゃおいつかない。バスは？　いいかも。可能性のひとつ。現金で支払い、警戒されない程度に変装する。考えるだけで怖じ気づきそうになる。自分の車を使うのは問題外だ。首都ワシントンを歩いて出るのも無理。

ああ、もう、また車を盗まなくちゃ。つぎはこっそりやる。数時間は時間稼ぎができるように。つまり、運転手の手から鍵をもぎ取るのではなく。誘拐犯じゃないんだから。リゼット・ヘンリー、カージャッカー。

たぶん。

古い車を狙うほうがいい。最近の車にはコンピュータや防犯システムがついている。古い車といっても、エンジンはパワフルでないと。高燃費車で、エンジン音がすごいやつ。どうしてワクワクするの？

点火装置をショートさせてエンジンを動かすにはどうすればいいの？　そんなことを考えながら、ピーナツバターがサンドされたチーズクラッカーの袋を開けた。ガブリとやる。カビ臭い。驚くことじゃない。ああ、ドラッグストアで食べる物も買ってくればよかった。プロテインバーはこれよりずっとましだ。でも、あのときはパニックになっていたので、ちゃんと考えられなかった——いつもほどちゃんとは。彼女を殺そうとするなんて愚の骨頂だ。ほっとけば飢え死にするもの。

それより目先の問題。どうやって点火装置をショートさせるか？　カビ臭いチーズクラッカーを平らげ、ふた袋目に移りながら自問する。冷たくて甘いコークでクラッカーを流し込んだ。

そうよ、そう、わたしにはできる！　ワイヤーを交差させたり捩《ね》じったりする自分の両手が目に浮かぶようだ。まるできのうそれをやったように、手順がはっきりと脳裏に浮かんだ。

いいえ、きのうじゃない、三年以上前、空白の二年間にだ。

激痛と吐き気を覚悟した。なにも起こらない。ほっとして目を閉じた。こんなときに頭痛が起きたら、対処できない。間の悪いときに起きたら、命取りになる。

クラッカーふた袋、コーク二本、ポテトチップスひと袋を平らげたら、ようやく満腹感をえられた。疲れた体を引きずってバスルームに行く。長いことほったらかしのバスルームには、シャンプーも石鹸もなかったので、買ってきたものを使った。シャワーを浴びているうちに、〝自動車を盗む〟以外の計画が頭に浮かぶかもしれない。まだ考えるべきことはたくさんあった。どこで車を物色する？　この部屋をいつ出る？　車を盗んでから、どこへ向かうの？

シャワーを浴びるあいだは、体と髪を洗うこと以外なにも考えないようにした。

まったく最悪な一日だった。

記憶にあるかぎりで。その記憶というのが——ハハハ——一部分がすっぽり抜け落ちているんだけどね。

シャワーを出て、自分のタオルで体と髪を拭き、だぶだぶのTシャツを着た。曇った鏡を手で拭い、あらためて顔を見る。この三年間、毎朝鏡の中に見てきた顔だけれど、いまは、これが自分の顔ではないとわかっている。そう思っても頭痛は起きなかった。進歩しているのだ。はたしてこの顔に慣れる日がくるのだろうか。心の奥底で、顔を失ったことを嘆いていた。

「彼らはあなたになにをしたの？」鏡の中の顔に問いかけた。むろん答はえられない。疑問はいくらでもあるのに。

テレビをつける。モーテルのテレビだからチャンネルは多くないし、映りも悪かったが、ニュースを見られればそれでいい。警察は名前と写真を入手したの？　あすの朝には、町中の人が彼女を探している？

現実的になりなさい。皮肉屋の小さな声が言う。D・Cの殺人発生率を考えてごらんなさい？　せこい自動車泥棒がニュースになると思う？

ニュースがはじまるまで、ベッドの端っこに腰かけ、ドラッグストアで買った物を安物の大きなバッグに詰め込んだ。自分の小さなバッグを底に入れて、その上にほかのものを詰め込み、ハサミはすぐ取り出せるように持ち手を上にしてしまった。バックパックやパワーバーやナイフ、それにあたらしいランニングシューズがここにあったら。

ああいうまちがいは二度としない。これからは、どこに行くにも必要な荷物を持っていく。大型のスーツケースを転がしていくわけではないけど。

バーベキュー・レストランで起きた発砲事件は、ニュースの最初に取り上げられた。車の盗難や運転手が襲われたことも報道されるのではと息を詰めて待ったが、流されなかった。キャスターが言うには、怪我人が出たが病院で手当てを受けて帰宅したそうだ。それからつぎのニュースに移った。

へえ、皮肉屋が言ったとおりだ。D・Cでは車の盗難はニュースにならない。でも、起きた場所とそのときの状況を考えれば……取りあげられなかったことが、ちょっぴり不満だ。こんなに心配して、ぐったりしているのに、〝凶悪犯レーダー〟をかすりもしなかったなんて。

チャンネルはそのままにしておいた。あとから取りあげられるかもしれない。ところが、まったく触れられなかった。インターステートで繰り広げられたカーチェイスも殺人未遂も。殺されかけたのはわたしなのよ。

彼らはほかの誰にもあなたを見つけさせたくないのよ。自分たちで始末するつもりだ。ほかのニュース番組やほかのチャンネルのニュースで流される可能性もなさそうだ。謎の〝彼ら〟が報道までコントロールしているのだろう。またまた疑問が湧く。わたしはいい人なの、それとも悪人？　わからない。それにいまはどうでもよかった。いま大事なのは、生き延びることだ。

でも、冷静に考えると、自分はいい人の部類だ。犯罪傾向があるとは思えないし、装甲車をひっくり返したいとも思わない。悪人だとしても、せいぜい自動車泥棒止まり。追い詰めて殺そうとするには、あまりにも小物すぎる。ほかになにかあるにちがいない。その〝なにか〟がなんなのかわからないけれど。

寝るには早すぎる。ふつうの日なら。でも、きょうはふつうの日なんかじゃないし、いまはもう、なにがふつうかもわからなくなっていた。疲労困憊《こんぱい》だ。眠れるときに眠っておかないと。いつでも逃げ出せるように服を着たままで眠る。荷物をすべて詰めたバッグはベッド脇の床に置いてある。目を閉じた。

そして、眠った。

目を閉じたときは、きっと怖い夢を見ると思っていた。謎の〝彼ら〟が出てくる悪夢。ところが、またしてもミスター・Xの夢を見た。色彩のある部屋にXがいた。大きなベッドの中に。夢なのに、彼の登場にびっくりした。このときは、こちらが上で、彼が手錠をしていた。彼は気に入っている。自分の思うように動けないのに、それでもいいらしい。おもしろい。Xには変態趣味があるみたい。それに、わたしのことが好きみたい。セックスは、すごかった。夢の中のセックスだけれど、なによりもすばらしかった。ずっと昔に楽しんだセックスと比べて、はるかにすばらしかった。

馬乗りになって、ゆっくりと動いて、彼のすべてを堪能《たんのう》しながら、耳元でささやいた。

「彼らに殺されるべきだった……そのほうがよかった、楽になれるし……でも、もし彼らがわたしを殺したら、あなたは……」

目を覚ますと、両手を握りしめていた。動悸が速い。おもては暗かった。腕時計を持っていないし、ベッドサイド・テーブルの上の時計はくるっていた。時間を知るためだけに、携帯に電池を入れる気にはなれない。携帯は捨てるべきだったかも。でも、いまはまだ捨てる気になれなかった。緊急事態に直面して、携帯が必要になったら？　９１１に電話して、殺されるって叫ぶ？　まあもうしばらく、携帯は手元に置いておこう。計画が固まるまでは。ライトはつけられない。フロント係は交代しただろうから、その彼か彼女が廊下に目をやって、一〇七号室のあかりがついているのを見たら……そんな危険は冒せない。でも、分厚いカーテンをきちんと閉めてから、テレビをつけた。小さな危険。どんな番組をやっているかわかれば、いま何時頃か見当がつく。チャンネルを替えていくうち、二十四時間ニュースを流しているテレビ局が見つかった。画面の隅っこに時刻が表示されていた。

正確な時間を知る必要がある。時間は大事だ。親指でリモコンを操作し、テレビを消した。五時間眠ったことになる。たいしたものだと自分でも思う。あと一時間、いや二時間したらこっそりここを出て、古い車を探し出し、点火装置をショートさせてエンジンをかける。夜が明けるまでここにいられない。フロント係のシンディの好意はありがたいが、もし彼女の気が変わったら？　彼女が友達にしゃべって、その友達がべつの友達にしゃべって、それが悪い連中だったら？

誰も信じてはいけない。

ひと晩中、駐車しっぱなしの車を盗めば、数時間はばれないだろう。狙い目は一戸建てかアパート。ここのようなモーテルも。鍵をイグニッションに差しっぱなしにするうっかり者もいるかもしれない。よくあることだ。でも、このモーテルで物色するのはまずい。助けてあげた女が、料金をちゃんと払った客の車を盗んだとわかれば、シンディはきっと警察に話すにちがいない。

あすの朝にはヴァージニアを走っている。ノース・カロライナまで行けるかもしれない。日が昇る前に車を乗り捨てる。そこまで行けば、バスに乗っても危険じゃない。まあ、危険であることに変わりはないけれど。

やっと計画らしきものができた。

それまでどうする？　二度寝できるとは思えなかった。それに寝過ごしてしまいそうで怖いから、起きていよう。記憶を辿っても痛みに襲われることはなさそうだから、思い出してみよう……なんでもいいから。小さなことから。どこに住んでいたのか、髪は短くしていたのか、長くしていたのか、毎年インフルエンザのワクチンを打ってもらっていたかどうか。この三年間は毎年打ってもらっていたけど、それ以前は？　二年間の空白はあいかわらず埋まらない。

一時間も経たないころ、パワフルなエンジン音を轟かせ、オートバイが駐車場に入ってきた。こんなに遅く着いたのだから、朝も遅くまで寝ているだろう。オートバイを盗んでかっ飛ばすのも悪くない。乗り方、知ってるの？　ええ、もちろん。とくに記憶を掘り返さなくても、オートバイに関してまったくの素人ではないとわかっていた。ここの駐車場からは盗まないと決めていたけれど、興味が湧いた。ちょっと見てみよう。

部屋は真っ暗だから、カーテンの隙間から覗いても誰も気づかないはずだ。オートバイのライトが消えるところだったので、どこに目を向ければいいのかわかった。

L字型の駐車場のもう一方の側の、街灯が壊れているあたりにオートバイは駐まっていた。乗っている男は闇に沈んでいる。それから、あかるいほうにやって来たので顔が見えた。心臓が止まった。

彼。ウォルグリーンズにいた男。

X。

オーケー、偶然で片付けるわけにはいかない。

駐車場はライトに照らされてあかるいが、彼はそれでも暗いところを選んで移動している。思い過ごし？　それとも、まっすぐこっちに向かって来ている？　足の運びはなめらかで力強く、自信に満ちている。彼女の居場所を知っているかのように――彼女を仕留めるためにやって来たのだ。

どうしよう！　〝彼ら〟の仲間だ。

リジーはすばやく動いた。大きなバッグを肩にかけ、ハサミを引き出してバスルームに駆け込んだ。小さな窓から射し込む光で自分を見失わずにすんだ。窓から抜け出すこともできるが、もっといい方法がある。急いでロックをはずし窓を開け、爪先立ちしてハサミの切っ先で曇りガラスを割った。それほど大きな音ではなかったが……充分だ。たぶん。窓から身を乗り出し、小さな声をあげる。悲鳴のような。それから拳固《げんこ》で窓枠を叩いた。

そして、待った。

彼はほどなくやって来た。モーテルの裏手だから暗いが、彼がどっちからやって来るかわかっていた。彼女がそこにいるものと思って、彼は建物の裏手へ音もなく回って来た。バスルームの窓から体半分出しているか、頭から落っこちてぼうっと座りこんでいると、彼は思っているにちがいない。おあいにくさま。

足音を忍ばせてドアへと向かい、こっそり抜け出した。モーテルの幅いっぱいに走るコンクリートの歩道を走った。彼のオートバイを盗んでやろうかと一瞬思った。いいえ、やめたほうがいい。この男も彼らも、追跡用の高度な機器を持っている。彼だって、自分のオートバイに追跡装置を付けているだろう。衛星ＧＰＳシステムをとおしてオートバイを動かなくする装置かなにかも。

彼女が窓から抜け出したのでないことにXが気づいて、こっちにやって来るまでにあまり時間がないだろうから、とにかく動かなければ。姿を見られないよう、暗い場所を選ぶ。

モーテルの壁沿いに陰になっている場所がある。そこまで行って立ち止まり、息を整えながら耳を澄ました。Xは裏手の窓ガラスが割れているあたりを調べ、そこから彼女の足跡を辿ろうとするだろう。でも、そんなに時間はかけない。せいぜい一分、もっと早いかも。彼女が窓から出たのでないことを知り、こっちにやって来る。リジーは歩きだ。いまのところは。

だったら、彼も歩くべきだ。それがフェアプレーってもんでしょ。

ちかくに仲間はいないほうに賭け、様子を窺ってからXのオートバイめがけて走った。最初は逆方向に走って逃げるつもりだった。でも、こんなチャンス、逃す手はない。計画はなかったが、自分の本能に従えばいいとわかっていた。ここまで生かしてくれた内なる声に耳を傾けるのだ。オートバイは駐車場の中でいちばん暗い場所に駐めてあった。二秒で全体を眺める。すべきことをするためには、精巧なマシーンを惚れ惚れと眺めたい気持ちを抑えないと。

地面に膝をついてハサミを取り出し、スパークプラグ・ワイヤーを切った。それがスパークプラグ・ワイヤーだとどうしてわかるの？　どうして知ってるの？　知識がどこから出てくるのかわからないが、どうでもいいことだ。切り終わると安堵の波に襲われた。立ち上がって歩み去る。走りたいところだが、速足で歩くほうが怪しまれない。

もう部屋には戻れないから、隣のモーテルとのあいだの路地を大通りに向かった。背後で物音がしないか聞き耳をたてる。ふっと笑みを洩らす。オートバイを動かせないと知ったら、彼はさぞ怒るだろう。

見物できないのが残念だ。知識がひとつまたひとつと甦る。点火装置をショートさせて車のエンジンをかけるのは、テレビのドラマかなにかで観たことがあるが、いかんせん正確さにかける。自分の手がその仕事をやる様子を思い浮かべることはできるが、けっしてかんたんではないと記憶が言っていた。車の下に潜るか、イグニッションを取り去るのに携帯ドリルが必要だ。どっちにしても道具がいる。バッグはいたずらに重いだけで、道具は入っていない。ハサミだけじゃ、車の中に入ることができない。ハサミで運転手を脅かして、鍵を奪う以外には。

大通りに出て左に曲がる。ほっと安堵のため息を洩らした。背後からタックルされずにここまで来られた。足音は聞こえなかった。でも、Xの能力を見くびってはならない。危険を承知でうしろを振り返り、誰もついて来ていないとわかって体の力が抜けた。頭のどこかで、彼がついて来ていることを期待していた。まったく足音をたてない、恐ろしい闇の魔物。

彼は何者？　自分を殺そうとしている男と、あんなにエロティックな夢を見ていたなんて。猛然と腹がたってきた。潜在意識がいやな冗談を仕掛けたとしか思えない。

そのことは忘れよう。彼が何者で、なぜあとをつけて来たか、そのほうが問題だ。ウォルグリーンズで出会ったのは偶然ではなかった。飛躍しすぎかもしれないが、あれが初対面ではなかったのだ。彼は失われた二年間に関係がある人物。頭の奥深くでそのことに気づいたから、あんなふうにあたふたと逃げ出したのだろう。記憶が戻りつつあることに彼が感づいたのは、わたしがあのとき逃げ出したからだ。彼にとって自分は脅威なのだろう。

だったら、なぜ監視していたの？　殺すつもりなら、機会はいくらでもあったはずだ。なぜなら、彼はボスではないから。ほかの誰かがどこかにいて、彼女に関する情報を分析し、決断をくだしている。Xは暗殺《ウェット》チームの一員にすぎない。

ウェットチーム。頭が割れるように痛む。よろっとなって立ち止まる。視界がぼやけ……

痛みが消えた。

リジーは深呼吸して気を取り直し、もう一度考えた。〝ウェットチーム〟

痛みは襲ってこない。また歩き出す。

意識的な思考がそれまでブロックされていた領域に踏み込むたびに、脳みそがショックを受けるのだろうか。ちょうど電流が流されたフェンスに触れたみたいに。それで、ひとたびフェンスが倒れると、つぎはショックを受けずにそこに踏み込むことができる。

たしかに陳腐《ちんぷ》な喩《たと》えだが、的を射ていると思う。時間ができたら、〝ウェットチーム〟という言葉をどうして知っているのか、探ってみよう。でも、いまはほかに考えるべきことがある。

通りを一ブロックほど行くと、バーのネオンが見えた。あかるいネオンの光を避け、通りを渡ろうとした。でも、考えてみたら鍵を差しっぱなしの車を探すのに、バーの駐車場よりいい場所はない。酔っぱらいもたまには役に立つ。

そのまま歩道を歩きながら、ときおり背後に視線を配った。運はつづいていた。Xがモーテルの駐車場に戻って、いまもオートバイのエンジンをかけようと頑張っているかと思うと、つい笑ってしまう。いいえ、よほど念入りに古いモーテルを探索していないかぎり、いまごろはスパークプラグ・ワイヤーが切られていることに気づいている。そこまでついているとは思っていない。期待はしても、運がいいほうに金を賭けるほどではない。いまは計画を実行に移すことを考えないと。

バーの前まで来ると、駐車所の様子を窺った。煙草を吸いに出て来ている男がいるとまずい。誰もいないのでそのまま進んだ。なるべく人目につかないように、駐車場の奥からはじめて前のほうに移動してゆく。道路にちかいほうに駐めてある車がみな新車だったら、素通りすればいい。

盗難警報装置がついていないことの多い古い車で、ロックがかかっていない車、イグニッションに鍵が差しっぱなしの車、カップホルダーに鍵が入っている車を探した。そういう車は案外多いものだ。けれど時間はそんなにないし、運も味方してくれなかった。このあたりでは、酔っぱらいも車のドアをロックするのは忘れないようだ。

がっかりだ。ダンプスターの陰に身を寄せ、ゴミの臭いを無視してもたれかかった。安物のテニスシューズのせいで、右足の踵《かかと》に靴ずれができていた。まるで首筋に息を吹きかけられたように、Xの存在をごく身近に感じた。彼の動きを遅らせはしたが、止めることなどできない。どうしてだかわからないが、彼らにはこちらの動きが筒抜けだ。しかも、彼を怒らせてしまった。

すぐに車を盗まないと、Xに捕まる。

バーのドアが開いたので、ダンプスターの陰に身を潜めた。低い話し声が聞こえ、だんだんにちかづいてくる。でも、ここにいよう。どこに隠れてもおなじだ。カップルが目の前を通り過ぎた。腕を組んで。狙えるかも。だめ。即座に却下。車を奪うにしても、ふたりを相手にはできない。バーから出て来たけれど、どちらも足元がふらついていないし、大声でしゃべってもいない。ふたりとも酔っぱらっていたら、こっちが勝てるかもしれないが、酔っぱらってもいない。ふたりはダークレッドのクロスオーバー・ビークルに乗り込んだ。そのあいだもしゃべりっぱなしで、こっちをちらとも見なかった。その車が駐車場を出て行くと、彼女はまたひとりになった。

その事実に打ちのめされた。文字どおり、まったくのひとりぼっちだ。電話で助けを求める相手はいない。自分の居所を告げるわけにはいかないし、助けようとしてくれる人を危険な目に遭わすわけにもいかない。蒸し暑い夜にダンプスターの陰にうずくまり、彼女は怯えていた。自分が小さくて無力に思えた。

だめだめ、そんな弱気になってどうするの。たしかに怯えている――死ぬほど怖い――けれど、無力ではけっしてない。なにがなんでもここから逃げ出す。さもなければ潔《いさぎよ》く戦って敗れる。がむしゃらに戦えば、たとえ負けたとしても騒ぎになるから、彼らは引きあげるだろう。

それがせめてもの慰めだ。

バーのドアがまた開き、足元のおぼつかない男が車のほうに向かった。カントリーソングを口ずさんでいる。大声ではないがよく聞こえた。この程度じゃプロにはなれない。でも、陽気な酔っぱらいだし、ひとりだ。

おなじ一節を何度も繰り返しながら、砂利敷きの駐車場をよろよろと歩いてゆく。鍵をジャラジャラいわせながら。

リジーの脳みそがせわしなく回転した。酔っぱらいが車に辿りつくまで待ち、殴って気絶させ、鍵を奪って乗り逃げする。でも、警察に通報されるまでどれぐらい？　時間の余裕はない。いまはなにより時間が貴重だ。べつの方法を考えよう。お誂えむきのカモなのだから。

ダンプスターの陰から出て、笑みを顔に貼り付け彼のほうに向かって行った。「こんばんは」

酔っぱらいは驚いて一歩さがり、笑みを浮かべた。「やあ。どこから出て来たの？」

歳は三十前で痩せ形、百八十センチそこそこ、ジーンズにテニスシューズ、気古したTシャツが貧相な体付きを際立たせている。彼女より背はずっと高いが、素手で殴り合ったら勝てる……素手の殴り合いを会得しているわけではないけど……

最後に浮かんだ考えは即座に切り捨てる。「このへんをぶらぶらしてたらあなたに気づいたの。そんなにご機嫌じゃ、とても運転できないだろうと思って」

彼は手に持った鍵を振って見せた。「大丈夫、運転できる」

「できるでしょうけど、その必要ないわよ。おうちまであたしが運転してってあげる」

ぱっと顔を輝かせた。なんともかわいらしい笑顔だ。「なんだ！　きみ、あれでしょ、ほろ酔い気分の人の代わりに車を運転してくれるボランティアのグループ」

ほろ酔い？　どこが？　いまにも尻もちをつきそうじゃないの。

「ええ、そうよ」せっかく与えられたチャンス、つかまない手はない。

「マザーズ・オブ……えっと……デズニット……ネジグダ……ドライヴァー」

「そのとおり」彼女はきっぱりと言った。「あたしはマザーズ・オブ・デジグネイティッド・ドライヴァーのメンバーよ。それじゃ、行きましょ。あたしはまたここに戻って、他の人たちを助けてあげたいから」

彼はまたかわいい笑顔を浮かべた。「オーケー」鍵を差し出し――ありがたいことにリモコン型――待った。

「よい判断だわ」リジーはリモコンのボタンを押した。車の列のはずれでライトが点滅した。

「ああ、そうだね」彼が言う。その腕をつかんで車まで連れて行く。酔っぱらいに寄り掛かられて足がもつれた。ふたりとも地面に大の字になる可能性がなきにしもあらずだ。彼が倒れたら下敷きになる。

でも、なんとか車まで辿りついた。酔っぱらいを車に寄り掛からせる。白のコンパクトな外車。でも、インターステートで悪目立ちするほどのものではない。

「あなた、名前は?」後部シートのドアを開けながら、リジーは尋ねた。彼はシートに倒れ込み、狭いスペースに体を合わせようともぞもぞしている。

「ショーン」彼は苗字も名乗ったが、もごもご言うので「サブウーファー」としか聞こえなかった。それが正しいとはとうてい思えなかったが、苗字なんてどうでもいいから訊き返さなかった。

「すてきな車ね、ショーン」バッグを助手席の床に放り、シートとバックミラーの位置を治した。「きれいに使ってる」

「姉貴の車なんだ」彼がクスクス笑った。大人になりかけの男の口から気味悪い声が洩れる。「ほんとはぼくが運転しちゃいけないんだけどね、こっちの車のほうがずっと格好いいもん。姉貴は出掛けてるから見つからない」それから、大げさにシーッと言った。

「言いつけないって約束するわ。ふたりきりの秘密。それじゃ、あなたが眠ってるあいだに、家まで送り届けるわ」

「わかった」彼はそう言うとじきに静かになった。

リジーは車を駐車場から出し、モーテルとは反対方向へ向かった。Xはなにをしてるの? きっといまごろはオートバイのエンジンをかけようと頑張っている。

「うまくいくといいわね」彼女はつぶやいた。

「なに?」背後でショーンが言う。

「なんでもないわ、いい子だからお眠りなさい。もうじき着くわよ」

よほど酔っていたのだろう。家の住所を告げることも忘れている。マザーズ・オブ・デジグネイティッド・ドライヴァーのメンバーは、霊感で住所を知るとでも思っているのだろうか。

数分もすると、ショーンはいびきをかきはじめた。ほっといたら何時間でも眠っていそうだ。酔いが醒めるまで寝かせておいてもいいかも。でも、素面《しらふ》になったら扱いにくくなる。それればかりではない。彼の居所は、リジーを追っている人間たちにとって矢印の役目を果たす。意識が戻れば、どこかに連絡するにきまってるのだから。

Xはやすやすと彼女の居所を見つけた。これ以上協力してやるものか。

でも、どうやって突き止めたの？　ドラッグストアで買ったものをすべて、窓から投げ捨ててやろうかと思った。これまで持っていたものすべてに、追跡装置が付けられていた。いちばん可能性があるのは携帯電話だ。電池を入れていないにしても。つねに身につけておくものが怪しい。携帯にどうやって細工したのかわからない。置きっぱなしにした覚えはないもの……眠っているあいだに、何者かが家に忍び込んだのならべつだが。

忍び込まれていたと思うとぞっとする。窓から投げ捨ててやろうか。

でも、いまはやめておこう。もっといい方法がある。彼らを混乱させて、大事な時間を無駄にさせてやる方法。携帯がいちばん細工しやすいとはいえ、それが唯一の追跡手段だとは思えない。

　リジーはI−66を走っていた。脳みそは忙しく回転していた。携帯のことから、電話をかけられる人に思いは向かった。たったひとりしかいない。ダイアナだけ。三年のあいだに知り合った人たちのなかで、電話をかけられるほど親しいのはひとりだけなんて、淋しい人生だ。しかも、彼女に電話できない。この携帯からは。

　待って。ショーンは携帯を持ってる、でしょ？　いまの時代、誰だって携帯ぐらい持っている。

　充分距離を稼いだ。つぎの出口で出ると、いちばんちかいガソリンスタンドに車を入れた。建物の横に車を駐め、降りて後部ドアを開け、ショーンを引きずりおろしてなんとか立たせた。痩せてるわりに重かった。

　腕を彼の体に巻き付けて歩かせながら、尻ポケットから財布を抜き取る隙を窺った。

「こっちよ」あやしながら建物の裏手のダンプスターへと向かわせる。

「ぼくの家じゃない」彼がきょとんとして言った。

「ちがうわよ、トイレ休憩」

「ああ、そうか」

「いい子ね、ショーン」彼の体からそっと手を離す。ダンプスターの陰だから、通りからもガソリンスタンドからも見えない。あすの朝までは見つからないだろう。「お酒、やめたほうがいいわよ。体に合ってないんだから」

「はい、はい」前にも言われたことがあるようだ。ため息をついてダンプスターにもたれかかり、また眠った。頭がうしろのほうに倒れる。

携帯が入ってないか、前ポケットを叩いてたしかめた。指二本で引っ張り出す。彼の姉貴の車に戻り、出発した。

西に向かって数分経ったころ、携帯の電源を入れた。高価なスマートフォンだった。手元に長く置いておけないのが残念だ。さよならを言うのに、真夜中にダイアナの自宅に電話できない。でも、なにも言わずに姿を消すのはいやだった。

職場のダイアナの番号を打ち込み、メッセージを残した。

「ハイ、ダイアナ」リジーは言った。やさしい声に戻っていた。リゼットの声に。酔っぱらいを騙したり、オートバイに細工したりする女の声ではない。「きょうは出勤しないことを伝えようと思って」なんと控え目な言い方。「あすも、たぶん」それ以上なにか言うと、ダイアナが大事な友人であることを彼らに教えてしまう。でも、ずっと電話を盗聴し、監視してきたのなら、そんなことはとっくにわかっているだろう。いまさら隠してもはじまらない。

「いい友達でいてくれてありがとう。会えなくなると思うと悲しい、でも、いろいろ事情があって……会社を辞めることにしたの。連絡できるようになったらするわ。元気でね」泣き出す前に電話を切った。

彼らは人生の一部を奪ったばかりか、家や仕事や友人まで奪っていく。こんな目に遭わせた奴らに、この手で仕返しできるなら——

走行車線に戻り、助手席側のウィンドウをさげ、ショーンのスマートフォンを力いっぱい放り投げた。地面にぶつかって壊れたかどうか。ダイアナに残したメッセージから居場所を特定されるかもしれない。ほかにも、酔いつぶれたショーンとか、手掛かりを残してきたので、西に向かったことが彼らにばれるだろう。

グレーテルになった気分だ。でも、パン屑を落とすヘンゼルがいないから、わが家には辿りつけない。

20

見事にはめられた。怒ったらいいのか、笑ったらいいのか。ともあれ、ハーレーを壊されたのは頭にくる。だが、バスルームの窓から逃げ出すふりをするとは、うまい手だ。褒めてやりたい。めちゃくちゃ頭にくるが、褒めてやりたい。

彼女は歩いて逃げたのだから、捕まえるのは屁《へ》でもない。だが、それからどうする？　彼女のことだから、猛然と戦うだろう。その場合、ノックアウトして、肩に担いで運ぶか——公道でそれをやるのはいかがなものか——ノックアウトできなければ、ギャーギャー叫ぶリジーを肩に担いで運ぶか。これもやはりまずい。ものの五分で警官たちに取り囲まれる。いや、場所が場所だから、十分で。いずれにしても、いまは歩きだから彼女を運ぶ手段がない。

いちばんいいのは、彼女を行かせることだ。あとから追いつこうと思えばできる。彼女が追跡装置に気づいて、服も含めて持ち物すべてを捨てないかぎりは。彼の知っているリジーなら、迷わずそうするだろう。だが、リゼットの部分も残っているから、彼女がどう出るか予想するのはむずかしい。

まずスパークプラグをつないで、オートバイが動くようにしなければ。人目につかずに移動する手段として、やはりオートバイがいちばん便利だ。

それに、計画をたてて、部下を動かす手配をしなければならない。彼が反撃してこないとわかったら、フェリスはなにをするかわからない。このままですますわけにはいかない。退却の道は断たれた。国土安全保障局《NSA》の精鋭を殺してしまったとすると、ただではすまない。彼を暗殺する企てにアルも加担しているならなおのことだ。アルならべつの人間を使い、べつのやり方を選ぶとは思うが、だからといって、フェリスが暗殺チームを差し向けることに、アルが同意しなかったとは言い切れない。フェリスが勝手にやっているとは、ゼイヴィアには思えなかった。

だが、ＮＳＡの精鋭ならもっと優秀だろう。国家によって自分たちの生活までスパイされていることを、一般市民はまったく知らない。諜報活動はそれほど広範囲におよんでいるのだ。ＮＳＡの人間を使うには面倒な手続きを踏まなければならない。事態がさらに紛糾《ふんきゅう》すれば、彼女もそうせざるをえないだろうが、いまはまだ外部に頼んでいると考えるのが妥当だ。彼女はひとつやって失敗するとつぎの手を打つ。

ゼイヴィアのやり方はちがう。一度にひとつなんて馬鹿のやることだ。彼だったら、全面戦争に打って出て脅威を根絶やしにする。ちまちまやるなんて時間の無駄だろ?

だが、彼女を始末するのはそれほど容易ではない。彼を殺しそこなったのだから、警戒しているだろう。それと並行して、アルも始末することになるかもしれない。そっちは大変だ。まずはリジーをなんとかしないと。

戦略的に考えれば、脅威を排除してからリジーを追うべきだ。フェリスもアルも、彼がそうするものと思っている。定石どおりにまず差し迫る脅威を取り除くのだ。たしかに、リジーをずっと守ってきたが、彼とリジーが訓練中から恋人関係にあったことを、彼らは知らない。軍事行動中に女が死んだことがゼイヴィアを悩ませ、それで過保護になって記憶を消す措置を施すことにあれほど反対したのだ、とアルは思っている。彼とリジーの関係はずっと秘密にしてきた。諜報員同士が恋愛関係になることはままあるが、国家機密に関わる任務の性格上、ふたりの仲は秘密にすべきだと合意ができていた。

それはそれ、これはこれだ。リジーが相手だと、戦略もへったくれもない。彼女は逃げている。怯えている。フェリスはいまも彼女を追っているだろう。ゼイヴィアとしては、誰よりも早く彼女のそばに行きたかった。リジーがこっちを憶えていなくても、いまのリジーは彼から逃げようとしているのであろうと、ちかづくことができれば、彼女を落ち着かせられる自信はあった。安全な場所に彼女を連れて行き、説得する。彼女がどこまで思い出したのか知りたかった。リジーの部分がどれぐらいおもてに出ているのだろう。リジーの本質は甦っている。記憶の一部でも思い出していれば、それでいい。

電話を入れた。「ハーレーを牽引《けんいん》してくれ」場所を告げ、お楽しみの幕があがるのを待った。

間があく。「事故ったんですか?」

故障したとそれだけ言えばすむことだが、こんなすばらしいマシーンに罪をかぶせたくなかった。「彼女がスパークプラグ・ワイヤーを切った」

くぐもった笑い声が聞こえた。「まじで? ますます気に入りましたよ」

「よからぬことを考えるなよ、いいか。彼女はおれのものだ。さっさと手配しろ」

ショーンの姉の車を、ヴァージニア州リーズバーグにある二十四時間営業のウォルマートの駐車場に入れると、リジーは周囲に目を光らせながら、必死に考えた。

Xはどうやってこっちの居所を突き止めたのか。

車は乗り捨てた。追跡装置が設置された可能性がいちばん高いからだ。でも、彼は数時間で居所を突き止めた。彼女が身につけているものに追跡装置が付けられているにちがいない。でも、なにに?

バッグの底にしまった財布と携帯と電池を取り出し、調べた。携帯は電源を入れたことがないし、アクティベーションすらしていなかった。そこまで用心しているのに、Xがこの携帯から居所を知るなんてことができる? でも、ほかに考えられない。

もしかしたら、〝彼ら〟は頭の中にチップかなにかを埋め込んだのかもしれない。携帯の電波ではなく、彼女自身が電波を発しているのかもしれない。

そう考えても頭痛は起きなかった。小さな膨らみがないかと、指で頭皮を丹念に探ってみた。ない。頭を振って乱れた髪を直す。端から見たら変な人だろう。

膨らみがないからといって、なにかを埋め込まれた可能性を除外できない。でも、たしかめる術もなかった。腹腔鏡を使って、肝臓にチップを埋め込んだとか。

いいえ、お腹に手術痕はない。

アイディアがつきたので、携帯に戻った。理屈がとおらない。携帯は買ってからずっと持ち歩いている。電池を入れたことも、電源を入れたこともない。

携帯を車から投げ捨ててしまえばよかった。ウォルマートに出入りする人を見ていたら、いい考えが浮かぶかも。

ハンドバッグをじっと眺める。ため息が出た。このバッグはとっても気に入っていて、年中持ち歩いていた。この一カ月、ずっとこのバッグだった。それに財布だって怪しい。

またため息。バッグをつかみ、中身をドラッグストアで買った安物のバッグにすべて空けた。バッグは処分するしかない。財布はやわらかな革製で、必要なものがすべておさまるちょうどいいサイズだ。これに追跡装置を仕掛けるなんて――ありえないけれど、不可能ではない。時間があれば、縫い目をほどいて徹底的に調べるのだが、いまは時間が味方ではなかった。時間の遅れが身の破滅を招く。動きつづけないと。

オートバイのスパークプラグ・ワイヤーを切って、Xの動きを遅らせたけれど、それが一時的なものにすぎないとわかっていた。いまできるのは少しでも時間を稼ぐこと——運がよければ、それに、彼がひとりで動いているのなら、それが生きる。でも、チームで動いていて支援体制が整っているとすれば、ちかくまで迫っているかも。いつ彼が現れてもおかしくない。

いいえ、支援体制があるなら、Xはとっくに現れているはず。そしてわたしはいまごろ……なに？　死んでる？　捕まっている？

ベッドに押し倒されて、脚を彼に絡ませて……

もう！　馬鹿な考えを締め出す。自分を殺そうとしている男とのセックスを思い浮かべるなんて、どうかしてる。今度またそんなこと考えたら、自分で自分の顔にパンチを食わしてやる。

ショーンの財布から現金を取り出し——六十ドル足らず——バッグにしまいながら祈った。彼がお金に困っていませんように。クレジットカードはどうしようか迷ったが、使うのは危険すぎると判断し、そのまま残して財布をハンドバッグにしまった。

煌々《こうこう》とライトがともる駐車場は、光のオアシスだ。忘れずに帽子とサングラスをつける。夜中にこんな格好で店に入れば変に思われるだろう。それとも、人目を忍ぶ政治家の妻。でも、愛人と密会するのにウォルマートを選ぶ？　おかしな振る舞いをするのが人間だもの、それもありだ。とくにウォルマートでは。いたるところに防犯カメラが設置してある。いまは見つかるわけにはいかない。

あかるい店に向かって歩きながら、追跡装置が仕掛けられていないか、携帯を指でいじくってみた。電池も。そのあいだも周囲に目を光らせる。うっかりしてなにか見逃したら大変だ。でも、Xがどうやって彼女の居所を突き止めたのか知りたかった。なぜ追いかけてくるのか理由も知りたいが、いまは〝どうやって〟のほうが重要だ。

指に触れた。キーパッドの上の〝7〟の下に、ごく小さな膨らみがあった。探そうと意識していなかったら、気づかなかっただろう。

「クソッたれ」小声で言いながら店内に入った。ショッピングカートの横に立っていた店員が、はっとしてこっちを見た。リジーはほほえみかける。「あなたじゃないわよ」

店員はうなずいたが、警戒している。まいった。店員の記憶に残っただろう。Xがここに現れたら、通路から通路へと探し回って時間を無駄にする。彼女がここにいると確信しているから。おあいにくさま。

でも、彼はどうやって携帯に細工したの？　彼かほかの誰かが彼女の家に忍び込み、追跡装置を付けた。彼女が眠っているあいだに。それしか考えられない。背筋がぞっとする。

もうひとつ疑問が生じる。家に入ってきたのなら、どうして彼女を殺さなかったのか？　殺したいと思っているのに。

なぜなら、なにかが変わったから――？　そのなにかとは、彼女自身だ。小さな一歩を積み重ねているうちに、彼女は警報を鳴らしてしまった。そのことは前にも考えたが、携帯の追跡装置がなによりの証拠だ。

追跡装置が見つかってほっとした。これでなにをすればいいのかわかった。バッグをカートのシートに置いて、食料品売り場に向かった。慌てているように見えない程度に急いだ。通路の端に並ぶオレンジスライス・キャンディの袋をつかみ、カートに放る。買い物に来たと思わせるように。おつぎは紙の皿だ。

夜明け前のこんな時間に買い物に来る人たちは、とくに急いでいないようだ。どうしてこんな時間に来るの？　夜中に働いているとか、人込みを避けたいとか、たんに夜型人間なだけとか。通路をのんびり歩いては立ち止まり、カートを横向きにして通路を塞ぐ。まったくいろんな人間がいるものだ。麻薬常用者、バーからの帰りの男たち、あかるいうちは家から出たことがないように見える人たち。車で寝起きしているのではないかという人もいた。批判の目で見てはいけない。自分だっていつそうなるかわからないもの。それにしても、あそこにいるあの女性、ピンクの迷彩模様のタイツ、それも二、三サイズ小さいタイツにライムグリーンのタンクトップでノーブラだ。目がくらみそう。急いで通り過ぎた。

目のまわりにあざを作って、足を引きずる男がいた。カートにはビーフジャーキーとビールが山と積まれている。こっちだっていい勝負だ。帽子とサングラス、ドラッグストアで売ってるダブダブのTシャツ。まあ、ここではましなほうかもしれない。

考えてみたら、ビーフジャーキーは大好物だった。自動販売機のスナックばかりじゃおかしくなる。でも、レジの列に並んでいる暇はなかった。Xがいつ現れるかわからない。それに、今度は彼ひとりではないかもしれない。

そう思ったら心臓が飛び跳ねた。恐怖に捉われたら身動きできなくなる。前に進まないと。一度に一歩。

食料品売り場にも客が何人かいたが、人のいない通路を見つけて携帯に電池を入れ、スイッチをオンにしてから急いで隣の通路に移った。ヒスパニックの太った女性がメーカーの異なる缶入りスープ二個を見比べている。リジーとおなじで、その女性もバッグをカートのシートに置いていた。大きな赤いトートバッグだ。シートはよちよち歩きの子を座らせるか、潰れやすいパンを載せる場所――それに無防備にバッグを置く場所。しかも、バッグの口が大きく開いていた。すれ違いざまに、携帯を大きな赤いバッグに落とす。バッグの広さと深さからして、携帯が見つかるまでに数週間はかかるだろう――鳴り出さなければ。

冷凍食品売り場に移動し、ショーンの財布をハンドバッグから取り出し、ピザの冷凍ケースの前に立った。大きなペペローニを取り出してカートに放り、代わりに財布をケースに入れる。これもグレーテルのパン屑。見つけられるかな、ミスター・X。

隣の通路に移動し、カートを止めて中身をバッグに詰め込み、まっすぐ出口に向かった。レジの列のそばを通るときに帽子とサングラスを取り、髪を手で膨らませた。さっき彼女に目を留めた店員の目をごまかすためだ。リジーの携帯がトートバッグに入っているとも知らずに、買い物をつづける女性が店にいるあいだに、Xがやって来るかもしれない。

買いたい物を思い浮かべる。ブーツ、形のちがう帽子、プロテインバー、水、ナイフを二、三丁。でも、ここでは買えない。いまはだめ。通りをずっと行ったあたりに、べつのウォルマートがあるだろう。防犯カメラを設置していなさそうな、小さな店があればなおいい。蚤の市で買い物するという手もあるが、そうなると週末まで待たなければ。それまでにあたらしい車を調達しなくちゃ。その前にショーンの車を処分する必要がある。目が覚めた彼が電話のある場所に辿りつけたら、姉貴の車が盗まれた、と通報するにちがいない。

車を処分したら南に向かうつもりだ。残してきた手掛かりはすべて西を指している。でも、彼女が向かうのはフロリダだ。うまくいくと思う？　このフェイントに、敵はうまくひっかかる？

まだまだ計画をたて、決断しなければならないことはいっぱいある。でも、ようやくいま、自分が進むべき道筋が見えてきた気がする。

一度に一歩。

真夜中に叩き起こされて牽引と修理をやらされ、ブーブー文句を言う部下を尻目に、ゼイヴィアは窓のない修理工場の壁に寄り掛かり、携帯で位置検索を行っていた。修理をしているリックも部下のひとりで、優秀な狙撃手であるうえに、エンジンのことならなんでも知っている修理の天才だ。

スパークプラグの交換はむずかしくないし、時間もかからない。部品さえあれば自分でもできるが、静かな仕事場と予備の部品と技術を持つ人間が配下にいるのは悪くない。

リックに連絡してから、リジーの動きを頻繁にチェックした。ホテルを出てI-66を西に進んだ。ふたつの明滅する点は、彼女の携帯と財布を示し、ずっと一緒だった——いまのいままでは。

追跡装置を設置してからはじめて、ふたつの点が離れた。ゼイヴィアは壁から離れ、顔をしかめて可能性を考えた。親指を当てて画面を拡大する。ウォルマート。携帯は店内にあるが、財布は歩いて店を出た。

選択肢はいくつか考えられる。店を出る人の荷物に財布を紛れ込ませ、彼女は店に留まっているか、店にいる人の荷物に携帯を紛れ込ませ、彼女は店を出たか。彼女が財布を持っているほうに一票。財布に仕込んだ追跡装置のほうが見つかりにくいし、携帯は小さいから通りすがりに人のポケットやバッグにするっと入れられる。

だが、財布を棚に置いて立ち去り、誰かがそれを拾ったのかもしれない。

あるいは、追跡装置をふたつとも見つけたか、持ち物すべてを捨て去って、あらたに出直すことにしたのかもしれない。つまり彼女を見失った。その考えを振り払う。なにがあろうと彼女を見つけ出す。手掛かりはある。リーズバーグのウォルマート。駐車場の防犯カメラに姿が映っているだろう。記録にアクセスできる。それで彼女が乗っている車の車種がわかる。

いまは追跡装置の動きを見守ることだ。もしどちらかが――あるいは両方とも――店のちかくで留まったら、リジーが持っていないことを意味する。片方がちかくの家かアパートに入ったままで、もう一方が動きつづければ、それが彼女だ。

「あとどれぐらい？」彼はつっけんどんに尋ねた。

「もうじき」リックががなる。眠りを妨げられたことをまだ根に持っている。

ゼイヴィアは電話をかけた。「なにか動きは？」電話の向こうのマギーに言う。

「彼らは家を見張っているわ」マギーが答えた。こんな時間なのに、真昼間と変わらない歯切れのいい口調だ。「ゆっくりと家の前を流して、一時間ぐらい駐まったままでいて、それからまた動き出す。きょうの午後、荷物が届けられた。というか、配達人が玄関のベルを鳴らし、窓から覗き込み、家のまわりを探りはじめた。あたしは出て行って、リゼットに荷物なら代わりにサインするわよ、と声をかけた。すると彼、ぎょっとして去っていった。抱え方からして、荷物の中は空ね。家にちかづくための口実、人に見咎められた場合の言い逃れ。誰もまだ家の中まで入ってないけど、時間の問題でしょうね」

「彼女はそこには戻らない」ゼイヴィアは言った。

「そりゃそうでしょう。彼女は馬鹿じゃないもの」マギーはリジーに代わって憤慨している。

「ほかに指示は？」

「彼らが家に入ろうとしたら、警察に通報しろ。心配した隣人として」

「なんだったら、あたしがこの手で始末つけましょうか……」

「だめだ」リジーの家の玄関に、死体が山積みになるのは避けたい。「彼らを忙しくさせておきたいだけだ」それに、不安にさせておきたいだけ。平凡な女にまんまと裏をかかれ、きりきり舞いさせられているわけを、彼らは知りたいにちがいない。

マギーはため息をついた。がっかりしているのだ。「つぎの任務は、もうちょっとわくわくするのにしてよね。この数日、わくわくがつづいていたのに、空っぽの家を見張るのはかなり退屈」

ゼイヴィアはリックが仕事を終えるのを見ていた。「だが、犬は好きだろ」

「ええ、ルーズベルトはすてきなおまけだった」それからまた仕事口調に戻る。「ここでなにか起きたら知らせるわ。でも、ここで張り込んでも成果があがらないとわかれば、彼らはよそに移るでしょうね」小さな間があく。「彼女は無事なの？」

「おれの知るかぎりじゃな」ゼイヴィアは電話を切り、また壁に寄り掛かり、明滅する点がますます離れてゆくのを眺めた。うまくすれば、一、二時間のうちには、どちらの追跡装置がリジーの手元にあるか判明するだろう。両方とも処分していたら……面倒なことになる。

21

フロント・ロイヤルに着くころには、空はピンク色に染まっていた。マクドナルドを見つけ、ショーンの姉貴の車を店の裏手に駐めた。従業員の車が数台駐まっていたので、コンパクトカーをそのあいだに突っ込んだ。ここなら駐車場から見えない。遅かれ早かれ誰かが気づくだろうけれど。手が触れた部分はすべて拭いてから車を降り、ロックした。鍵もTシャツで拭い、裾で摘まんで手の甲に載せ、ダンプスターに投げ入れた。バッグを肩にかけ、歩き出した。

疲れていた。五時間眠れたのはよかったが、ストレスとアドレナリンの噴出で、体力は消耗しきっていた。このペースで進んだら長くはもたない。食事をして、たとえ短時間でも仮眠をとる必要がある。疲労は体と頭の働きを鈍《にぶ》くする。

マクドナルドでおいしいコーヒーを飲みたいと思ったけれど、車をここに乗り捨てたのだから、ほかの店を探したほうがいい。どこで食事しようと関係ないとは思うけれど。彼女が車を盗んだことを、知っている人はこのあたりにいないのだから。マクドナルドには防犯カメラが設置してある？　なかには設置してある店舗もある。ここで賭けに出てもしょうがない。

歩きはじめると、安物の靴にまた泣かされた。でも、靴を履いているだけましかも。どこに行くというあてもなかったが、人が多く集まっていそうなほうに向かって歩いた。当たり。数ブロック行くと、質素な四角い建物があり、〝営業中〟の看板が出ていた。ちかづくと、窓に描かれた文字が見えた。〝サムのカフェ〟その下に嬉しい情報が記されていた。この店では朝、昼、晩、食事を提供している。サムに感謝。店に入る。

入り口に立って店内を見回す。席に案内してくれる類の店ではない。入り口を入って正面にトイレがあるので、まっすぐそっちに向かった。ほんものの料理に飢えているけれど、用を足すほうが先決だ。

トイレで手と顔を洗い、髪を手櫛《てぐし》で整え、もう一度手を洗った。鏡に映る自分に向かって顔をしかめる。モーテルでシャワーを浴びてよかった。でも、肌がべとついている。ショーンを後部シートから引きずりおろす以外に体を動かすことはしていないのに。下着を買わないと。着替えもなかった。コインランドリーで洗濯もできない。まさか、洗濯が終わるまで裸で立ってるわけにはいかないし。着替えをひと組持っているだけで、世界はがらっと変わるものだ。

でも、その前にやるべきことがある。食事。

地元の人たちに人気の店らしく、ブースもテーブルもいっぱいだった。空いているテーブルがないか探していると、うなじがゾクゾクした。厨房と裏口にちかい席がいい。席を探してうろうろしていると、奥にちかいブースから男がひとり立つのが見えたので、ウェイトレスがテーブルを片付けるのも待たず、さっと空いた席に座った。

お腹がすいているのもだが、これからに備えてエネルギーを大量に摂り込む必要がある。だからたっぷりの朝食を注文した。ハムと卵、ビスケット、コーヒー。〝グリット（食べ物に混じる砂の意味もある）〟を勧められたが断った。挽き割りの穀物を〝グリット〟と言うらしいが、実際にどんなものか知らないから。代わりに自家製のフライはいかがですか、とウェイトレスが言う。ポテト？　ええ、もちろんいただくわ。

食べながら考えた。このあたりはまったく不案内だが、かなり大きな町のようだから、つぎの一歩を踏み出すのに必要なものはなんでも揃いそうだ。

シャーロットヴィルに行けばバス停があるはずで、ここからは裏道路を十二、三キロの距離だ。地図を手に入れ、記憶がたしかかどうか確認しよう。

距離は、あいだをとって十二・五キロとして、歩こうと思えば歩けるけれど、現実的ではない。ぶらぶらと裏通りを歩くなんて悠長なことはしていられないのだ。ヒッチハイクをする手もあるが、車に乗せてくれる人を信じていいの？　よくない。誰も信じてはいけない。彼女を信じたばっかりに、酔っぱらいのショーンはあんな目に遭った。姉貴の車は戻ってくるだろうけど、姉貴に知れたらどんなことになるか。財布が戻ってくるかどうかは、ウォルマートの冷凍ケースで誰がそれを見つけるかにかかっている。スマートフォンと現金六十ドルは諦めてもらうしかない。

手元に現金がある。ショーンの六十ドルのほかにも大金を持っている。でも、いつまでこういうことをつづけるのかわからないから、一セントも無駄にはできない。これがいつか終わるという前提のもとにだが、いずれは落ち着き場所を見つけて、あたらしい身分を確立し、まがりなりにもふつうの生活を送りたい。記憶を完全に取り戻し、過去になにがあったのかわからないあいだは、一カ所に長く留まることはできないだろう。シャーロットヴィルまで行くためには、ある程度の出費は仕方がない。

必要な物が揃う店が開くのは九時か十時だろう。ウォルマートなら全部揃うが、防犯カメラが多すぎる。それに行動をパターン化したくなかった。小さい店のほうがいい。

ウェイトレスは愛想がよかったが、忙し過ぎて無駄口を叩いている暇はないようだった。こっちにとっては好都合だ。金を払って店を出た。

きょうは大変な一日になるだろう。なんとか乗り切らないと。しばらくは眠る時間をとれない。シャーロットヴィルに着いたら、南に向かうバスに乗る。バスの中でぐっすり眠れるかどうかわからないが、うとうとするだけでもいい。

それまでは動きつづけること、前進することだ。

一キロほど先にこぢんまりしたショッピングセンターがあった。ありがたいことに数軒はすでに店を開けていた。バラエティストアのダラー・ジェネラルでビーフジャーキーとピーナッツバター・クラッカーとキッチンナイフ――なにもないよりはましという程度のナイフ――バンドエイド、水三本を買った。水はもっと買いたかったが三本が限界だ。買った物をすべて持って歩かなければならないし、水は重い。途中で買えばいい。

つぎに入ったディスカウントショップのビッグ・ロッツでバックパックを見つけた。品数が豊富とはいえないが、贅沢は言っていられない。大事なのは持ち物すべてが入る大きさであることだ。ダークグリーンのを選び、野球帽とサンスクリーン、分厚い靴下と腕時計、下着を何組かと箱入りのウェットティッシュを買った。つぎにコンビニに行って、トイレで体を拭き、下着を着替え、踵の靴擦れにバンドエイドを貼り、分厚い靴下を履いて足を保護した。

さあ、いよいよ最後の店だ。自転車屋。

野球帽に髪を押し込み、サングラスで変装して店に入り、即座に防犯カメラの位置を確認した。すぐに見つかった。据え付け型の半円形のカメラで、ライトが点滅している。一瞬体が竦んだものの、カメラの赤いライトの点滅があまりにもせわしないことに気づいた。

カメラは偽物だ。ほっとしてバックパックのストラップの位置を直した。買ったばかりの物も、前から持っていた物もすべて詰め込んだので、バックパックはものすごく重かった。

ほかの問題に比べれば、バックパックの重みなんてどうってことない。

水曜の午前中だから、店内は閑散としていた。カウンターの奥に年配の男がいるだけだ。彼女が入ってゆくと、男は顔をあげて会釈した。「なにかお探しですか?」

「見るだけです」年のころからして、この店のオーナーだろう。小切手帳を点検しているらしいが、はっきりとはわからない。

セール品が並ぶコーナーがあった。ここでいちばん高い自転車はとても手が出ない。高性能のロードバイクは千ドルを超す。でも、安物を買いたくはなかった。セールになっているのが安物ばかりなら、予算をオーバーしてもいい物を買うしかない。去年のモデルが安くなっていないだろうか?

セール品はほんの数台で、彼女の要求を満たすのはたった一台だけだった。色は黒、細部にブルーが使われているが、全体的に見て冴えない。でも、それはかまわなかった。目立たないほうがいい。値札を見てちょっと顔をしかめる。セール品とはいえ、予算オーバーだ。ほかのセール品も見てみる。安いが必要なギアがついていない。

彼女がひやかしでないことに気づくと、オーナーがカウンターの奥から出て来た。「よさそうなのがありましたか?」

リジーはサングラスをはずした。「黒いのが気に入ったけど、ちょっと高すぎるわ。現金で払うから値引きしてもらえません?」

朝の早い時間に、携帯のシグナルはリーズバーグのウォルマートから二キロ足らずのアパートで止まったまま動かなくなった。財布のシグナルは動きつづけている。

夜明けのひんやりとした風を顔に受けながら、ゼイヴィアは大型のハーレーを走らせていた。リジーが財布も携帯も捨てた可能性はなくもない。そうなると彼女を見つけるのに手間取る。それはとりもなおさず、彼女にとって危険が大きくなるということだ。かつて身につけた知識や能力が完全に戻っているとすれば、持っているものすべてを捨てるかもしれない。だが、そうは考えられない。勘は戻っているだろう。生まれ持った知恵も……ほかはおそらくまだ戻っていない。携帯に仕込んだ追跡装置は見つけたのだろう。たいていの人間は、それでもう安全だと思う。追跡装置がもうひとつあるとは思わない。彼女が財布はいまも身につけていると、ゼイヴィアはほぼ確信していた。

だが、いつまで？

二種類の危険が想定できる。いまのところ、フェリスが彼女に危害をおよぼすことはない。彼女が車を乗り捨てたせいで、足取りをつかむ手立てが失われたからだ。一番目の危険は、彼女がすべてを取り戻している場合、ゼイヴィアの追跡をうまくまいて逃げ切るだろう。リジーが能力を最大限に発揮したら、その動きを予測するのはむずかしい。二番目の危険は、彼女が記憶を取り戻し、彼を思い出すことだ——だが、彼とどう連絡をとればいいのかわからず、D・Cに舞い戻って彼を捜そうとするかもしれない。そうなれば、道に設置された防犯カメラやNSAの監視網にひっかかり、身元も居所も特定されてしまう。背中にレーザー目標指示装置を付けているのとおなじだ。

彼女がD・Cから遠く離れてくれるかぎり、安心してあとをつけることができる。ヴァージニア州フロント・ロイヤルで、彼女のスピードが——というより、彼女が持っている財布のスピードが——変わった。リジーがD・Cから逃げ出すのに使った車を乗り捨て、歩いて移動しているということだろう。これで彼女が財布を持っていることがより確実になった。

彼女が財布を持っているかぎり、ぴったりあとについて行ける。

夜のあいだに彼女に追いつくこともできた。だが、それからどうする？　インターステートで、彼女の車のすぐうしろにつけたら、それとも並んで走ったら、彼女はパニックに陥っていただろう。拳銃を握って彼を撃とうとするかもしれない。まさか撃ち返すわけにはいかない。それとも、ただ慌てふためいて道からはずれ、なにかに車をぶつけて怪我するか死んでしまうかもしれない。

もっとすんなりと接近する必要がある。いまのところは彼女の居所がわかれば充分だ。彼女の足取りを辿れればいい。いや、それはちがう。彼女の姿をこの目で見たい。地図で調べ追跡装置のおかげで難なく見つかったが、こっちの姿を見られてはならない。

ると、ショッピングセンターのダラー・ジェネラルにいることがわかった。駐車場の端のヴァンの陰にオートバイを駐めて待っていると、五分ほどして、ショッピングバッグをぶらさげて彼女が店から出てきた。予想どおり、彼女は財布をまだ持っていた。

いまここで彼女にちかづくことはできない。目撃者が多すぎるし、なにが起きるかわからない。彼女が財布を持っていることが確認できればいい。

腹が減って死にそうだし、無性にコーヒーを飲みたかった。彼女がべつの店に入るのを見届けてから、ハーレーのエンジンをかけ、来る途中で見かけたレストランに向かった。リジーには、尾行をまいたと思わせておき、人気のない場所でちかづいて話しかける。このまま逃げつづけることはできない。そのうちまちがいをしでかし、フェリスに捕まる。

リジーは自由に泳がせておいて、ゼイヴィアはゆっくりと朝食をとった。ウェイトレスが皿を片付けにきた。コーヒーを飲み終えると携帯でリジーの動きを追った。フロント・ロイヤルを出るところだ。

いったいこれは？

なにか変だ。追跡装置で正確なスピードを知ることはできないが、だいたいはわかる。歩いているにしては移動スピードが速すぎる。だが、車にしては遅すぎる。道路工事かなにかでノロノロ運転になっているとは思えない。目の前の車の流れはスムースだし、彼女はそう遠くに行っていないはずだ。彼女が通っている道が道路工事で片側通行になっているなら、地元民は当然知っているだろうから迂回するだろう。だが、なんといっても彼はよそ者だから、車の動きはよくわからない。そこでコーヒーのお代わりを注ぎにきたウェイトレスに尋ねてみた。「ところで、ちょっと訊きたいんだが、このあたりで道路工事をやってるかな？南に向かってて、渋滞にひっかかりたくないんだ」

「さあ、どうかしら。でも、工事をやってたら、ここに来るお客さんが愚痴《ぐち》ってるはずだわね。でも、耳にしてない」

「オーケー、ありがとう」ウェイトレスがいなくなると、彼はまた携帯の画面をチェックした。しばらく眺め、コーヒーを飲み終えながら首を傾げた。数分後に、彼女のスピードが変化しはじめた。すごくゆっくりになったと思うとぐんと速くなり、それからスピードが一定になる。

そうか。なるほど。あまりにも意外で笑いたくなる。画面を地勢図に切り替え、声をあげて笑った。スピードがゆっくりになったのは坂を上っていたのだ。急に速くなったのは、下りに入ったから。

彼女は自転車に乗っている。

彼女の思い付きに脱帽だ。自転車を買うのに身分証の提示は求められないし、面倒な登録手続きもいらない。自転車を一台買うぐらいの現金は持っているだろう。これで、盗難車を運転する必要も、ヒッチハイクをしてイカレた野郎に拾われる心配もない。それに、彼女が自転車で逃げているなんて、誰が考える？　ゼイヴィアでさえびっくりしたぐらいだ。柔軟な考え方をする彼女ならではだ。自転車用のヘルメットにサングラスで変装もばっちりだ。だれも振り返らない。

彼女が走っている道はシャーロットヴィルに通じている。携帯で調べたら、バスターミナルがあることがわかった。自転車をそこで乗り捨て、バスのチケットを買うのだろう。D・Cから遠く離れているので、見張りもいない。訓練期間中に、何通りもの逃走ルートを記憶したはずで、シャーロットヴィルのバスターミナルもそのひとつだったのだ。

彼女が自転車に乗っているかぎり、追いつけるかどうか心配することはない。問題はいつ、どこで彼女と対面するかだ。彼女がどんな反応を見せるか心配だ。目撃者がいたらまずい。疲れ果てたときが狙い目だが、じっくり考えないと。彼女を訓練していたあいだに、ときたまやられることがあった。つねにではないが、彼女がいい気になるぐらいの頻度で。彼を倒せる人間はそう多くないが、彼女には二度ほど不意打ちを食ったことがあるし、彼女は平気で汚ない手を使う。はじめて彼を倒したときの、彼女のしてやったりの笑顔はいまも忘れられない。

コーヒーをもう一杯飲まないと。ゼイヴィアは空のカップを掲げ持ち、お代わりの合図をした。もうしばらくここに座っていたっていいじゃないか。リジーにはせっせとペダルを漕がさせよう。オートバイにあんなことをした罰だ。

彼女は自転車、こっちはオートバイ。勝負にならない。

ああ、もう、こんなに大変だなんて。リジーはペダルを漕ぎながら、この一年間で食べたクッキーと体についた贅肉を呪った。体重はそんなに増えたわけじゃないけれど、ああ、せめて二カ月前にジョギングをはじめればよかった。あのころの体型に戻りたい。

ちょっと待ってよ。あのころって、いつ？　わからない。でも、拷問みたいだと思わずに、楽に自転車を漕いでいられた日があったことはたしかだ。

安物のバックパックのペラペラのストラップが肩に食い込む。脚が痛い。お尻の感覚がなくなった。ときどきペダルの上に立ってお尻を休ませているが、そうすると脚に負担がかかる。

自転車を漕いで一時間ほどになる。二車線道路は空いているので、腕時計に目をやった。これが正しく時を刻んでいると仮定して……四十五分経過した。拷問を受けていると、時間はゆっくり経つらしい。計算だと目的地まであと四時間十五分かかる。休憩時間を勘定に入れずに。

全身が痛む。すでにトイレに行きたくなっていた。朝食のとき三杯目のコーヒーを断るべきだった。我慢できなくなったら、道端の茂みで用を足せばいい。でもそれは最後の手段だ。道の両側には住宅が建ち並び、毒のあるアイヴィーが生えているかもしれないし、ダニや蚊がいそうだ。

笑ったら最後泣いてしまいそうだから笑わない。何者かに命を狙われている。この二十四時間で、車を盗み――それも二度――酔っぱらいショーンから現金を奪い、モーテルの部屋をとるとき涙もろい娘に嘘をつき、罪もない真夜中の買い物客の家に冷酷な殺し屋を差し向けた。自分が何者なのかいまはもうわからない。安全な場所に逃げ込むまでは、考えている余裕もない。それなのに、体裁を気にしたり、ヴァージニアの道端の茂みに潜む危険を心配したりしている。

そんなことぐずぐず考えないで、先に進むこと、生き延びることに集中しなくちゃ。無事に切り抜けられたら、ほかの心配をすればいい。

一度に一歩。

きつい上り坂の先にはありがたい下りが待っている。それにしても、ヴァージニアはどうしてこう上り坂が多いの？　上りは長いのに、どうして下りはあっという間なの？　まちがってる。ただ座って息を整え、顔を風になぶられながら筋肉を休める時間のなんて貴重なことか。車の往来は少ないとはいえ、ときおり道路のぎりぎり右端に寄って、通り過ぎる車をやり過ごさなければならない。スピードを落とし、距離をとって通過してくれる車もあるが、そうでないと、あおりを受けてよろっとなる。非常識な人間はどこにでもいる。

Xがそういう運転をしている可能性を捨てたわけではない。轢き逃げすればすむことだ。

彼女は田舎道の上の濡れたしみでしかなくなる。

本能は彼に用心しろと教える。ウォルグリーンズであたふたして逃げ出したことを忘れるな、と。するとホルモンがいたずらを仕掛け、あの夢を思い出させる。ほんとうに頭にくる。彼女を殺そうとしているろくでなしのせいで、完璧にすばらしい夢が台無しになった。

Xのことを考えると気が紛れるけれど、長くはつづかない。脚の痛みがしゃしゃりでて、頭の大半を占めてしまう。

ゆるいカーブを曲がると前方にガソリンスタンドが見えてきた。嬉しくて叫び声をあげたくなった。トイレ、水、食べ物、休憩——ただし短い休憩。前進しつづけなければならない。満身創痍《まんしんそうい》だもの、長く休んだら二度と立ち上がれない。


一週間で二度もフェリスが訪ねて来たのは、注目に値する。アルとしては、そのことを変に思う人間がこの建物内にいないことを願うしかない。連絡をすると彼女がすぐに飛んで来たのには驚いたが、あんなことをしたのだから当然か。

今回は、タンクで彼女を待った。腕を組んで立っていた。彼女がドアを閉めるや、アルは言った。

「愚かにもほどがある」

彼女は足を止めた。肩を怒らせ、顔を強張らせている。防御の構えだ。

「必要なことをやったまでよ。あなたがやらないから」

「いや、あなたがすべてをぶち壊したんですよ。あなたが勝手に判断して外部の人間に頼んだことだけでも充分にまずいのに、頼んだのが無能な奴らだったから、あなたの能力まで疑われる羽目に陥った。これを愚かと言わずしてなにを愚かと言うんですかね」

たった二分のあいだに、フェリスを二度も〝愚か〟呼ばわりするのは賢明とは言いがたいが、この期《ご》におよんで、彼女が怒ろうがどうしようが関係ない。アルも一枚嚙んでいるとゼイヴィアに思われたとすれば、まさに踏んだり蹴ったりだ。彼らがなにかすれば、こっちに火の粉が降りかかることは承知していた。いまがまさにそうで、銃弾が飛んでくるのを覚悟しなければならない。ゼイヴィアが相手だもの、銃弾ぐらいじゃすまないだろう。

フェリスは落ち着きを取り戻し、コーヒーマシーンに向かった。「手は打ってある」

「あなたが勝手にしてることでしょう」彼は言った。「わたしには関係ない」彼女は丁寧にコーヒーを淹れた。リジー襲撃が失敗して以来、アルのもとにゼイヴィアから連絡は入っていなかった。つまり、フェリスはリジーを狙っただけでなく、ゼイヴィアにも刺客を差し向けたということだ。それもしくじったことはあきらかだ。そうでなければ、いまごろ、悪名高きゼイヴィアを仕留めたと、フェリスが自慢しないわけがない。

「あなたが望んでいないことは知ってるわよ。でも、もう動きはじめているの。いまさら中止はできない。それぐらいわかるでしょ。ボールはコートに投げ込まれた。最後まで見届けないとね」

「わかっている」アルはそっけなく言った。

フェリスはコーヒーを飲みながら、彼の黙諾をえた満足感が顔に出ないようにするのに苦労した。ほくそ笑みたいところだ。「〝対象C〟とゼイヴィアの抹殺を指示したわ。ゼイヴィアが彼女に関心を持っていることを考えると、ほかに選択肢はなかった」

「わたしに相談すべきだった」

彼女がしゅんとなる。「あなたが同意するわけないでしょ。やめろとわたしを説得したはずよ。わたしにはなにが必要かわかっていたから、それをやったまで」

「いや、やろうとして失敗したんだ」

またしゅんとなる。フェリスは失敗することを嫌う。失敗を指摘されることはもっと嫌う。

「仕事を終わらせるのにプロを雇ったわ」

「そりゃけっこうだ。だが、あなたのその〝プロ〟とやらは、どうやってゼイヴィアの居所を突き止めるんでしょうかね？」ゼイヴィアが姿をくらましたら、誰も見つけられない――本人が見つかってもいいと思わないかぎり。もし彼がそう思ったら、彼らにとって最悪のニュースになる。

「それは彼の問題よ」フェリスはコーヒーカップを両手で包み込み、ひと口飲んだ。

アルは彼女をじっと見つめながら、怒りを抑え込んだ。ゼイヴィアが自分とリジーを守るためなら、彼らがしたことを世間に公表するつもりであることは、ふたりとも承知のうえだ。そんなことになれば、この国は大混乱に陥る。その発表に疑問を投げかけ、混乱をおさめ、ゼイヴィアを陰謀を企てる空論家に仕立て上げることに成功したとしても、彼が公表したという事実は消せない。陰謀説は生きつづける。おそらく永遠に。それを信じる人の数が多ければ……

「いや、あなたの問題ですよ。彼はあなたを狙いにやって来る」アルは冷静を装った。「今夜か、二年後か、そのあいだのいつかか」彼女の肩にまた力が入ったことを、アルは見逃さなかった。「その〝プロ〟とやらをご自宅に配置することを勧めますよ。ゼイヴィアが現れるのができるだけ早いことを願うといい。彼は〝対象C〟を見つけ出し、安全な場所に匿《かくま》ったら、あなたを狙いにやって来る。彼がもしひとまず静観することにしたら、時間をかけて計画をたて実行に移すことにしたら、あなたに勝ち目はない。だが、彼が怒りに任せていま襲ってきたら、あなたの雇う〝プロ〟がそれを阻止できる可能性はある」

「それで、〝対象C〟はどうなるの？」

「わたしがあなただったら、まずゼイヴィアを始末するでしょうね。〝対象C〟に関してしでかした失敗の穴埋めをどうするかは、それから心配しますね」

「あなたが協力してくれればいいじゃない。できる人間を抱えているんだから」

彼女は本気でそんなこと言ってるのか？　アルは歯を食いしばったが、表向きは冷静さを保った。この状況でできるかぎりは。「それは賢明とはいえませんね、いまの時点では」彼女が慌てて駆けつけてきた理由がわかった。尻拭いの手伝いをさせる腹だ。彼女がしくじったからといって、自分の部下たちにもうひとりの部下——ゼイヴィア——を追い詰めさせるような真似を、彼がさせると思っているとしたら、彼女にはアルという人間がわかっていない。

「彼が連絡してきたら……」

「真っ先にあなたに知らせますよ」アルは冷ややかに言った。

フェリスは半分残ったコーヒーのカップをテーブルに置いたまま、タンクをあとにした。振り返ることもなく。

アルもあとにつづいた。武器と携帯を貴金属保管箱から取り出し、デレオン・アッシュが〝対象C〟の家と車と職場を監視しつづけている部屋に向かった。これまでも退屈な仕事だったが、いまは退屈を通り越している。聞こえてくるものはなにもない。リジーが甦ったとしたら、リゼットとして暮らしていた場所や、彼女を知る人間のもとに戻って来るはずがない。問題は、リジーがどの程度甦ったかだ。逃亡を企てる程度にか、危険な存在になりうるほどか。

フェリスは彼の助言を聞き入れ、〝プロ〟を自宅の警護につかせるだろう。その男のことを、ボディガード兼ゼイヴィアを倒せる殺しのプロだと思っているのかもしれない。ゼイヴィアは当然予想している。フェリスをやると決めたら、そこに〝プロ〟が待ち受けていることぐらい。それでこそゼイヴィアだ。遠い昔、アル自身が鍛えた男だ。

すべてが思いのままだと、フェリスは思っている。だが、アルはゼイヴィアが勝つほうに金を賭ける。いつだって。

22

三時間。悲惨と決意にみちた三時間十五分。ありがたいことに、このあたりは道路がまっすぐで、さしあたりペダルを踏まず惰性で走っていた。首筋から足首まで、筋肉という筋肉が火を吹きそうだ。お尻はまるで感覚がない。

町と呼べるのかどうか、数軒の店が建ち並ぶ通りを通過したが、そこに標識があったとしても見落とした。前に〝速度制限三・〇〟という標識があって頭をひねったが、真ん中の点が銃痕だとわかって納得した。

この一時間あまり、前に進むことだけに意識を集中してきた。体は、休みたい、と悲鳴をあげていたけれど。思いがけない悪態がつぎからつぎに出て、自分でも驚いた。どこで覚えたのだろう。バックパックにヘルメット、ドラッグストアで売ってる服、そのうえずっとぶつくさ言いつづけているのだから、人が見たらイカレたバッグレディだろう。ショッピングカートを押す代わりに自転車に乗ったバッグレディ。いまはなにを言われようとかまわない心境だった。

つねにペダルを漕ぎつづけているからか、一定のリズムのせいか、道路を擦るタイヤの音のせいか、あるいは、どうやって生き延びるかなんて考えず、ひたすら坂を上って、惰性で下ることを繰り返しているせいか、いくつかの記憶がひょいっと甦った。頭痛に襲われて自転車から転がり落ちるのを覚悟したが……何事もなかった。痛みも吐き気も。リラックスして、記憶が甦るに任せた。

大地を揺るがすような大層な記憶ではない。特別な記憶ではなく、ふつうの記憶だ。ずっとデスクワークをしていたのではなかった。とっぴな振る舞いはけっしてせず、規則正しく欠勤もせず、九時から五時までまじめに働くオフィスワーカーではなかったのだ。シカゴ。警備会社。いいかげんな私立探偵の類ではない。シカゴのダウンタウンの高層ビルにオフィスを構え、大物のクライアントを抱える一流の警備会社だ。彼女はボディガードとして働いたこともある。男性クライアントにはとくに評判がよかった。ボディガードには見えないうえに、拳銃の腕はたしかだったからだ。

それに運転技術も。心臓が止まった。そうか、曲芸みたいな運転ができたり、尾行を見抜いてまくことができたのも、そのおかげだ。身につけていないのに、無意識に銃に手がいったのもそれで説明がつく。つねに武器を携帯する仕事をしていたからだ。

でも、記憶を失ったことの説明にはならない。どうして命を狙われるのかわからない。それでも、前の職業がわかったので、いろいろなことの説明がつく。そういう技能を身につけたのは、合法的な仕事をしていたからで、けっして……けっして。

積極的に思い出そうとすると、なにかが立ちはだかる。だからペダルを漕ぎながら、とくになにかを考えようとしないことにした。頭を空っぽにしておけば、映像が自然に浮かんでくる。

顔が浮かんだ。仕事仲間の顔。はっきり見える顔もあれば、ぼやけている顔もある。名前には辿りつけないが、無理に思い出そうともしなかった。以前のことが少しでもわかればいい。体は痛むし疲れていた。自転車を停めて道の端に寄せ、座りこんでしまいたかった。どうとでもなれという気分だった。それでも進みつづけたのは、記憶のおかげだ。

頭を空っぽにしてペダルを踏みつづければ、記憶が甦る。腕を磨いた射撃練習場。オフィスも頭に浮かんだが、そこで過ごした時間はそう多くない。飛行機に乗って出掛けた……どこかへ。記憶がすんなり出てこないときは、無理に引っ張り出そうとしなかった。飛行機の行き先がわからなければ、それはそれでほっておいてべつのことを考える。べつの場所、べつの記憶。

シカゴのソルジャー・フィールドにベアーズの試合を観に行った。ビールを片手に笑いあった……誰かと。たぶん同僚だ。友達かもしれない。隙をつかれて、背後から羽交《はが》いじめにされたことを思い出した。筋肉質で背の高い男に。仕事の一環として。武道の稽古《けいこ》をしていたおかげで勝つことができた。大学で武道のクラスをとり、自分に向いていると思った。どうして忘れていたの？

馬鹿な質問。ほかにも忘れたことはごまんとあるじゃない。

彼女はボディガードとして働いていた。彼女は一種の神童で、新型の武器もあたらしい技能もやすやすと自分のものにし、必要とあればかよわい女を装うこともできた。ボディガード以外のこともしていたが、それは仕事をはじめたばかりのころだ。対象を尾行したこともあり、経理担当役員について調べるために企業に潜入したこともあり……

まぢかでクラクションが鳴り響き、リジーはぎょっとして現実に引き戻された。走行車線にはみ出していたので、通りがかった車の運転手が警告してくれたのか、ただ迷惑なだけだったのか。自転車を道路の端に戻し、手をあげて運転手に合図した。気持ちを現実に戻す。Xをまこうとして計画をたて、記憶を取り戻しつつあったのに、こんなところで車に轢かれてどうするの？　あまりにも不公平だ。

車は通り越していった。また道路にリジーひとりだけになった。思い出したことは受け入れ、無理に記憶を引き出そうとしないことだ——いまはまだ。途中で投げ出すのは性格的にいやだけれど、いまはそうするしかない。頭痛と吐き気に対処している時間はないし、いまは突き詰めて考えるべきではない。まだ安全ではないのだから。

甦った記憶のどれも、空白の二年間と命を狙われている理由をあかしてはくれない。記憶の欠落と顔の整形は、自動車事故や頭に銃弾を受けるといった場合も起こりうる。その場合、体になんらかの傷痕が残っているはずだが、それはなかった。どうして命を狙われているかとなると……情報が足りなくて判断できない。

でも、高度な運転テクニックと鍵を使わずに車のエンジンをかける方法を知っていたことは、甦った記憶によって説明がついた。

知っているなんてもんじゃないでしょ！　思い出した。ボディガードになる前、車の回収を仕事にしていた。でも、違法にではない。ローンが払えなくなった人から車を回収するのは、正当な行為だ。通りに駐めてある車をレッカー車で牽引してくればいい場合もあるが、事情が込みいっているとそうもいかず……ということだ。

ボディガードの仕事のほうがずっと好きだった。給料もよかったし、手が油まみれになることもなかった。憶えているかぎりでは。

短い下り坂で、つかの間、顔に風を受けて走る楽しさを味わった。前方にまた上り坂があることは、いまは考えない。ああ、あとどれぐらい脚がもつだろう。

もう、死にそう。

こんなに疲れたことは訓練中でもなかった。二度ばかり、脚と背中があまりに痛くてとても漕ぎつづけられなくなり、自転車を降りて押して歩いた。歩くのに使う筋肉がちがうし、ペダルを漕ぐよりはるかに楽だ。歩くことは毎日やっていたわけだ。これが終わったら、お金を払ってでも、二度と自転車のサドルにお尻を乗せなくてすむようにしよう。

お尻といえば、脚と同様に痛かった。

子供のころは毎日自転車に乗っていたけれど、お尻が痛くなった覚えはない。どうして？　どうして小さなお尻は痛くならないの？　不公平だ。命がけで逃げているというのに。気楽に遊び回っているんじゃないのに。

自転車を押して歩いているときに、背後からオートバイの爆音が聞こえたように思った。道がカーブしているので姿は見えない。心臓が止まりそうになった。急いで自転車を道端の茂みの奥へと押してゆく。自転車を茂みの陰に横倒しにし、かたわらの雑草の上に腹ばいになった。毒のあるアイヴィーの茂みだろうがかまわない。気まぐれなヘビが脚の上を這おうがかまわない。動悸が激しすぎて肋骨が震える。

地面に顔を埋めると草と泥の匂いがした。葉っぱが肌をチクチク刺す。耳を澄ますと、ハーレーに特有の虎のうなり声のような低い轟音がどんどんちかづいてくる。Xが乗っていたのはハーレーだった。ほかのどんなオートバイも、こんな音はあげない。

全身が凍りつく。ああ、どうしてこんなに早く見つかったの？　車を乗り捨てた。携帯も捨てた。ハンドバッグも捨てた。自転車に乗っている。

目立つピンクではなく、黒のヘルメットを選んだ。茂みの中に隠れていても、ピンクは目立つだろう。黒なら周囲に溶け込む。自転車の車輪の輻《や》が太陽を反射するんじゃない？　時間があれば草をむしって隠すところだが、時間はない。オートバイはすぐそこまで来ていて、覗いてみることも動くこともできず——

オートバイは轟音もろとも通り過ぎていった。ライダーはアクセルから足を離すこともなかった。安堵で体の力が抜けた。急いで顔をあげ、遠ざかっていくライダーに目をやった。Xかどうか、彼のハーレーかどうか見極めようと。

うしろ姿からはわからないし、オートバイはあっという間につぎのカーブを曲がって姿を消した。ひとつわかったのは、ライダーが大柄な男だということだけ。

つまり……なんともいえない。Xかもしれないし、べつの男かもしれない。この世にハーレーはごまんとある。

もし彼だとすると……ああ、どうしよう。彼は前方のどこかにいて、カーブを曲がったら出くわすかもしれない。彼はころ合いの場所を選んで、待っているだけでいい。

いま彼女がいるこの場所は、隠れるのにまさにころ合いだ。ゆっくりと起き上がり周囲を見渡す。郊外であたりに民家はない。茂みに逃げ込んだとき、人に見られた心配はないだろう。好奇心旺盛な子供が、かくれんぼかと思ってこっそりちかづいてきて、ワッと彼女を脅かしでもしたら、Xに見つかっているところだった。

もしXだったとしたら、彼女の居所がわかっていて追って来たわけで、だったら追い越すなんてありえない。ゆえにあれはXではない。あるいは、追跡装置を使って彼女の位置を確認していないのだ。追跡装置を使っていないのに、ヴァージニアの奥地の二車線道路に彼がいる確率はゼロにちかい。であるから、論理的に考えてあれはXではない。

震えながら息を吸い込む。ヘルメットとサングラスで身元を隠し、自転車に乗ってこの道を走っているかぎり安全だと思っていた。直感が正しいと信じたい。でも、背後からオートバイの轟音が迫ってきたら、やっぱりまた道をはずれてどこかに隠れるだろう。

自転車を押して歩いたのと、こんなひと幕があったのとで大分時間を無駄にした。また自転車にまたがり、前進しなければ。立ちあがり、バックパックをきちんと背負い、地べたに突っ伏したときにゆるんだストラップを調節した。自転車を起こし、茂みを抜けて道に出るとまたがった。

短い〝休憩〟はストレスの多いものだったが、疲れた筋肉にとってはよかったようだ。恐怖でアドレナリンが噴出したせいもある。なんであれ前に進もうという気にさせてくれるものはありがたい。

バスターミナルまで生きて辿りつけたら、もう二度と自転車には乗らない。拷問の道具だもの。

ペダルをせっせと漕ぎながら、自転車を処分する方法、それもいちばん満足のいく方法を考えた。道に置きっぱなしにするんじゃおもしろくない。自転車に復讐したい。できるものなら銃弾をぶち込みたいけれど、手元に拳銃がないからそれはできない。火をつけてやろうか。ハンマーがあったら叩き割ってやる。粉々になるまで。どっちも実行可能だ。ガソリンとマッチを買うか、ハンマーを買うか。どっちがいいだろう。自分も他人も危険な目に遭わせて、逮捕される可能性が少ないのはどっち？　ハンマーのほう、たぶん。火をつけたら、どんなに小さな火でもすぐに見つかる。

　道は空いていた。たまに車が通るぐらいで、歩いている人はまずいない。前方に三叉路が見えてきた。ガソリンスタンドがある。標識によれば、あそこを左折すればいい。くの字に曲がっている道を地図で見た覚えがある。一・五キロほどで今度は右折すればいい。でも、なにより嬉しいのはガソリンスタンドだ。腿の筋肉が悲鳴をあげていた。アスピリンと冷たい水とプロテインバー、それにトイレ。トイレが先だ。

トイレが建物の中にあるのがありがたい。通りから見えないように、自転車をゴミ箱の陰に隠して停めた。サングラスをはずし、足を引きずってガソリンスタンドに入る。

　店員は縮れ毛の中年女性で、幼児を抱き小さな男の子の手を引いた若い女とおしゃべりの真っ最中だった。「どこにもいっちゃだめよ、ここにいるの、いいわね」母親が男の子に念を押す。フルーツジュースと甘茶の代金を払うのに手を放さなければならないからだ。男の子は体をくねらせぴょんぴょん跳んでいるが、母親のもとから離れなかった。

　ほかに客はふたり、どちらも男だ。ひとりはキャンディを品定めし、もうひとりは奥の冷蔵ケースからビールの半ダースカートンを取り出すところだった。どちらも彼女を見ようともしない。

エアコンの冷気に生き返った心地だ。リジーは女性用トイレに入り――個室ひとつだけなので、ドアに鍵をかける――涼しさと、ペダルを漕がずにすむありがたさと、まだ生きていて、D・Cから遠く離れている安心感とで特大のため息をついた。狭いトイレは掃除したばかりらしく漂白剤の臭いがしたが、清潔だからそれもほっとした。

用を足すと手を洗って拭き、ヘルメットを脱いで膝のあいだに挟み、頭皮をマッサージした。ヘルメットは空気が通る作りだが、それでも熱がこもり髪は汗で濡れていた。ポニーテールはぐずぐずになって、だらしなく片側に垂れている。

縛っていた紐を抜き、頭を振る。首を回して肩の凝りをほぐした。ペーパータオルを濡らして顔を拭く。ひんやりして気持ちがいい。髪を手で梳《す》いてまとめ、紐で縛ってヘルメットをかぶった。

トイレを出ると、子供連れの若い女は支払いをすませて出て行くところだった。ビール好きが代金を払い、もうひとりはまだキャンディの前で品定めの最中だ。

おかしい。ふつう男性は欲しい物が決まっていて、あれこれ迷わないものでしょ。ひやかして歩くのはたいてい女性だ。疑いの目で見てみたが、ごくふつうの男性だ。ジーンズにTシャツ、野球帽。Xでないことはたしか。リジーは水のボトルとアスピリンを手に取った。アスピリンはなんとドラッグストアの二倍の値段だった。プロテインバーは種類がかぎられていた——チョコレートかピーナツバター。一個ずつ買うことにする。

彼女が精算していると、キャンディ男がようやくハーシーバーを二個手に取り、プレッツェルとポテトチップスの棚へと移動した。なかなか決められない性格なのか、暇潰しをしているのか。

リジーはサングラスをかけ、日差しの中へと出て行き、建物の裏手に回った。ゴミ箱の陰に立ってアスピリンの瓶を開け、二錠を口に放り込み、水のボトルの栓をひねり、アスピリンを水で流し込んだ。アスピリンが効いてくれるといいのだけれど。毒にはならないだろう。アスピリンが胃を荒らさないように、チョコレートのプロテインバーも食べた。

腕時計を見る。二十分も経っていた。出発しないと。

五百メートルも進まないうちに、筋肉がまた悲鳴をあげはじめた。もう一度、自転車を乗り捨てるときに、どんなひどい仕打ちをしてやるか考えた。

道を右折すると、田園風景が広がった。刈られた牧草がロール状になって置かれた牧草地や、牛が草を食《は》む放牧地。馬の姿もちらほら見られる。人里離れた田園地帯を走る道だとわかっていたが、ここまで人気がないとは思っていなかった。車なら気づかずに通り過ぎただろう。でも、自転車だと、ひとりぼっちが痛いほど身に沁《し》みる。ここで野蛮人に襲われたらなす術がない。

いいえ、ある。リゼットならないと思うだろう。いまはリジーだ。武道の高度な訓練を受けている。戦い方を知っているし、汚ない手も知っている。カージャッカーや誘拐犯や強盗からクライアントを守る術を身につけている。まあ、あの当時は武装していた。いまは拳銃を携帯していない――この状況はすぐにも改善しないと。でも、ナイフを持っているし、使う意志もある。

背後からオートバイの轟音がちかづいてきた。

ほんの一瞬、この場所に留まろうと思った。Xには彼女の居所を知る手だてはないはずだ。尾行をまいたのだから。べつのオートバイ乗りにちがいない。起伏のあるヴァージニアの田園地帯は、バイク乗りに人気のスポットだもの。

いいえ。運頼みにはできない。

慌ててぐるっと見回す。有利な場所ではない。道の両側には牧草地が広がり、刈られたばかりの乾草のロールが散在する。右手前方百メートルほどの所に大きな小屋があった。乾草ロールを蓄える小屋だろう。でも、百メートルの距離があるし、オートバイはちかづいて来ている。

なに弱気になってるの！　小屋まで行ったらどうなの。いいえ――乾草ロールのほうがちかい。大きいから陰に隠れられる。

自転車を降りて押して行く暇はない。そのまま牧草地に突っ込んだ。地面がでこぼこだから歯がガチガチいうほど揺れる。必死でペダルを漕いだ。自転車を上に向けていないと突っ込んで倒れそうだ。

いちばんちかい乾草ロールまで辿りつき、自転車を降りてうずくまった。運動と恐怖で動悸が激しい。なんでもない、オートバイは通り過ぎるにきまっていると思っていても——

エンジンの回転数がおちてゆく。オートバイはスピードをゆるめた。

乾草ロールに背中を押し当て、そっと覗き込んだ。ハーレーが見えた。大柄の男が大型のハーレーを巧みに操り、でこぼこの牧草地を苦もなく走って来る。黒いTシャツが筋肉質の体に張り付き、顔は黒いフルフェイスヘルメットに隠れて見えない。

だが、わかる。Xだ。

23

口がカラカラに渇き、視界がぼやけた。どこにも行けない。隠れる場所はない。リジーは自転車。彼はオートバイでやって来る。残り五百メートルをまっすぐに。

急いでバックパックからキッチンナイフを取り出した。小屋の中には、武器になりそうなものがにもなまくらだが、手元にある武器はこれだけだ。小屋の中には、武器になりそうなものがなにかあるだろう。つるはし、草刈り鎌、錐。でも、キッチンナイフで応戦するしかない。

午後の日差しの下で見ると、いか

どうせ銃弾には太刀打ちできないでしょ？　だったらなにを持っていてもおなじだ。ただ諦めるのだけはいやだった。戦わないと。

走ると決める前に走り出していた。体が頭を支配して、諦めることを拒絶したのだ。自転車は捨ててゆく。でこぼこの地面の上だから、自転車より走るほうが速い。足首を折らないかぎり。疲れたなんて言ってられない。痛みは消え去った。彼より早く小屋まで行き着く。それだけだ。どうかどうか、身を守るのに使えそうなものがありますように、どうかどうか、牧草を刈った農場主がトラクターに飛び乗って、牧草ロールを小屋に運ぶ作業をはじめますように。どうかどうか。

西に向かって走っていた。午後の日差しに顔を射られ、視界がぼやける。うしろは見ない。彼がどこまで距離を縮めているかなんてたしかめず、切り株を踏んずけながらひたすら走った。小屋まで二十メートル……十……着いた。小屋が陰の中に抱き留めてくれた。急停止する。一瞬、前が見えなくなる。目の前にあかるい点が泳いでいた。

視界を取り戻そうとぎゅっと目を閉じる。ああ、もう！　考えが足りなかった——目を細め、入って来る光線の量を減らすべきだった。貴重な数秒が無駄になる。オートバイの爆音はすぐそばまで迫っていた。

時間がない！　キッチンナイフを握っているけれど、それだけでは足らないことは百も承知だ。べつの武器を見つけないと。いますぐ。

わずかに目を開く。目が慣れてきて、小屋の奥まで見通すことができる。入って右に進み、壁際に農機具が置いてないか調べてみる。ヘビ……ヘビを退治するための長柄の鍬《くわ》があるんじゃない？

そう、それなら使える。鍬で拳銃に立ち向かう。

なにもないよりはましだ。ナイフに比べたらずっといい。ナイフは接近戦のためのものだ。必要なのは、敵と距離をとって戦えるもの。

エンジン音がやんだ。

そして、そこにあった。まるで彼女の絶望がそれをどこかから呼び出したかのように。長柄の鍬。刃は錆《さび》つき、柄はとてもいい状態とはいえないが、武器は武器だ。それを片手で握り、もう一方の手にナイフを握って、ちかづいて来る死神と向き合った。

彼はオートバイを二十メートルほど先で停め、ブーツに包まれた片足を地面につき、ハーレーにまたがったまま、穏やかな表情で彼女を見つめていた。長柄の鍬を持って、小屋から出て来る彼女を。

黒いフルフェイスのヘルメットに反射する日差しが、彼女に当たった。

恐ろしくてめまいがしそうだった。目の前に点が泳ぐ。自分の息遣いが聞こえる。肺が必死に空気を出し入れしている。過呼吸になっていることに気づいた。だめだめ、自分をコントロールしないと、チャンスを失うことになる。意識して息を深く吸い込み、息を止めた。無理にでも自分を落ち着かせる。

めまいがおさまり、視界が晴れた。足を踏ん張って構えの姿勢をとった。

彼はおもむろにオートバイから降り、スタンドを足で蹴ってさげ、ハーレーをでこぼこの牧草地に立てた。よくも平らな場所が見つけられたものだと、リジーは感心した。彼の動きはゆったりと落ち着いていた。顎のストラップをはずし、手袋をした両手でヘルメットを持ち上げてはずし、シートの上に置いた。それから、彼女のほうに向かって来た。

武器を持っているのかどうか、見たところはわからない。両手は空だった。

拳銃をズボンのうしろのウェストバンドに差していないとはいえない。

いいえ、彼はそんなことしない。ショルダーホルスターを使う。

心臓はすでに激しく脈打ち、いま、耳の奥で血がゴーゴーいいだした。小さな音が喉を震わせる。言葉にならない音、抑えようにも抑えられない音。視界が狭まり、その中心に彼の顔があった。鋭い頰骨、夜のように暗い瞳は、獲物を狙う鷹そのものだ。

ゆったりと余裕のある動き。尻の筋肉はゆるみ、広い肩は前後に揺れ、どの方向に飛び出そうとバランスを崩すことはけっしてない。

彼の顔を見つめた。

時間が遠のいてゆき、すべてが形を失う。めまいがして、支柱につかまろうとしたが、ナイフを握っているからできない。ナイフを落とすわけにはいかない。胸を大きく上下させながら、まばたきもせずに彼を見つめていると、過去と現在が、夜と昼が、あのときといまが混然一体となって渦を巻いた。

脳裏に浮かぶのは、彼の顔——

こんなふうに、彼がこっちに向かって来るのを見つめていたことがあった。この世界のすべてを掌中《しょうちゅう》に収めたと言いたげな、自信たっぷりの顔。

一瞬、足と拳が目の前をよぎる。肉と肉がぶつかり合う音、拳が体に沈み、うなり声があがる。トレーニング・パートナーの一撃が股間に命中し、彼が倒れた。食いしばった歯のあいだから悪態を吐き散らしながら。彼女と彼女のトレーニング・パートナーは笑い崩れた。彼が負けるなんてめったにないから。

彼は負けなかった。背中を丸めたかと思ったら弾かれたように立った。相手につけこむ隙を与えなかった。右肘と左膝をポンポンとすばやく繰り出し、相手を倒した。マットに大の字になった相手はうんうんうなり、降参の合図にマットを片手で叩いた。

Xはタオルをつかみ、見物していた彼女とパートナーのところにやって来た。いつもと変わらぬ流れるようななめらかな動きだ。細めた目で彼女をじっと見つめる。汗が顔から滴《したた》り、くすんだオリーブ色のTシャツを染める。「男がキンタマを蹴りあげられるのを見ると、女はきまって笑うが、どうしてなんだ？」タオルで顔を拭きながら、彼が言った。

「だって、とぉっってっても貴重だから」リジーは笑いながら言った。だって、彼が怒っているから。彼がやられるところなんてめったに見られないから、大いに楽しむことにしていた。

「たしかに、とっても貴重なものだ」彼が言った。

視線を彼女に釘付けにしたまま、彼がちかづいて来る。

Xが……いいえ、Xではない……でも、Xからはじまる名前。X……

ゼイヴィア。

彼の名はゼイヴィアだ。

名前が頭の中で爆発すると、記憶が堰《せき》を切って溢れ出した。あの日、あの夜。倒れまいと、鍬の柄にもたれかかった。

ゼイヴィア！

彼が裸の体を擦りつけてくる。パワフルな脚を腿のあいだに押し入れて大きく開かせ、彼女の腹に腰を埋める。彼が怒張したペニスの先を自分の手で入口にあてがう、あの瞬間が好きだった。腰をわずかに動かして、最初はほんの少し入って来る、あの感覚が好きだった。彼のものの大きさに、体がいつもちょっと戸惑う、あの感じが好きだった。それから体がやわらかくなって、力が抜けて、もっと彼を受け入れる。彼はそのあいだ控えて待っている。彼女が受け入れるのを待って、それから突く。深くまで一気に。熱いものが入って来ると、声が洩れるのを抑えられなかった。

ゼイヴィア。ああ、どうしよう、ゼイヴィアだったんだ。

彼は小屋の陰に入ったところで立ち止まった。小首を傾げ、彼女をじっと見つめている。彼はナイフも鍬も取りあげようとはしなかった。そうしようと思えばできるのに。彼女は体を鍛えていない……ふたりで一緒に訓練したのはずっと昔だ。いまの彼女は弱い。トレーニング不足だし、睡眠不足だし、そのうえ夏の日盛りに何時間も自転車を漕いだあとだ。それにひきかえ、彼はオートバイにまたがっていただけ。

怒りに体が震える。なによ、その目！　人に追跡装置を付けるなんて。いつでも捕まえようと思えば捕まえられたのに、彼女をへとへとになるまで泳がせつづけ、ようやく重い腰をあげるなんて。さっきのオートバイに乗っていたのも彼だ。知らん顔で追い越していって、楽しんでいたのだろう。頭にくる。できるものなら貴重なキンタマに蹴りを食わしてやりたい。でも、一日はまだ終わっていない。

「リジー」彼が言った。深い声は穏やかで暗く、少しだけ警戒している。彼女を脅かしたくないのだろう。彼女がどこまで思い出したか、彼にはわかっていない。「きみを傷つけはしない。おれを憶えているか？」

ええ。まだ記憶に大きな空白部分はあるが、彼のことは思い出した。

彼を愛していた。彼が愛してくれていたかどうかは、わからずじまいだけれど。なにがあったのかわからないのだから。でも、ひとつだけ変わらないものがある。いまも彼を愛している。そうでなきゃ、心臓が破裂するような気がするわけないもの。彼がここにいる。離れて暮らしていたあいだ、生きているという実感がなかった。世界は灰色で空っぽだった。痛みと喜びと、いろんな種類の怒りで頭がぐるぐる回っている。つかの間、目を閉じた。もういっぱいいっぱいだ。荒れくるう感情を抑えることができない。

「ええ」それはささやきだった。ナイフを支柱に刺す。振り向いて、唇を震わせた。「とぉっっってても貴重だから」

言葉が唇から離れる前に、彼がぶつかって来た。その衝撃で鍬が倒れた。彼に抱きしめられていなければ、リジーも倒れていただろう。彼が抱きあげてキスした。熱く飢えた唇だった。こんなキス、されたことがあったかしら。彼女の味わいに飢えていたと言わんばかりのキスだ。彼の舌が口の中でわがもの顔に振る舞う。その衝撃たるや、ボディスラム級だ。

ええ。そうよ、こういうキス、されたことがある――彼に。これでいいんだという思いが、わたしは彼のものだという思いが、刃《やいば》となって彼女を切り裂いた。

彼の首に腕を絡めてキスを返した。昔のように。夢の中でしたように。あの夢はなにかを伝えようとしていたのだ。彼を指差していた。彼よ！　彼なのよ！と叫んでいたのだ。彼に負けじと激しいキスを返した。歯で彼の唇を切ってしまってもかまわない。彼を味わい、彼を感じ、肌の熱い匂いを嗅げればいい。彼がここにいる、それだけでいい。

彼は片腕でリジーを抱きしめ、もう一方の手で彼女のヘルメットを脱がして地面に放った。つぎに服を脱がしにかかった。

そのすばやいことといったら、まるで襲われたみたい。五感が激しく回っていて、自分がどこにいるのかわからなくなる。彼はそのつもり――そうなの？――もちろんそうだ。信じられないと思ったつぎの瞬間には受け入れていた。求めていた。彼とだといつもこんなだった。惹かれる気持ちが強すぎて、肌がはち切れてしまいそうになる。

一分後、ウェストから下は裸だった。小屋にいることも、その小屋が牧草地に沿って走る道路に向かって開いていることも、気にならなかった。これだけ離れているし、陰になっているもの、誰にも見えるわけがない。見えたとしても――気にしない。

気になるのは彼だけ。彼を見つけ出した。彼が見つけてくれた。いまこうして一緒にいるのだもの、ほかのことはどうだっていい。

台も敷物もなにもない。でも、彼は力があるから大丈夫。ベルトを抜き、ジーンズのボタンをはずし、途中まで押しさげる。彼女を支柱に押しつけ、両手で尻をつかんで抱きあげると、腰を割り込ませる。彼女が両脚をその腰に絡ませ、自分を持ちあげて開くと、彼が一気に突いた。

時間が遠のいてゆく。世界が遠のいてゆく。記憶と現実がぶつかり合う。いつもそうだった。熱いものに押し広げられる。痛いくらいに。彼女をその気にさせる前戯はなかった。彼のほうが一枚上手だった。彼を焦らしてやりたくて、感じていないふりをしようとしてもだめ。堪えきれずにイッてしまう。彼にとって、たやすい相手だった。彼にキスされただけで、その気になった。彼に触れられただけで、体は準備ができていた。

彼と長く離れていられなかった。

興奮の波が押し寄せてくる。まるで洪水のような激しさで。彼にすばやく深く突きあげられ、体が上下する。かすれたうめき声が洩れる。もうじきだ。ぐわんと下から押し上げられる。歓びと呼ぶにはあまりにも激しすぎて、全身で彼を締めあげていた。

そのときがきた。彼の腕の中でのけぞる。彼の背中に爪を立て、喉元に顔を埋めて、喉から出るしわがれた声を押し殺した。支柱にぐいぐい押し付けられ、彼の腰が激しく動く。それから、リズムがもっとゆっくりになった。うねって、どんどん深くなる。彼がウウッと口走る――ああ、この声、憶えている――短いうなり。それから、長い長いうなり声が胸の奥深くから湧き出てきた。彼の筋肉がゆっくりとほどけてゆき、重い体を彼女の上で休ませた。目を閉じて、彼の豊かな黒髪を指で梳き、うしろ頭を手で包み込む。「ゼイヴィア」彼なしで、どうやって生きてきたの？

彼はなにが起きたか知っている。彼女の記憶の空白を埋めてくれる。大事なのは彼を憶えていたこと。抱えきれないほどの愛を彼に感じていること。一緒にいること。覚悟しなさいよ。抜け殻になるまで絞り尽くしてあげるから。

それがすんだら、きょう、あんな目に遭わせたお仕置きをしなくては。

24

気恥ずかしいのとはちょっとちがう。

リジーは文字どおり半裸で、セックスしたばかりの男と一緒にいて、でも、あいかわらず過去になにがあったのかわかっていない。彼と激しく交わる前に、そのあたりのことをはっきりさせておくべきだった?

ズボンを摘まみあげ、さてこれをどうしたものかと掲げ持った。「あの……バックパックにウェットティッシュが入ってるんだけど」手をひらひらさせて、乾草ロールのほうを指した。慌てふためいて小屋に向かって走ったとき、荷物はあそこに置きっぱなしにした。

女のたしなみが、彼にはわかっていないようだ。筋肉質の腕を彼女のウェストに巻き付けて引き寄せた。体がふっと強張るのは、拒絶ではなく不安のなせる技だ。だんだんに力が抜けてゆく。頬を彼の肩に休ませ、掌を彼の背中に押し当てて、波打つ筋肉や、発散される熱を味わった。ふたりで過ごした日々の細部までは思い出せないけれど、彼のことは、その匂いから味わいまでよく知っていた。体がとてもしっくりくることも、憶えていた。彼が頭のてっぺんにキスした。「彼らのことはおれが始末する。おれが背中を向けても、そのナイフを突き立てたりするなよ、いいな？」

支柱に刺したままのナイフを引き抜こうかと、たしかに思っていた。不安だし、武器が必要になるかもしれないから。確信を持てないときには、まず武器を持つこと。馬鹿げているかどうか、考えるのはあとまわしだ。彼があんなことを言ったのは、リジーのことをよく知っているからか、相手が襲ってくるかどうか判断することが習い性になっているからなのか。彼がバックパックを持って戻って来たときにも、リジーはまだ迷っていたが、ナイフは刺したままにしておいた。

「なにがほんとうなのかわからない——」

「おれたち」彼が言い、独特の暗く激しい眼差しで彼女を見つめた。「おれたちの関係はほんとうだ。いまはそれだけでいい」

「思い出せないことがたくさんあるの。あなたがちかづいてくるのを見るまで、思い出せなかった。X。あなたのことはミスター・Xって呼んでたわ」

「ちかいじゃないか。正しい方向にむかっていたんだ」

「あなたの名前はゼイヴィアよね？」念のため尋ねた。

「ああ、そうだ」

質問はやめ、彼に背中を向けて体を拭いた。あんなことをしておいて、いまさら恥ずかしいと思うなんて馬鹿みたい。でも、彼とこうしていることに慣れるには、まだ時間がかかりそうだ。彼に殺されると思ったつぎの瞬間、エロティックな想像をしていたのだから。過去と現在をつなぐ橋はまだ架かっていない。

手の中のウェットティッシュに目をやったとき、眉間に一撃を食った気がした。たったいま、コンドームを使わずにセックスした。しかも、彼女はバースコントロールをしていない。きょうがはじめてのことなの？　以前はバースコントロールをしていたの？　心配しないことがあたりまえで、ふたりの愛情生活にコンドームは無用だったのかどうか心許ない。今回は大丈夫だったけれど——あと二日で生理がはじまる予定だから——これからは、ピルを処方してもらって、その効果がでるまでは、予防措置をとらないと。

それは、これからも一緒にいると仮定しての話、ふたりとも生き延びて、〝これからずっと〟がそこにあると仮定しての話だ。

〝一緒〟の部分は疑っていない。いま、ゼイヴィアがそばにいる。頭痛と吐き気に見舞われたあの朝以来はじめて、彼女は怯えていなかった。まごついてもいなかった。オーケー、怯えてはいないけれど、まだまごついている。彼はまごついていない。なにがあったのか、いまもわからない。彼は知っているのだろう。

彼は見つけ出してくれた。彼女が窮地に陥っていることを知り、見つけ出してくれた。

頭をフル回転させながら、ズボンに足を通した。ひとつだけたしかなことがある。この数分間で何度も、眉間に一撃を食ったから、まるでパンチバッグになったみたいだ。振り返って言った。「人でなし！」

彼が眉を吊り上げる。黒い瞳には、眠たげな自己満足の表情が浮かんでいる。「ええ？どうして？」

「どうして？　どうしてもわたしに追い付けなかったなんて言わせないから。わたしに死ぬ思いをさせたくせに。もっと早く追い付いてくれていたら、あんなにしゃかりきになって自転車を漕ぐことなかったのよ。茂みに隠れたわたしの前を、涼しい顔で通り過ぎていったの、あなたでしょ？」

「ああ、だが、あのときは場所が悪かった」

彼をぶってやりたい。彼の口調からは、申し訳なさのかけらも伝わってこない。だって、申し訳ないとは思っていないから。彼は状況を分析し、戦略を決めた、それだけ。彼があとで後悔すると思う？　どうだか。でも、リジーはしない。

「きみがおれを憶えていないこともありうるから、目撃者がいない場所を選ばなければならない」

「憶えていなかった」彼女は言った。恐怖が甦ってきて胃が捻じれた。

「だろ。大声をあげて、がむしゃらに抵抗するきみを、オートバイの上で組み伏せようとして、うまくいくわけないだろ」彼がそっけなく言う。左手を彼女のうなじに回して引き寄せ、長いキスをした。

もうどうなってもいいと思わせるキスだけれど、でもまだ怒りはおさまらない。唇が離れるやいなや、彼女は言った。「場所はいくらでもあった——」

「きみを疲れさせたかった。抵抗を最小限に抑えるために。疲れているか？」

「疲労困憊よ。教えてあげましょうか？　戦略は見事だけど、判断がなってない。わたしは疲れているだけじゃないの、全身の筋肉が痛んでいるし、それに怒っている」

彼が口を歪《ゆが》めた。よからぬことを考えているのだろう。「疲れているのはいい。怒るのはべつに珍しくない。筋肉の痛みのほうは、なんとかしてやれると思う」

「たとえば？」

「渦巻き風呂のあるホテルの部屋なんてどうかな？」

彼女がその日の朝に買った——それも大金を叩いて買った——自転車はよく働いてくれたけれど、これが見納めになってもまるっきり残念ではなかった。道路の脇まで引いてゆき、そこに放置した。三十分もしないうちに、誰かが持っていくにちがいない。バックパックを背負い、ヘルメットをかぶり、ゼイヴィアがハーレーを押してやって来るのを待った。足を大きく振りあげてシートにまたがり、彼のうしろに座を占めた。ツーリングバイクのように同乗者が乗るためのタンデムシートなどついていない。これは筋肉とスピードのために造られたマシーンだ。つまり彼は前傾姿勢をとるから、彼女が座るスペースはほとんど残されないということ。あと数センチずれたら、バックフェンダーにまたがることになる。彼の腰に腕をまきつけ、背中に頭をもたせる。命がけでしがみつかなければならない。

彼がエンジンをかけると、両脚のあいだに重量感のある震動が伝わってきて、マシーンが命を吹き返した。

「すごい」彼女はつぶやいた。「女がこの子を一台持ってたら、男はいらないわね」

彼は笑い、お腹の前で組まれた彼女の手をぎゅっと握った。ギアを切り替え、アスファルトの上を滑る。

危なっかしい格好でまたがっているから、上等な磁器を運んでいるような丁寧な運転がありがたかった。オートバイのシートが自転車のそれより乗り心地がよくて助かる。そうでなければ座っていられなかった。彼女ひとりなら数時間かかるところを——最後のほうは自転車を降りて歩いていただろうから——ものの三十分で到着した。

彼が選んだのは、大きくて古めかしい五つ星のインだった。むろん予約はしていなかったが、プラチナカードのおかげで部屋がとれた。カードに記された名前は〝ゼイヴィア〟ではなかった。イニシャルも苗字も名前もまるでちがった。彼が偽の身分証を持っていることに驚きはしない。偽の身分が必要になるような仕事に携わっているのだから。

ハーレーはまたたく間に安全な駐車場におさまり、ふたりはバルコニーと暖炉とキングサイズのベッドとアンティークの家具が並ぶ部屋におさまった。バスルームは彼女の家の——というか、かつての家の——バスルームの二倍はあった。二度とあの家には戻れないだろう。あそこでの暮らしは偽物だったといまではわかっているが、二度と見ることはないと思うと胸が痛んだ。そういうことは考えたくないから、バスルームの探検をはじめた。渦巻き風呂ではなかったけれど、熱い湯に長々と浸《つ》かり、アスピリンを二錠呑めば気分はずっとよくなるだろう。

「お風呂に入るわね」彼女は言い、蛇口をひねった。

「好きにしろ」彼が言い、彼女の尻を叩いた。

「人でなし」

クスクス笑いながら、彼が出て行く。「おれはメッセージをチェックする。風呂に浸かれば、きみの機嫌もよくなるだろう」

話すことは山ほどあるはずなのに、どちらも重たい話題を避けていた。どうして彼女は殺されかけたかとか、彼はどこまで関わっているのかとか——というより、彼女がどこまで関わっているか。彼は急いで話す気はないようだし、リジーは疲れていたからそのほうがよかった。

我慢できるぎりぎりの熱い湯を張り、服を脱いでバスタブに足を入れる。そろそろと傷む体を沈めていった。酷使した筋肉に熱が染み込み、思わずうめいた。目を閉じて、髪がまわりに漂うぐらい体を深く沈める。膝頭がお湯から出ている。爪先から首まで痛かった。体の中で唯一痛くないのは右の耳だけだ。ヘルメットの留め金は左側にあり、スタッドタイプのイヤリングにひっかかっていたからだ。

ただリラックスしたかった。髪とおなじように心も漂わせたかった。でも無理だった。猫が毛糸玉にじゃれつくように、いまの状況を頭の中でいじくりまわさずにいられない。安全ではない。二度と安全ではいられないのだろう。でも、いまは前より安全だと思っている。鏡の中に見知らぬ他人の顔を見たあの朝からきょうまでのことを思えば、いまはずっとましだ。心臓は一定のリズムを刻んでいるし、いつでもバスタブから飛び出せる構えをとってもいない。あすからはまた逃亡生活がはじまるのかもしれないが、今夜は熱いお風呂とほんものの食事を楽しみ、ふかふかのベッドで眠ることができる。

上体を起こし——耳よりも膝をあたためるほうが大事だから——目を開けて、白い大理石と磨かれたクロームのバスルームを見回した。バスタブとシャワー、ダブルのシンク、べつに仕切られたトイレ、ふたりの人間が一日ではとても使いきれないたくさんの分厚いタオル。ゼイヴィアのおかげだ。こんな隠れ場所を選べたのだから、彼は運がいい。

運なんかじゃない！　彼はどんな場合も準備を怠らない。偽の身分証と偽名が記されたクレジットカードで五つ星のホテルに泊まるほうが、嘘をついてうらぶれたモーテルに潜り込むよりはるかにいい。あかりをつけられず、ベッドにシーツもなく、汚れたタオル一枚あるだけのモーテルよりも。

ゼイヴィア。X。文字どおり彼女の夢の男。無駄に長く自転車を漕がされたことで、まだ彼に腹をたてている。あんなに怖がらせるなんてひどいじゃないの。でも、彼はここにいる。彼のいない生活は死んだも同然だった。しかもそのことに気づいてもいなかった。彼を取り戻してはじめて、自分の生活がいかに灰色でつまらないものだったかがわかった。彼らによって閉じ込められた色のない世界の中で、ゼイヴィアは唯一の色彩だった。いろいろあったけれど、いまは記憶が戻ってほっとしている。記憶の一部はまだ空白のままだが、彼のことははっきりと思い出すことができる。

いまだに自分がどちらなのかわからない。よい人なの、悪い人なの？　ゼイヴィアはどちらにでもなりうる。両方なのかもしれないし、どっちでもないのかもしれない。彼が折り紙つきの白馬の騎士でなくても、ちっともかまわない。彼女の人生だって、善人と悪人がきっちり分けられた五〇年代の白黒映画ではないのだから。ヒーローは白い帽子、悪漢は黒い帽子。現実世界はそんなにはっきり色分けできない。彼女の世界はもっとずっと複雑だ。

いいえ、〝複雑〟なんて生ぬるいものじゃない。彼女の世界ははちゃめちゃだ。

ドアが開いてゼイヴィアが入って来た――むろんノックなんてしない。彼に裸を見られるのは気恥ずかしいけれど、タオルで隠したりはしなかった。恥ずかしがることのほうが、かえっておかしい気がして。こういう姿を前にも見られているはずだもの。それがいつだったか思い出せないだけで。

「食事を注文しておいた。四十五分後に持って来てくれる」

顔をあげる。目の前にそびえ立つ男は、服を着たままで、武装したままだった。彼はどこに武器を隠していたのだろう。部屋に持って来た小さな革のカバンに入るとも思えない。でも、大型拳銃を持っているのを見て安心した。頭では安全だとわかっていても、リジーと一緒にいるかぎり、彼も狙われることになる。

「なにを注文してくれたの？」むしゃくしゃしていたから、嫌いな物を注文してくれていたらいいのにと思った。文句を言える。

「カニコロッケ。デザートにチーズケーキ」

カニコロッケは大好きだし、チーズケーキも大好物だ。彼は憶えていてくれた。彼の好物、知ってる？　朦朧《もうろう》とした記憶から明快な答が飛び出した。ステーキ。好き嫌いのない人だけど、ステーキは大好きだったはず。レアのステーキ。

でも、まだむしゃくしゃしていたので、言ってやった。「できればステーキがよかったわ。あんなにカロリーを消耗したんですもの」

彼は口元を歪めた。「ごもっとも、マダム。おれの好物、憶えていたんだ」

「とくにってわけじゃ、でも……そうね」

彼が床にべったり座ったので、驚いた。もうそびえ立っていない。上からものを言われる感じがもうしない。ふたりはおなじ立場だ。ほぼ向かい合わせ。彼女は裸で、彼はそうじゃない。そのことで自分のほうが不利だと思って当然だった。でも、彼女の胸や腿のあいだを見たとたん、彼の瞳が暗く翳《かげ》ったから立場は逆転した。

彼もすぐに裸になる。ふたりにとってセックスは、いつも待ったなしだった。はっきりといつとは思い出せなくても、そうだった。夕食の途中で、もしかしたらそうなっているかも。いちゃつきは彼の〝手〟になかった。あすをも知れぬときには、彼女もそうだった。古臭く聞こえるかもしれない。さっき頭に浮かんだ五〇年代の映画のように。でも、人生は貴重だ。ときに、人生はあまりに短い。

それに、ひとりでいることに疲れた。

「なにがあったのか話してちょうだい」彼女は静かに言った。

彼は手を伸ばし、お湯を指でなぞった。「どこまで思い出した?」

「たいして思い出していないわ。頭の中に大きな暗い穴があって、その穴の縁の部分は思い出せた――きょうの午後、あなたを見るまでは。あなたは失われた二年間からやって来た、そうなんでしょ?」

彼は答える代わりにこう言った。「二年間の記憶がないことに、いつ気づいた?」

「先週の金曜」歯を食いしばる。「鏡に映る顔が、自分のではないと思った。そこからすべてがはじまったの」

「きみは気分が悪くなった」

「吐き気と、すさまじい頭痛」彼をじろっと睨んで、言う。「やっぱり思ったとおりだった。あの家に盗聴装置が仕掛けられていたのね」

「あらゆるものに。家、電話、車」

言ったりやったりしたことすべてを、赤の他人に聞かれていたのかと思うと不快感に体が震えた。目を閉じる。彼が濡れた指先で頬に触れた。「きみ自身が思い出すまで、このままにしておこう」

彼女は目を開いた。「もし思い出さなかったら？　どうして思い出せないの？　わたし、洗脳されたの？」

「ある意味ではそうだな。古典的な洗脳とはちがうが」

「どうして？　わたしたち、おなじチームの一員だったんじゃないの？　誰か女の人とトレーニングしたことを思い出したわ。その場にあなたもいた――」

「ああ、チームみたいなものは存在した」彼が黒い瞳でリジーをじっと見つめた。「いまは無理にほじくるな、リジー」

彼女は苛立ちもあらわに彼を見つめた。「寝ぼけたこと言わないで。あなたがわたしの立場だったら、ほじくらずにいられる？　わたし、殺されかけたのよ。それなのに、彼らが何者で、なぜ狙われるのかわからない」

彼にとって初耳ではなかった。その目を見て不意に気づいた。「待って——彼らはわたしの命を狙い、あなたはわたしを守ろうと追って来た——つまり、彼らはあなたも殺そうとしているの？」

「ああ。だが、おれは彼らより優秀だ」

彼はうぬぼれが強かった。困ったことに、うぬぼれる理由があった。とくにこれといって思い出せないが、彼女にはそうだとわかっていた。

彼からなにか聞き出せないかと、話をもとに戻した。「二年間の記憶をなくすような洗脳って、いったいどんなものなの？　それに、それ以前のことも記憶は曖昧だわ。シカゴの大きな警備会社で働いていたことは思い出したけど、わたしの記憶はスイスチーズみたいに、穴ぼこだらけなの」

「化学的処置を施したんだ」彼がなんだかよそよそしい口調で言った。「それを受けたのはきみが三人目だった」

彼女はモルモットだったわけだ。実験動物みたいに観察されていたこともだが、これもおなじぐらい不快きわまりない。ああ、でもやっぱり、つねに見張られていたと思うと、自分が汚された気がするから、それがいちばん不快だ。「ほかのふたりはどうなったの？」

「ひとりは心臓発作で亡くなった。もうひとりは……処置がそれほど広範なものではなく、たった二カ月分だったので大丈夫だった」

「まだ生きているの？」

彼は肩をすくめた。「おれの口からは言えない」

「その処置の後遺症かなんかで亡くなったの？」

「それも言えない」

手を伸ばし、彼をつねった。顔をしかめる。「言えない、言えないってそればっかり。ねえ、こう考えてちょうだい。なにがあったのかちゃんとわかっていないと、これからどうすればいいのかわからない。それでわたしがまちがいを犯したら、ふたりにとって命取りになるでしょ。わたしが——わたしたちが——なにを相手にしているのか、知る必要があるのよ。知らないままでいたんじゃ、ちゃんと動けない」

いいところを突いたのが、彼の目の光でわかった。ゼイヴィアは生まれながらの戦略家で、つねに可能性を秤にかけ、因果関係や作用反作用を見極めようとする。どんな動きに対しても、彼は対抗手段を用意している。

「きみに危害がおよぶようなことはしたくない」彼はそう言って頭を振った。この話題はここで打ち切りということだろう。とりあえずいまは。「これは未知の領域なんだ。記憶が自然に戻ってくるのを待つことが、おそらくきみの脳みそにとっていちばん健全なことだろう」

「そうなのかどうか、尋ねられる人はいないの？」

彼は鼻を鳴らした。「尋ねられる人と言ったら、きみを殺そうとした連中だぜ」

「そりゃすごいわ」彼女が辛辣な口調で言うと、彼はにやりとした。

「おれも同感だ」

ほかのことが頭に浮かび、彼を指で突いた。「あなたはわたしを見つけ出した。つまり、わたしに追跡装置を仕掛けたってことでしょ？　携帯は処分した。ほかのなにに仕掛けたの？」

「きみには三つ仕掛けた。事態が悪化しはじめたときに。ひとつはバックパック。きみが家に残してきた」

「なるほど。それと携帯でふたつ。三つ目は？」

「きみの財布。きみが身につけているものといったらそれだ。昔の訓練が甦って、きみが持っているものをすべて処分するんじゃないかと、気が気じゃなかった」

「財布ね」つまり、彼は家に忍び込んで、持ち物を調べたってことだ。「いつ？　いつ仕掛けたの？」

「月曜の夜。きみが買い出しに遠征した日」

「家に押し入ったの？　わたしが眠っているあいだに？」怒りで声がうわずる。彼は微塵《みじん》も疾《やま》しさを感じていないようだ。それどころかおもしろがっている。

「きみが起きてるあいだに押し入るんじゃ意味がないだろ？」

「わたしのバッグを引っ掻きまわしたのね！」

「悪かった。いいバッグだったな」

「わたしはそれをウォルマートに捨ててきたのよ、まったくもう！」

「べつなのを買ってやるよ」

「ぜったい、約束だから」彼女はフーッと息を吐き、濡れた髪を手で搔きあげた。頭にくるけれど、彼が追跡装置を仕掛けなかったら、いまもひとりでこの窮状に立ち向かわなければならなかった。なにが起きたのかわからず、記憶は断片的にしか甦らないまま、まちがいをしでかして捕まっていただろう。彼は命を救ってくれた。しぶしぶ言った。「ありがとう」

彼はますますおもしろがっている。「無理して言わなくたっていいのに。どういたしまして」

「べつに無理してないわよ。ただ、あなたをこれ以上うぬぼれさせたくないだけ」

「そっちも思い出したんだな」

「充分にね……すごぉぉぉぉく貴重だもの」口に出してすっきりした。人前で不覚をとったのだから、彼にとっては思い出したくもないことだろう。いい気味。バスタブの縁に両腕を出して、その上に顎を載せた。「でも、すごく気になることがあるの。こっそり見張られていたことよりもっといやなこと」

「なんだ？」

「わたしの顔。彼らはどうしてわたしの顔を変えたの？」動揺が声に出たのがいやで、うつむいた。惨めさを彼に悟られたくなかった。失った顔を悼《いた》むなんて馬鹿げている。いまの顔は醜《みにく》くない。魅力的だ。でも、自分の顔ではなかった。鏡を見るたび動揺するのはいやだ。

彼はしばらく黙っていた。どこまで話すべきか考えているのだろう。やがて、言った。

「きみの安全を守るためだった」

「安全？　安全ですって？　わたしたちを殺そうとしている連中が、わたしにこの顔を与えたんでしょ。それなのに安全を守るって、どういうこと？」

また沈黙。「おれたちを殺そうとしている連中以上に、大きな問題があるってことだ」

彼女は目をぎゅっとつむった。込み上げる涙を見せないために。そんな話、聞きたくなかった。いったいどんなことに巻き込まれてしまったの？

質疑応答はこれで終わりと言うように、彼はすっと立ちあがった。「食事がそろそろ届く。風呂からあがったらどうだ。体の痛みがまだとれないようなら、あとでもう一度浸かればいい」ドアまで歩き、そこで立ち止まった。「ところで――」

彼女は顔をあげ、強情に涙を振り払った。泣いてたまるか。

「きみの顔、好きだ」彼がやさしく言った。「どうでもいいじゃないか。前の顔も好きだった。いまの顔も好きだ。きみはきみだからな」

25

愛している、と彼は言ってくれなかった。

カーテンを引いて世界を締め出し、ふたりは裸でベッドに横たわっていた。部屋は暗くない。ベッドサイド・ランプはつけたままだ。おたがいに相手を見たかったから。今度はゆっくりと、長く愛し合った。激しさの度合いは前と変わらなかった。ゼイヴィアがそばにいることに、どうしても慣れることができないから。彼なしで生きてきた時間が長すぎたから。すべてが目新しく、それでいてしっくりと身に馴染んでいた。そのはざまで戸惑っている。彼に抱かれて肩に頭を休ませていた。彼の手が気だるく脇腹や腕を撫で、指の裏が乳首を擦る。いったい何度、こんなふうに体を重ねたの？　わからない。でも、こうやっているうちに記憶は甦るのだろう。

胸がきゅんと痛くなる。彼に愛されていないのかもしれない。記憶にどんなに大きな穴があろうと、彼を愛していたことはわかっているもの。ほかはどうでもその感情だけは、はっきりと甦った。

大事に思ってくれてはいる。キスでわかる。触れ方や眼差し、愛を交わすときの抑えた激しさからもそれはわかる。でも、思いやりは愛とはちがう。守ってやりたいという思いや、罪の意識から生まれるのが思いやりなのでは？　過去になにがあったにせよ、大きな代償を払ったのはわたしのほうだったのだし。

「わたしに責任を感じているんじゃないの」彼女はつぶやいた。だからそばにいてやらなくちゃ、と彼に思って欲しくなかった。

彼の体が強張る。頭の下の彼の腕が鉄のように硬くなった。そのまま数秒が過ぎた。「前にもきみはそう言ったな」彼は鋭い口調で言い、腕を引き抜いて上体を起こした。

「前にも？」彼女は顔をしかめ、上体を起こして肘をつき、シーツで胸を隠した——慎みからではなく、寒かったから。エアコンの風をもろに受けていた。「わたしが？　いつ？」

「彼らに記憶を消される前」彼がつっけんどんに言った。「おれは反対したんだ。問題のある方法だったから。だが、おれにできることはなにもなかった。きみに追い払われ、あてのない旅に出て、戻ってきたときにはあとの祭だった」彼の暗い表情が、いまも少し根に持っていることを物語っている。

「ちょっと待って」お尻をずらして上体を完全に起こし、彼の顔を覗き込んだ。「わたしが自分で選んだの？　同意したの？」そんなわけがない。自分のアイデンティティの大部分を消し去るようなことに、進んで同意したなんて考えられなかった。たとえそれが、見事に成し遂げられたとしても。ほんの一週間前まで、彼女は完璧にふつうの生活を送っていた。幼いころの記憶はそのまま残っている。ああ、ほんの一週間。そのあいだに、彼女の人生はめちゃくちゃになってしまった。

「きみの安全を守るための措置を講じる以外、おれにできることはなにもなかった」

ちょっと、この会話は二股に分かれつつある。両方とも辿らないと。「どんな措置？　わたしの安全を守る？　それに、どうしてわたしは脳みそをいじられることを選んだの？　いったいどういうこと？」

彼はカバーをめくってベッドから出てゆき、素っ裸で水のボトルを取りにいった。キャップを開けてぐいっと飲み、黙ってボトルを差し出した。彼女は受け取って飲み、返した。

「なにがあったのか教えて。なにが起きたにしろ、もう闇の中に取り残されたくない」

「きみの記憶が自然に甦るのを待ったほうがいい。そうでないと重大な損傷を脳に受けることになるかもしれない。そんな危険を冒したいのか？」

「どうしてそうなるのかわからない。脳の損傷は物理的なものだもの」

「感情的な損傷は？」彼が怒って尋ねる。「どうなるかおれにはわからない。おれが話してしまうことで、きみ自身が思い出すのを阻害することになるかもしれない」

この感じ、妙になつかしい。彼はめったに怒らないけれど、リジーには彼の〝怒りのボタン〟を押すことができる。そのことが嬉しかった。彼を怒らせて楽しむわけじゃない。ほかの人にはできないことが、自分にはできるのが嬉しいのだ。

「ひとつ教えて。あなたはこの状況をどう変えてゆくつもりなの？」

彼の表情が瞬時に変わった。怒りは消え去った。まるで顔が石に変わったかのようだ。彼が昔のままの彼だとすれば、おそらくどういうことになるのかわかっていて、彼にとってそれはとても不本意なことなのだ。

「戻るつもり？」もうひと押しする。「D・Cに。それとも、誰かがわたしの命を狙っている、このささやかな問題の片を付けるのに、行く必要のある場所に」

「ああ」たったひと言。彼の唇はほとんど動かず、目は細く、きつくなった。「逃げてすむ問題ではない。対処しなければならない」

「わたしをどうするつもりなの？　どこかに閉じ込め、片が付いたら迎えに来てくれるの？」

「そのとおりだ」彼が言った。申し訳ないとはさらさら思っていない。

「あなたの身になにかあったら？　わたしはわからずじまいなんじゃないの？　あなたは戻ってこず、わたしは相手にとって楽な標的になる。遅かれ早かれ仕事や住む場所を見つけなくちゃならない。それで彼らに襲われる」

「きみのことは守る。人に頼んでそうさせる」

「その〝人〟が誰なのか、どうすればわかるの？　ねえ、うまくいかないことは、あなただってわかってるんでしょ。わたしの記憶はどんどん甦っていくわ。あなたが殺されるのを、わたしが黙って見ていると思ってるとしたら、あなた、なにもわかっていない」

「きみに守ってもらわなくていい」彼がきつい口調で言い、リジーを睨んだ。口ではそう言っても、そうならざるをえないとわかっているからだ。「クソッ！」

「事情がわかれば、賢い判断がくだせるわ」

「きみにそれができていたら世話はなかった、そうじゃないのか？」

「知らないわよ。憶えてないもの」ちょっと肩をすくめる。それが彼をどれほど苛立たせるかわかっているから。

「こんなことになったのは、きみが対処できなかったからだ」

オーケー、今度はこっちが苛立つ番。「どういうこと？」いったいなにに対処できなかったの？　記憶が甦りはじめてから、二度ほど恐怖に竦んだことはあった。でも、大雑把《おおざっぱ》に言えばうまくやったんじゃない？　殺されそうになったけど、間一髪、逃げ出した。尾行をうまくまいた。ゼイヴィアが追跡装置を三個も埋め込まなかったら、彼のことだってまいていた。たしかに怯えていたけれど、彼がハーレーで牧草地をやって来たときのすさまじい恐怖に比べればどうってことない。あの借りはまだ返してもらっていなかった。

彼はこわい顔でベッドに戻り、枕を重ねてもたれかかった。「きみは感情に呑み込まれた。きみは信用できないという結論がくだされ、選択肢は記憶を消すか銃弾かだった」

「ワオ、究極の選択」まったく気に食わない。弱さをさらけ出したことが気に食わない。仕事で困難な状況があってもうまく対処してきたし、むずかしい選択を迫られ、結果を甘んじて受け入れたこともある。情緒不安定で脅威となりうると判断されるほど、気を動転させたものはいったいなんだったの？「わたしの記憶が戻ったら……」

「きみはすべての人間にとって脅威だった」

「あなたも含めて？」

「おれも含めて」

自分のしたことが彼を危険に曝したなんて、考えるのも恐ろしい。自分を弱い人間だと思ったことはなかった。退屈で抜け殻みたいな人間だったこの三年間でさえ、自分を弱い人間だとは思っていなかった。ストレスに押し潰されるほどひどいことって、いったいなんだったの？

「教えて」ぞんざいに言う。

「わかった」外科医がメスを入れるときのように、彼はきっぱりと決断したが、納得がいっていないのはしかめ面からわかる。「きみは知る必要がある。だが、自制を失って暴れ出したら、薬でおとなしくさせて閉じ込めるから。わかったか？」

彼ならそうするだろう。ぜったいに。「わかった」

彼はベッドサイドのテーブルから携帯を取り、電池を入れて電源をオンにした。画面を打ち出す。ウェブのページが読み込まれる。「おれの言ったこと、忘れるなよ」彼は言い、携帯の画面が見えるよう彼女のほうに向けた。

リジーは顔をしかめ、それがなにか気づいてぎょっとした。彼女自身の写真だった。この顔に変えられる前の顔だ。「わたしだわ。わたしの写真を見せてどうするつもり？」

「それはきみじゃない。大統領夫人、ナタリー・ソーンダイクだ」

「よしてよ」信じられない。携帯を手に取り、じっと見つめる。意味がわからない。頭の中でなにかがピクピク動いた。嫌悪感、そこに行きたくないという思い。こめかみに激痛が走り、息が止まった。携帯を置く。

「どうかしたか？」彼が尋ね、携帯を取りあげた。

「頭が痛い」なんとか深呼吸して、ほかのものに意識を集中した。彼のことを考えた。彼が守ってくれていた年月のこと、その前の、彼の訓練を受けていたころのこと――

効果はなかった。両手を頭に押し当て、目をぎゅっと閉じた。「ごめんなさい。あたらしい記憶が出てこようとするとき、いつもこうなるの。最初の何回かはもっとずっとひどかった」オスカー・メイヤーのCMソングはこのさい忘れよう。もっと楽しいことを考える。たとえばゼイヴィアの裸。それもどうかと思うけど。噴き出しそうになる。痛みがひいてゆく。目を開けて彼にほほえみかけた。彼はただ見守っていた。彼女がいかに上手に対処するか観察していたのだ。

そろそろと頭から手を離し、彼のほうに差し出す。携帯を渡してくれたのでほっとする。画面を見つめていると、べつの記憶のスイッチが入るのを感じた。写真の女性はかつての自分より歳がいっていることに気づいた。大統領夫人は年齢のわりにはきれいだ。お金と手間をかけているせいなのか、生まれつきなのか。それでも、年齢とヘアスタイルのちがいはべつにして、彼女とリジーはうりふたつだった。

……〝だった〟？

大統領夫人は亡くなったの？　死んだという記憶はないが、ミセス・ソーンダイクのことを考えるとかならず過去形になる。

「亡くなったの？」

「ああ」

「いつ？」

「四年前」

四年。リジーの失った二年間のあいだに、彼女は死んだ。

そこに行っちゃだめ、行っちゃだめ。

頭の中に警告が響きわたっているのに、彼女は気持ちを堪えて尋ねた。「なにがあったの？」

「おれが彼女を撃った」

ショックで茫然となった。言葉もない。感覚を失った彼女の手から、彼が携帯を取りあげ、オフにして電池を取り出す。リジーは携帯をじっと見つめた。いま彼が言ったことを考えるより、そのほうが楽だから。彼の携帯だからほかのどの携帯よりも安全だろうに、それでも用心して電池を抜いている。彼の表情は北極並みに冷たかった。そのことが彼女を怯えさせる。

「タイローン・エバートという名前に心当たりはないか？」深い沈黙を破って、彼が尋ねた。

リジーはしばらく考えて、ゆっくりと頭を振った。

彼に抱き寄せられる。彼の肩に頭を休める。「シークレット・サービスに異動になったとき、おれが名乗っていた名前だ」

理解するにはあまりに大きすぎることだが、それも氷山の一角にすぎないと感じていた。大きいからこそ、細部をひとつずつ捉えていくしかない。顔をしかめて彼を見あげた。

「あなたの名前はゼイヴィアではないの？」

「ゼイヴィアだ。タイローン・エバートは慎重に作りあげた偽名だ。徹底的な身元調査に通っている」

そういう偽名はかんたんに作れるものではない。ほんとうの身分がばれないよう鉄壁の履歴を作りあげるのは、CIAやFBIやNSAのような機関にしかできない芸当だ。諜報機関は嵌め込み細工のようなもので、そこで働く人間すら知らない部署がある。

「あなたはシークレット・サービスにいたのね」深い霧の中を手探りしている気分だった。

「いっときな。ミセス・ソーンダイクの警護に回された」

「でも……どうして？」どうして彼は偽名を与えられたの？　どうしてシークレット・サービスに潜り込まされたの？　すべての〝どうして〟を解いていく必要はない。彼がすべてを知っているのだから。

「われわれのあいだでは、〝コード・ブラック〟と呼ばれていた」

「それは……？」

「大統領が反逆行為を行った場合を指す」

大統領……ソーンダイク大統領。どうしても顔と名前が一致しなかった。後任は誰だったか。彼のつぎは……ベリー大統領、彼がソーンダイク大統領の残された任期を勤めあげ、それから——

頭の痛みに深呼吸をして耐える。乗り越えられる。

「反逆行為」

「われわれは彼を調べていた」

「われわれって？」

「それは言わない。ＦＢＩではない。問題は根が深すぎた。ＦＢＩは法律に縛られて動きがとれない」

国家の安全を脅かす国内の問題を捜査するのはＦＢＩの仕事だと、言いかけてやめた。彼の言うとおりだ。ＦＢＩは法律に縛られている。だから彼のような人間がいるのだ。汚れ仕事を引き受け、ＦＢＩやほかの機関が証拠をつかめるよう〝お膳立て〟する。法律を破ることなく問題の証拠が手に入れられるように、裁判でその証拠が認められるように。入手経路がどうのと言っていられないほど重要な問題があるのだ。

「でも、わたしはどこから関わってくるの？　思い出せるのはシカゴの警備会社に勤めていたことまで。あなたと一緒に訓練を受けていたことも思い出したわ。それに……ほかのスタッフ……でも、捜査のことはなにも思い出さないし、あなたとどうやって出会ったのかも」

「おれたちは出会ったその日から、おたがいに首ったけだったことも？」

「わたしたちが？　そんなにすぐに？」

「そんなとこだ」

心の奥深くではわかっていたんじゃないの？　彼のそばではいつも素直でいられた。その気持ちが一方通行ではないとわかっていた。あのころも気の合う相手だった。いまもそうだ。ほかの人は口にできないようなことを、彼女なら平気で彼に言うことができる――それが楽しい。

彼女は咳払いした。「話に戻りましょう」

「ああ。ソーンダイクを調べはじめたころ、きみとおなじ会社で働く人間と連絡をとった。

技術面で協力を求めたんだ。その彼がきみを推薦した。髪の色以外、きみは大統領夫人にそっくりだった。人に言われたことなかったか?」

リジーは頭を振った。「いいえ。でも、ソーンダイクが選ばれるまで、誰も彼女のことは知らなかったでしょ。選ばれたあとで、そういうことを言われたのかもしれないけれど……憶えていない」

「われわれはきみを捜査チームに入れ、訓練を施した。計画はこうだ。シークレット・サービスのシニア・エージェントふたりの協力をえれば、大統領夫人にそっくりのきみなら、大統領の私室に出入りしても誰にも見咎められることはない」

「彼が罪になるような証拠をホワイト・ハウスに置いておくわけないじゃない! スタッフはいるし、補佐官だって――プライバシーはないに等しい」

「ああ、そのへんにほっぽっておくわけはない。だが、どこを探せばいいかわかっていれば、やってみて損はないはずだ。実のところ、きみをホワイト・ハウスに潜り込ませるつもりはなかった。考えていたのは遊説で回る先、休暇を過ごす場所、そういったところだ。大統領夫人が夫と中国の仲介役を果たす場所」

中国……なにかが記憶をくすぐる。でも、ぼんやりしすぎていて、それも記憶の奥深くに埋没しているのではっきりしない。

「かいつまんで言うと、われわれはサンフランシスコにいた。きみをホテルのスイートルームに潜り込ませ、決定的証拠を見つけ出させるつもりだった。ソーンダイクは祖国を中国人に売って、莫大な富を築いた。金はどこかに蓄えられている。われわれは、大統領夫人が実際の取引を取り仕切っているという確証をえていた。実家の後ろ盾があるから、彼女は国際金融のノウハウを知り抜いていたんだ」

「それで、彼女はその〝情報〟を身につけていた？」

「挨拶を交わすあいだに手渡された。仲介役が彼女と握手したときに、その手にフラッシュメモリを握らせた。それには最新の振り込み情報が書き込まれていたんだ。巧妙な手口だ。彼女は情報を遠く離れた場所に転送し、自分のラップトップから情報を消去し、フラッシュメモリを破棄する」

「そこでわたしは、彼女がサンフランシスコで受け取ったフラッシュメモリを手に入れ、情報をコピーして持ち出す」

「誰もきみを怪しいとは思わない。大統領本人もだ。あの日、きみは大統領夫人とおなじ服を着て、髪の毛もあかるく染め、髪型もそっくりにしていた」

リジーは深呼吸して目を閉じ、彼がそばにいてくれることに慰めを感じた。触れる肌が熱い。「でも、うまくいかなかった」

「なににでも失敗はつきものだ。綿密な計画をたてても、予想外のことが起きる」

唾を呑み込む。「失敗の原因はわたしだったの？」

「いや。われわれは大統領夫人がスイートルームを留守にするよう手筈を整えておいた。大統領と夫人、それぞれの警護にあたるエージェントたちのボスはわれわれに協力していた。夫人が出ていくのを見計らい、きみを潜入させた。大統領はベッドルームにいて、夫人が出て行ったことにも気づいていなかった。きみは夫人のベッドルームに入り、バスルームのお湯を流して風呂に入っているよう見せかけ、その日、夫人が持っていたバッグからフラッシュメモリを取り出し、コピーをはじめた」

彼の腕の中で体の向きを変え、顔を見あげた。「それで、なにが起きたの?」

「おれたちは裏切られたんだ。彼女の警護についているべつのシニア・エージェントに。彼は協力者だった——われわれはそう思っていた。ところが、彼もまた中国から賄賂を受け取っていたんだ。彼はパニックに陥り、きみのことを夫人に密告した。きみがコピーを終える前に、夫人が戻って来た。彼は夫人に自分の武器を渡していた」

リジーは黙り込んだ。頭の中でパズルのピースを必死に探したが、なにも見つからなかった。胃のあたりがむかむかする。恐ろしくて耳を塞ぎたかった。でも、彼がいま語っているのは、すべてのはじまり、二年間の空白の原因となったことだ。たとえ思い出せなくても、理由を知る必要がある。

「夫人のベッドルームで、きみは大統領と夫人の両方に立ち向かう羽目に陥った」彼の口調は穏やかでよそよそしかった。「彼女は拳銃を持っていたが、撃つのをためらった。きみの供述によると、きみは彼女に跳びかかり、拳銃を奪おうともみあいになり、引き金を引いた。弾はソーンダイクに当たった」

彼の話には省略や空白が多い。詳細はぼやかされている。でも、いちばん肝心なことは、ごまかしようがなかった。彼女が合衆国大統領を殺したのだ。

彼の腕の中で、身じろぎひとつしなかった。感覚が麻痺しているのに、吐きそうだった。彼から聞いた話の細部を分析するのはあとまわしだ。いま、できるのは、自分が誰かを殺しただけでなく――たとえ正当防衛であろうと――その誰かが世界でもっとも重要な人物だったという事実を、なんとか受け入れることだ。それはアメリカ国民としての認識に反することだった。政治信条はべつにして、大統領の命は守られるべきだという認識。自分の身を守るためにやったことと言うのは、慰めにもならない。なぜなら、そのことを憶えていないから。なにがあったのか確実なことはわからないからだ。そのとき、パニックに陥っていたのかもしれない。拳銃を奪おうとして、大統領夫人ともみあいになったというのは嘘かもしれない。わたしにもゼイヴィアにも、ほんとうのところはわからない。彼はいま、大統領が亡くなったあとでわたしが語ったことを、伝えているにすぎない。

「わたしはそれからどうしたの？　あなたたちは、わたしをどうやって連れ出したの？」

「きみは夫人の頭を壁に叩き付けて気絶させ、彼女の手に拳銃を握らせてからクロゼットに隠れた。警護の者たちがスイートルームになだれ込んだ。夫人はわれわれを見た。おそらく捕まると思ったんだろう――誰もほんとうのところはわからないから、推測でしかないが――彼女は発砲した。シークレット・サービスのエージェントふたりが倒れ、ひとりは死んだ。ローレル・ローズという名の優秀なエージェントだった。おれが夫人を撃った」

「どうやってわたしをクロゼットから出したの？　部屋から出したの？」

「十二分後に、われわれがすべてを指揮下に置いた。スイートルームへの出入り、武器、犯罪現場。大統領夫人の警護担当シニア・エージェントは撃たれた。だからおれが指揮を執った。きみは変装してホテルを出る計画だったから、その用意はしてあった。着替えの服、かつら、眼鏡。きみを着替えさせ、つづきの間から外に出した。夫人が大統領を撃ったということで、すべてを取り繕った。夫が妹と浮気していた証拠をつかんだ夫人が逆上して犯行におよんだことにしてね。ところで、彼は実際に妻の妹と浮気していたんだ」

　きみを着替えさせ、つづきの間から外に出した。彼はそう表現した。つまり、彼女はチームの一員として考えることも機能することもできず、足手まといになっていたのだ。

「きみはフラッシュメモリのコピーを終えていなかった。オリジナルを持って出た。大統領を罪に問える証拠だ。彼はテクノロジーばかりか軍事機密まで売り渡していたんだ。事態を収拾したのち、われわれは話し合い、このままでいくことに決めた。浮気夫のほうが反逆者よりましだ」

　ああ、なんて痛いんだろう。心が痛む。引き千切《ちぎ》られたような痛みだ。ひどいことをしでかしただけでなく、彼やチームの人たちすべてを引きずり込んだ。「あなたは宣誓したんでしょ――」

「ああ、法律を遵守《じゅんしゅ》し、国を敵から守ると宣誓した。国内、国外両方の敵から。この場合、敵は国内にいた」

自国の大統領だった。

「わたしはほどけた紐の端だった」記憶を抹消されたわけがわかった。顔を変えられたわけがわかった。亡き大統領夫人に似ていないほうがいいというだけではない。似ていることを人に指摘されたら、それが引き金になって記憶が甦る可能性があったからだ。

「おれたちみんながほどけた紐の端だ。全員が。だが、きみは混乱をきたした。事実を受け入れることがむずかしかった――」

「あなたはそう思うのね？」キッとなって彼を睨み、自分の声から怒りを聞き取り頭を振った。「ごめんなさい。わたしのせいであなたたちは大変な目に遭ったんでしょ？」

「きみなら乗り越えられると思っていた。きみはショックを受けた。おれたちみんなそうだ。だが、きみはタフだから、時間をかければ事実とうまく折り合いをつけられると思っていた。だが、ほかの連中は、きみをお荷物だと思った。きみのせいで、おれたち全員が死刑の判決を受けることになりかねないと」

「それで……記憶を抹消した」

「そうだ」

「中国から賄賂を受け取っていたエージェント、ミセス・ソーンダイクに拳銃を渡したエージェントはどうなったの？　彼は大きな紐の端だわ」

「彼も記憶を抹消する処置を受けた」

「生きているの？」

ゼイヴィアはまた冷ややかでよそよそしい表情を浮かべた。「きみはどう思う？」

26

フェリスは落ち着きなく部屋から部屋へとさまよい歩いた。カーテンは閉まっているが、窓にはちかづかなかった。闇が窓ガラスに張り付いているのを感じる。闇に紛れてうごめく亡霊たちがそこにいるのだ。ちらりとでもカーテンに影を映し、標的になるのはご免だ。

連絡相手が言うには、例の〝プロ〟はおもてのどこかで家を見張っているそうだ。だが、どれほど優秀だろうがひとりの人間にすぎず、家を同時に四方から見張ることはできない。連絡相手から名前を聞いた。エヴァン・クラーク。必要があれば、〝プロ〟はそう名乗るそうだが、どうしてわざわざ顔を合わせなければならないのか、彼女には理由がわからない。むろん本名ではないだろう。それに、どんな状況になっても、本名を聞きたいとは思わない。

五年前に動き出したことが、必然の結末に向けて雪崩を打って押し寄せる。おもしろくない。不測の事態だ。備えはできていないし、予測もしていなかった——秘密を守るために、必要とあらば、チームのメンバーたちはたがいを抹殺し合わねばならない。あまりにも大きすぎる。最後に残るのはたったひとり。

ゼイヴィアとリジーは死なねばならない。ダンキンズとヘイズ、アル・フォージ——彼らもみな死なねばならない。生き残るのはたったひとりなら、彼女は自分がそのひとりになるつもりだった。彼女にはアシュリーを守る責任がある。ダンキンズとヘイズにも家族がいるが、彼女が心配することではない。自分の家族の心配だけすればいい。人間とはそのようにできているのでは？

かつて彼らはとても親密だった。任務の重要性によって結び付けられていた。チームのメンバーたちを、心から尊敬していた。仕事を軽く考える者はひとりもいなかった。それでも、自分たちが支払うことになる代償がこれほど高いものになるとは、誰ひとり認識していなかった。どうしてこんなことになったんだろう。

適者生存。そのことを忘れてはならない。自分と家族を守ろうとする本能。

いまになって思えば、もっと前にやっておくべきだった。任務が完了した直後に。誰も予想だにしないときに。だが、多くの死者を出せば、それだけ世間の注目を集める。そんなわけでいまになってしまった。全員を抹殺しなければならない——やるか、やられるかだ。

まずゼイヴィアを始末しないと。殺し損なったせいで、彼はますます危険な存在になっている。アルも危険だが、ゼイヴィアを始末するしかないと、しぶしぶながら納得している。だから、彼女は多少の時間稼ぎができているのだ。アルが警戒を強める前に仕留めないと。

ゼイヴィアのことは、〝プロ〟に任せるしかない。彼女にできることはなにもなかった。

ゼイヴィアを自分の手で始末するなど、考えただけで気がおかしくなる。アルの言うとおり、彼は命を狙ってくるだろうし、いちばん狙いやすい場所は自宅だ。彼女が職場の行き帰りに対抗措置をとっていると、ゼイヴィアも当然考えるだろう。彼女が姿を隠すと思っているかもしれない。だが、死ぬまで隠れて暮らすことはできない。彼はこうも考えているだろう。彼女はすべてを掌握している気になっていて、その自信が仇《あだ》になる、と。

たしかに自信は持っている。だが、仕事に関しては謙虚だ。仕事の上でのモットーは、頑張ること。なにがあろうと仕事はやり遂げる。そこらへんをまわりは過小評価しているが、それは彼女が意識してそういうイメージを作りあげたせいだ。敵にこちらの実力がわかっていなければ、勝つのはたやすい。

ゼイヴィアのことだから、長くは待たないだろう。やるからにはすばやく、徹底的にやる。もっと早くに現れると思っていたのに、なにをもたもたしているの？　リジーを捜している？　リジーが車をレストランの駐車場に乗り捨てたので、居所を知る手段はなくなった。だからといって、ゼイヴィアも彼女を見失ったとはいえない。あの卑劣漢は、独自に追跡装置を取り付けているだろう。それを知る術はないが、彼女の直感がそうだと言っている。

もしそうなら、ゼイヴィアはリジーを追っていって、安全な場所に匿うつもりだろう。彼女の居所を知ることがますますむずかしくなる。だが、遅かれ早かれリジーは姿を現す。ゼイヴィアが遅れれば遅れるだけ、こっちはまたべつの話をでっちあげ、べつの書類を用意して、彼が情緒不安定で、正気を失いつつあるという証拠を積み上げるだけだ。彼が張り巡らした仕掛け線に火をつけたとしても、陰謀を企てるイカれた空論家扱いされるだけだ。大統領と夫人が死んだ事件の証拠は、DNAにいたるまで鉄壁だ。予想外の展開ではあったが、計画が失敗したわけではない。

この計画もだ。彼女にとってもっとも心配なのは、タイムリミットがあることだ。いつまでも引き延ばすことはできない。

アシュリーは、大学から連れ戻されたことをひどく憤慨している。すっかり羽を伸ばしていたのに、突然その羽を切られたのだから。彼女は母親似だ。こうと思ったことはかならずやり遂げる。フェリスは話をでっちあげ——アシュリーのいる大学を国内のテロリストが襲うという情報をNSAが入手した——二日ほど大学から離れろと説得したが、いつまでもアシュリーを引き留めることはできない。

アシュリーと言い争うのはなんでもないが、そっぽを向かれるようなことはしたくなかった。厳しくしすぎると、娘は離れていくだろう。アシュリーを守るためなら、なんでもするつもりだが、それで娘にそっぽを向かれたら元も子もない。

まるで測ったように携帯電話が鳴った。フェリス自身が選んで設定した、アシュリーからの電話の着信音だ。アシュリーを護衛している男たちが、彼女に好きに電話をさせる代わりに、彼女の携帯から電話してきたのだといいのだが。ため息をつき、電話を受ける。

「もしもし、アシュリー。まだなにも解決していないのよ、どちらにしても」声に疲労をにじませる。

「ママ、こんなの馬鹿げてる」

「あなたを守ることは、馬鹿げてなどいないわ」

「だったら、どうして大学から人々を避難させないの？」

「もしほんとうに襲撃の計画があった場合、そんなことをすれば犯人を警戒させてしまうでしょ。逮捕に結びつかない」

「人が死ぬのを見て見ぬふりするつもりなの？」

「まさか。そんなことにならないよう、捜査官たちが二十四時間体制で警戒にあたってるわ。ついでに言えば、自分たちの命を危険に曝してね」

「ほんとうにそんな計画があるのかどうか、はっきりわからないんでしょ」

「ええ、そうよ」アシュリーと議論するのは、ゼラチンを壁に塗るようなものだ。この子はつかみどころがない。

「よからぬ計画があるかもしれないと思うたびに、わたしを連れ去って、護衛をつけるつもりなの？」

「こんなこと、前にしたことがあった？」

沈黙。ふてくされた声。「いいえ」

「少しは母親を信じてくれてもいいんじゃない。情報を評価するのがわたしの仕事なの。わたし個人はなにも起こらないと思っているとしても、あなたの命を危険に曝したくないというのが親心なのよ。あなたも母親になったらわかるわ」

アシュリーは不満そうな声を出した。まだ議論を吹っかけてくるつもりらしいが、フェリスのほうからきっぱり言った。「ミスター・ジョンソンがそばにいると思うんだけど。彼に代わってちょうだい」アシュリーの護衛の名前はジョンソンだと教えられた。本名は知らないし、知りたいとも思わない。

「ジョンソンです」男の声は穏やかだった。よかった。彼がほんとうにいい人かどうかは関係ない。アシュリーの前でいい人を演じてくれさえすれば。

「彼女の携帯に気を配ってちょうだい。こっちが解決するまで、彼女に携帯を持たせないように」

「はい、マダム。彼女は気に入らないでしょうが、あなたがボスですからね」

電話の向こうからアシュリーの声が聞こえた。「彼女はなんて言ってるの？」

「わたしが言ったことをそのとおり伝えていいわよ。彼女に電話をかけさせないでちょうだい」

フェリスは電話を切った。娘の威勢のよさに笑みがこぼれた。ぶつけどころのない威勢のよさにせよ。このことで代償を払うことになるだろうが、娘を守れるならそれだけの価値はある。

あす……あすこそ、アルを始末するつもりだ。

27

　リジーは眠った。ゼイヴィアが話すのをためらったのももっともで、彼女が受けた衝撃はすさまじいものだった。だから、とても眠れるとは思っていなかった。自分のしたことを憶えていないからといって、衝撃が弱まるというものでもなかった。彼の話を露とも疑わなかった。思い出せないからなおさら辛い。彼の話をろ過するためのフィルターとなる記憶がないから、衝撃をもろに受けることになった。自分がなにを考えていたか、なにを感じたか、ほかのエージェントたちがなにをしたか、終わったあとでどこに連れて行かれたのか、彼女自身がなにを言い、なにをやったのか、なにもわからない。彼女が持っているのは剝き出しの事実、それも醜い事実だ。

　尋ねれば、ゼイヴィアはもっと話してくれただろう。でも、リジーは理解する時間が欲しかった。「わたしなら大丈夫」頑固にそう言いつづけた。「対処する時間をちょうだい、いいでしょ？」

　彼は鋭い視線を投げかけ、彼女はひるむことなくその視線を受け止めた。すると、彼は小さくうなずき、あかりを消し、彼女と一緒にベッドに潜り込んだ。リジーは寝返りを打って彼に背を向けた。彼を締め出すためではない。そのほうがいいような気がしたからだ。彼が腕を回して抱き寄せてくれたので、彼の大きな体に包み込まれた。その手に手を重ねた。とてもしっくりくる体勢と肉体的疲労のせいで、自分には変えようのないことをあれこれ悩むこともなく、数分のうちに眠りに落ちた。

夜明け前に目を覚ますと、彼の大きな手が滑りおりてきて乳房を撫で、乳首をいじってツンと立たせた。彼が話してくれたことがのしかかって来て、その重たさに押し潰されそうだ。こんなふうに楽しんではいけない、とぼんやり思った。わたしには笑う資格はない。楽しむ資格はない。それなのに、歓びが下腹の奥で花開いた。幾重もの眠りの層を掻い潜って欲望が目を覚まし、ため息が洩れる。体が落ち着きなく動く。それもまたとてもしっくりくる感覚だった。興奮だけでなく、そのタイミングが。早朝にこんなふうに彼に起こされたことが、いったい何度あったのだろう。

きっと彼はこちらが感じるなにかを理解して、こんなふうに起こすことを選んだのだろう。わたしは生きている。わたしに生きて欲しいと彼は思っている。かつて持っていた情熱と充実感を、また持って欲しいと思っている。ふたりのあいだにあるのは、ありふれたもの、それでいてパワフルなものだ。愛によって文明は危険に曝され、滅びる。

彼を拒絶するのは、死ぬのとおなじだ。

彼の手が乳房を離れ、脇腹から腰まで撫でおろして腹の膨らみへ。割れ目を指で探って、やわらかく濡れた入り口を見つけ出す。首から肩につながるカーブに歯を立てながら、二本の指を深くまで滑り込ませた。荒れた掌の付け値でクリトリスを押さえ、彼女の全身に小さな衝撃を走らせる。

三方からの攻撃に曝され、彼女は体をのけぞらせて震えた。小さなあえぎが唇から洩れ、枕に顔を埋めて興奮を抑え込もうとした。洩れるあえぎも。あまりにも気持ちがよくて、いま屈服したらすぐにもイッてしまいそう。

彼は嚙んで、舐めてを繰り返した。なかば覆いかぶさるように体をずらし、その重みで彼女を支配した。もう一方の手もひんやりとしたお腹から腿のあいだへとずらしてゆき、撫でて、撫でて、彼女をさらなる高みへと押しあげる。

興奮の大波に呑み込まれていても、彼が指を抜いて怒張したものを滑り込ませると、体が激しく反応した。擦れ合って熱を持ち、押し広げられて満たされる。彼が掌を下腹に押し当てて、ゆったりと力強いリズムに誘ってゆく。ぴったりと密着しているから、彼の動きの一部始終を感じることができた。できるだけ長引かせたいと思っても、緊張は淫らにくるおしく、一気に高まってゆき、きりきりと巻き切ったかと思ったつぎの瞬間、天翔《あまかけ》ていた。

歓びの放縦な痙攣《けいれん》が引いたあとも、まだ終わりではなかった。彼が激しく動いている。深くさらに深くまで埋めて、喉から絞り出すうなり声とともに、激しく放出した。嬉しかった。

ふたりの愛の交わりが、彼にとってもおなじように激しいものだったことがわかって。汗ばみ、胸を大きく上下させながら、ふたり一緒に憩《いこ》う。彼が顔にかかる髪を掻きあげてくれた。「目が覚めたか？」

意外にも笑えることがわかった。やわらかな笑い声が闇に吸い込まれていった。「いいえ、ふりをしただけ」

「おれは戻らなければならない」

ずっと宙ぶらりんになっていた決断がそこにあった。ふたりが出会ったときから、といってもまだほんの十二時間──貴重な十二時間、それは彼女の失われていた部分を修復するための時間だった。でも、一生逃げつづけるわけにはいかない。ゼイヴィアは困難に背を向けるような男ではない。不思議なことに、彼女のいちばん鮮明な記憶、いちばん強い本能は彼を中心に存在する。不思議でもなんでもないのかもしれない。ふたりが分かち合ってきたものを思えば、一緒に過ごした時間の激しさを思えば。

「ええ」彼女は言った。「わたしたち、戻らないとね」

「わたしたち？」彼の口調から強い意志を感じた。話し合わねばならないことが棚上げにされていた。蒸し返すのにいいときだ。

「ええ、わたしたちよ。わたしを置き去りにしたって、あとを追うから。わたしを家に閉じ込めて、窓に板を打ち付けたって、家に火をつけてでも外に出る。わたしを信じて。〝あなたの仲間たち〟がわたしを狙っているから、なんて言わないで。そんなたわごと、わたしには通用しないわよ。わたしたちは一心同体なんだから」

「きみは足手まといになるだけだ。体も鍛えていないし、体力だって――」

「ちょっと」

「鍛えた体とはお世辞にも言えない」彼は愛《め》でるように乳房や尻を撫で回した。「きみの直感は衰えていないが、最後に武器を手にしてからどれぐらいになる？」

「たぶん四年」大統領を撃ち殺したのが最後だ。

「拳銃で的を射抜くのは、たゆまぬ練習が求められる技だ。いまのきみなら、納屋の広いほうの壁に当たれば儲けもんだ」

それはまあ大げさだが、彼の世界では的に当たるだけでは充分といえない。プレースメントが正確でなくてはならない。

「それだけじゃない。きみはフェリスやアルの顔を憶えていないだろう。どちらもきみを狙っている。気がついたときには遅いということになる」

フェリス？　アル？　はじめて聞く名前だが、なにかひっかかる。失われた年月に関係するのだろう……「わたしたちを殺そうとした連中の背後で糸を引いているのね」

「フェリスはぜったいにそうだ。アルは、おそらく。だがやはり、フェリスの仕業にちがいない。彼女の手形がべたべたついているからな」

「どういうこと？」

「彼女は外部の人間を使った。アルなら自分の部下を使う。その場合、おれたちふたりとも死んでいた」

「アル……彼の部下ってどんな人たちなの？」

「おれ」

「まあ」

どこからともなく男の姿が浮かんだ。鞭のようにしなやかで引き締まった体つき、短く刈ったグレーの髪。「アルって五十代で、グレーの髪？」

背後でゼイヴィアが体を強張らせた。「それがアルだ。彼に会ったのか？」

「思い出したの」

「彼のことを思い出したのなら、怒らせたら怖い相手だとわかるだろう」

「でも、彼はこのことに関わっていると、あなたは思ってないの？」

「いや、関わってはいる。問題は、彼がフェリスに協力しているかどうか。彼女を止めようとしたのか、あるいはいまは傍観していて、後始末するときを待っているのか」

「あなたの直感はどう言ってる？」

「おれは予測しない」

彼の腕の中で体をねじり、首に腕を回して肩のあたたかな肌に顔を押し付けた。「ふたりの写真、持ってる？」

「おれのマンションにある。まだ帰るわけにいかない。マンションを見張らせている部下たちが、撮った写真を持って来るはずだ」

「部下って何人いるの？」

「必要なバックアップが得られるぐらいの数はいる」

人数を聞いても意味はない。

彼が尻をつねった。「そうそう、何人かにきみは会ってるんだぜ」

「わたしが？」お節介なマギー・ロジャーズの顔がパッと浮かんだ。記憶が甦りはじめた日に感じた疑念も。

「バーベキュー・レストランで。きみがパンチを食わして車を盗んだ男。彼がそうだ」

「そんな、まさか」罪の意識に襲われた。「味方なのに、殴ってしまった！」

「そのことで、彼はずっとからかわれつづけだ。護衛する相手に襲われたんだからな。でも、きみがスパークプラグ・ワイヤーを切ったって聞いて、奴も多少は慰められたようだ」

そのことに疾しさは感じない。人をあれだけビビらせたんだから、ワイヤーの二本や三本、切られたって当然だ。口に出して言うと、またお尻をつねられた。すぐに撫でてもらったけど。

彼の胸にキスする。こうしてそばにいられることが嬉しい。彼のいない寒々しい年月を過ごしたあとだから、よけいにそう思う。彼女を連れて行けないもっともな理由を、彼ならいくつでも並べることができるだろうが、そんなことで彼女の決心は変わらない。彼に置いてけぼりを食うつもりはなかった。彼がその現実に向き合うのが早ければ、それだけ早くD・Cに戻り、すべての片を付けることができる。

「まず最初にオートバイ・ショップを見つけて、ハーレーにパッセンジャーシートを取り付けてもらわないと。それともレンタカーを借りるか。きのうみたいな乗り方でD・Cに戻るのはきつすぎるから」

「きみは戻らない」

「戻る。あなたを愛しているし、わたしは戻る」

愛していると言ったせいなのか。たぶん彼はショック状態に陥ったのだろう。すっかり黙り込んで、それ以上なにも言わなかった。彼にかぎってそれはない気もする。だってゼイヴィアだもの。彼の気が変わった理由がなんであるにしろ、彼女はとても冷静ではいられなかった。

リジーとしてはレンタカーがよかったが、彼はハーレーを選んだ。愛車を残していきたくなかったのもあるが、ヘルメットで顔を隠せるというメリットがある。彼はオートバイ・ショップを見つけ、バックレスト付きの小さなパッセンジャーシートを取り付けさせた。それに、彼のによく似たヘルメットも。これで、お揃いのヘルメットがキュートだと本人たちが思っている、オートバイ乗りのカップルに見られるだろう。そのうえ、ヘルメットには無線が付いていておしゃべりできる。

彼女を店に残して、彼はしばらく姿を消した。置き去りにされたのかと心配になったが、一時間もしないうちに彼が戻って来た。見たことのないシャンブレーのシャツを上に羽織っている。

リジーは問いかけるように眉を吊り上げたが、知らん顔をされた。

狩猟用の弓を特集した一年前の雑誌をぱらぱらめくって暇潰しをしていたので、早く出発したくてうずうずしていた。行動に移る前の、ただ待つだけのはてしない時間を、以前にも経験したことがある。

出発の支度が整ったのは昼ごろだった。彼につづいてリジーがパッセンジャーシートにまたがり、北東目指して出発した。インターステートに入る前に——前日に彼女が辿った上り下りの多い曲がりくねった道よりもずっと早いルートを取った——彼はオートバイを廃業した古いガソリンスタンドの裏手に回し、背中から黒いオートマチック拳銃を取り出した。

「さあ。こいつを使え」

リジーはこわごわ拳銃を受け取り、銃床を握ったとたん、その感触が記憶を一気に甦らせた。拳銃の重さと形だけではない、引き金を引いたときの反動から音、火薬の匂いまでがまざまざと甦ったのだ。それはシグ・ザウエルのコンパクトモデルだった。いい拳銃で、前に使ったことがあるが、このモデルは好みではない。

「ありがとう」彼女は言い、クリップをはずしてチェックした。無意識のうちに手が動いていた。クリップを戻す。上に羽織るシャツもジャケットもないからウェストバンドに差すわけにいかず、バックパックにしまうことにした。すぐ出せるよう荷物のいちばん上に置く。

「いいか？」ヘルメットに内蔵されたイヤピースから彼の声が聞こえた。

「ええ」準備が整ったとはいえないけれど、覚悟はできている。そのちがいに彼が言及しないでくれればいいけれど。

「もうひとつ」

彼のヘルメットの黒いフェースマスクがこちらを向いた。「前に言ったことはないと思う」考えながら言っている。「だが、おれもきみを愛している。だからここにいるんだ。二度とおれから離れて欲しくない」

ガソリンスタンドでゼイヴィアが給油するあいだ、リジーは店内でガソリン代を払うついでにトイレを使った。ポンプが使用できるようになり、彼はタンクにガソリンを入れはじめた。頭を使わずにできる作業だから、先のことに意識を向けた。アルとフェリスの両方と対決することになるのか、それともフェリスだけか。長いあいだ下で働いてきて、アルのことは尊敬しているが、もしこの件に関わっているなら、ゼイヴィアはためらうことなく彼を殺すだろう。計画をたてる必要がある。なににせよ、隙をつかれることだけは避けたい。

携帯に電話がかかることはなかった。衛星を中継し、暗号プログラムを通すなど、幾重にも安全措置をとっているが、部下たちが連絡したいときは、J・Pの部屋の番号にかけてメッセージを残す。J・Pはこの何年かほんとうに役だってくれた。前日にチェックしたが、メッセージは入っていなかった。それは安心であると同時に心配でもある。彼がリジーを追いかけていたあいだ、D・Cに動きはなかった。少なくとも彼の部下の身にはなにも起きておらず、誰も正体を見破られてはいない。

彼は携帯を取り出してダイヤルし、コードを打ち込んでメッセージを聞いた。あたらしいメッセージがひとつあります、とロボットのような声が言う。

アルの声を聞いて、彼はわずかに顔をあげた。風の匂いを嗅ぐ狼のように。

「われわれの共通の友人の自宅で、〝プロ〟がおまえを待っている。彼女はおまえがやって来るのを予期している」

ゼイヴィアはメッセージを消去し、給油を終えた。

わかりやすいメッセージだ。フェリスは殺し屋を雇い、自宅を見張らせ、彼を待ち伏せさせている。彼が狙いに来ることを、フェリスは知っているからだ。むろん予想はしていた。だが、そうだとわかればこっちが優位にたてる。

問題は、アルが電話をしてきた理由だ。フェリスの側ではなく、おまえの側に立っているとゼイヴィアに思わせるためか。自分は味方だと匂わせて、ゼイヴィアに一瞬のためらいや心の乱れを生じさせ、その隙をついて仕留める腹なのかもしれない。アルならそれぐらいのこと、平気でやる。

今夜はおもしろくなりそうだ。

28

ゼイヴィアと一緒だから、D・Cに戻るのも怖くなかった。ゼイヴィアと一緒なら、すべてがちがってくる。リジー自身も先週までの自分とはちがった――いいえ、きのうの自分ともちがう。いまは自分を恐怖に陥れたのがなんだったかわかっている。でも、聞いた話と実際の自分とのあいだには、大きな隔たりがあるような気がしてならなかった。鏡の中に見知らぬ顔を見たときから、ほんの六日と半日しか経っていないのに、その六日と半日のあいだに、逃げつづける女から危険に立ち向かう女に変わっていた。

もっと正確に言えば、ゼイヴィアが危険に立ち向かっていくのだ――彼の考えが正しいとすれば、危険に立ち向かい、逃げることに終止符が打たれることになる。どちらにとっても。

給油中にメッセージをチェックしたことは、彼から聞いた。でも、それ以上のことは話してくれなかった。どんなメッセージを受け取ったのかわからないが、そのせいで彼は動揺している。いいえ、動揺しているのではない――ちがう。考え込んでいる。厳しい目をして、口を引き結んで、むずかしい顔をしている。彼は戦場に赴《おもむ》くのだから、どう動くか考えているのだ。彼は決着をつけたがっている。逃げ出すことは選択肢に入っていない。死ぬまで逃げつづける覚悟がないかぎりは。

ヘルメットは完璧な隠れ蓑《みの》だ。インターをおりてD・Cに入っても、リジーは自由な気持ちでいられた。警官も防犯カメラも人の目も怖くなかった。彼女とゼイヴィアは透明人間だ。この感じが好きだ。ずっとこうしていられたらいいのに。

彼がハーレーを修理工場の駐車場に入れるころには、あたりは真っ暗になっていた。コンクリートはひび割れ、雑草が生えていた。けっして治安のよくない界隈だが、設備の整った修理工場だった。

狭い駐車場には古いトラックや車が所狭しと置かれていた。ゼイヴィアは小さなオフィスのドアのちかくにハーレーを駐めた。ふたりともストレッチをした。背中を反らして、長いドライヴで凝った筋肉をほぐす。待合室には誰もいなかったが、駐車場に数台、ここにも一台の防犯カメラが設置してあることに、リジーは気づいた。

ゼイヴィアはヘルメットを脱ぎ、カウンターに置いた。リジーは防犯カメラを指差した。

「大丈夫だ」彼が言う。「閉回路カメラ——おれたちのためにある」

おれたちのために？　いろいろな意味にとれる。彼女もヘルメットを脱ぎ、頭を振って髪をほぐし、ヘルメットを彼のヘルメットに並べて置いた。

「きみはここにしばらくいることになる」彼が言った。

「なんですって？」悲鳴ではないが……それにちかかった。彼ならこれぐらいのことはするだろうと、予想しなかった自分が馬鹿だった。だからって、おとなしく引きさがると思ったら大まちがいだ。

「おれにはすべきことがある。きみが安全だとわかっていないと、それができないんだ」

やっぱりあれは〝戦場に赴く〟ときの顔つきだったのだ。「なにをするにしたって、バックアップが必要でしょ」

「いや、今回は必要ない」彼はリジーの腕を取り、横のドアを抜けた。窓のない修理工場はオイルとガソリンの匂いがした。

男が三人いた。ひとりはオイルまみれの手に汚れたオーバーオール姿で、ポケットに〝リック〟と縫い取りがしてあった。もうひとりは中年の男で、海兵隊風のヘアカット、奥の作業台でライフルを分解掃除している最中だった。三人目は、三日前に彼女がカージャックした哀れな男だ。彼のほうに向かってお辞儀し、リジーは言った。「あの、ごめんなさい」

ほかのふたりは、短くハハハと笑った。犠牲者は喉に手をやって、うめき声を発した。

「車は戻ってきたからね」

壁にテレビが据え付けてあり、駐車場とオフィスの防犯カメラの映像が映し出されている。彼らが駐車場に入って来る姿から捉えられていたのだ。

リジーはゼイヴィアに顔を向けた。「ここにいるのはいい考えとは言えない気がする」三人とも知らないし、そのうちのひとりは彼女に恨みを抱く理由がある。彼女の立場からすれば、三人とも信用できないと思って当然だ。

「ほかにどうしようもない」彼は言い、リジーを連れて三人の前を通り――三人とも何事もなかったように作業をつづけていた――奥のべつのオフィスに向かった。作業場を眺められるガラスの窓で仕切られているから、プライバシーもなにもないが、コーヒーマシーンと回転椅子が二脚と、デスクとコンピュータがあった。

「いつごろ出掛けるの?」彼女は腕を組んでデスクに寄り掛かった。

「あと二時間はここにいる」

ガラス窓から作業場を見る。三人の姿が見えた。「彼らを信用してるの?」

「もちろん。信用してなかったら、ここにきみを残していこうとは思わない。この三年、彼らはきみを見張ってくれた。優秀な奴らだ」

リジーはわずかに顎を突き出し、背筋を伸ばし、恐怖を顔に出した。「あなたが戻らなかったら?」ゼイヴィアを失うわけにはいかない。彼を見つけ出したのに、また失うなんて。あまりにも不公平だ。あまりにも辛い。そんなことになったら、生きていけるとは思えなかった。

むろん、彼がいなければ、そもそも生き延びられるチャンスはないのだけれど。

「食事をすませて、奴らとおしゃべりして、おれが出掛けるころには、きみにとってここがもっと居心地のよい場所に——」

「ちょっと待って。わたしの気を逸らそうとしたって無駄よ、いい？　バックアップはいらないとあなたは言った。あなたが話すのはわたしのことばかり。彼らのうちのひとりを、連れて行くつもりなんでしょ？」彼女を——彼らを——殺そうとしている者たちに、ひとりで立ち向かうわけがない。

「いや。おれひとりで行く」

リジーは憤慨して拳を振りあげ、狭いオフィスを歩き回った。「せっかく人手があるのに、使わないってどういうこと？　どうしてわざわざひとりで立ち向かわなきゃならないの？」

ゼイヴィアは作業場を顎でしゃくった。「彼らはすべてを知っているわけじゃないし、知らせることはできない。もし今夜、まずいことが起きた場合、彼らがその場に居合わせる必要はない。おれがこれからどこに行くか、誰を標的にするか、彼らは知るよしもない」強張った笑みを浮かべる。「関わる人間は少ないにこしたことはない。これはおれひとりでやらねばならないことなんだ」

秘密の重大さを考えれば、大統領の死の真相を知っていて、事後処理を行った人間は少ないほうがいいというのは理に適っている。でも、それにしたって——

「かならず戻って来てね」

「そのつもりだ」彼はリジーの顎を包んで顔を上向かせた。「おれはきみを取り戻した。それですべてはがらりと変わった」

「あなたを助けることができたら、どんなに気が楽か」

「わかっている」

「ここに座って、やきもきして、あっちには知らない男たちがいて、申し訳ないけど、あの人たちのこと、わたしは信用できない……」

「そうだろうと思ってた」ゼイヴィアは彼女にキスした。唇をかすめるような短いキスだった。「彼女、そろそろ来てもいいころなんだが」

「彼女?」リジーは彼をじろっと睨んだ。「彼女って、誰?」

そのとき音がした。キャンキャン。耳慣れた鳴き声。でも、まさかそんな――振り返り、息を呑んだ。汚れたコンクリートの床を歩いてくるのは、犬を大事そうに抱いた女だった。立ち止まって男たちと話をしている。リジーは彼を見つめた。「マギー?」

ゼイヴィアは三十分ほどして出掛けて行った。リジーは心配でいてもたってもいられなかった。心配をとおりこして、恐ろしくてたまらなかった。こんなに恐ろしい思いをしたことはない。命からがら逃げ出したときも恐ろしかったが、あのときはまだすることがあった。今夜、彼女がしていることといったら、座って待つだけ。ゼイヴィアがもう死んでいるかもしれない、二度と会えないかもしれない、語りかけることも抱きしめることもできないかもしれない

しれないと思いながら、ただ待つしかないのだ。自分のことでひとつ思い出したことがある。待つのが大嫌いなこと。

マギーは眠っているルーズベルトを撫でながら、彼女にほほえみかけた。「わかるわ」やさしく言う。「待つ身は辛いもの」

「あなたがこの三年間にやっていたのがそれだったんじゃありませんか？　見張って、まずいことが起きるのを待つ」言い方がきつかったかもしれないが、隣人につねにスパイされていたと思うといい気はしない――ゼイヴィアに頼まれて、善意でやっていたんだとしても。マギーに腹をたてているのではない。自分にだ。この三年間、のほほんと暮らしていて、お節介な隣人がふつうじゃないことに気づかなかった。いや、多少はおかしいと思っていたのに、そのままにしていた。不注意はときに死を招く。

「そう言われればそうね」マギーはまるで動じない。「でも、わたしが言いたいのはそういうことじゃないのよ。この仕事をしていると、愛する人の帰りを待つことは、まるで拷問だもの」そこでほほえむ。「その最中にいると、時間は飛ぶように過ぎてゆく。ええ、危険なことだわ。たしかに、あたしたちってみんな、アドレナリン依存症かもね。あたしたちみんな、待つことよりも、銃弾が飛び交う中にいるほうがいいって思う。でも、これだって仕事のうちでしょ。けっきょく、命じられたことをするだけ」

リジーが言いたかったことを、マギーは理解していた。それは認める。マギーは知りすぎているのかもしれない。いったい誰を待っていたの？　ほんとうに未亡人なの？　それも隠れ蓑だった？　戻らない人を待ったことがあるの？　でもいまは、知りたいと思わなかった。

「あなたといるときの彼って別人ね」マギーが言った。リジーの中にあらたな恐怖を見出し、親切にも話題を変えようとしている。「ずっと……人間らしい」彼女はほほえみ、ルーズベルトを撫でつづけた。「それでもゼイヴィアだわ。あれほど有能な男、ほかに知らない。あたしたちにとって、そのことが希望を与えてくれる」マギーは手を伸ばし、リジーの手を取って元気づけるようにぎゅっと握った。

しばらくして、リジーは言った。「わたしも別人ですよ、彼といるときは」

マギーはうなずき、悲しげな笑みを浮かべた。きっと暗い思い出があるのだろう、とリジーは思った。「それがほんとうのあなたなのよ」

電話が鳴り、フェリスはコンピュータのスクリーンから顔をあげた。ちかくの窓に不安な視線を送る。オフィスにいれば安全だとわかっていても、ついそうしてしまう。受話器を取った。ゼイヴィアが野放しになっていると思うと気が気でなかった。

「フェリス。話がある」

アル。いつ電話するのがベストか考えながら、時間を先延ばしにしてきた――ぎりぎりになってからだと、緊張が声に出て彼を警戒させてしまう。早すぎても、まわりに人がいるからまずい。彼に会う場所や日時を決めさせれば、疑われる可能性は低くなる。

「いいわ」彼女は穏やかな口調で言った。「どこにする？　タンクはやめましょう。そうたびたび足を運ぶわけにはいかない」

「メリーランドの廃屋になった倉庫、憶えていますか？　訓練を行ったことがある。あそこはどうだろう」

「いいわ」古い倉庫なら願ってもない。お誂えむきだ。「時間は？」彼だって自分がお膳立てをすれば、安全だと思うだろう。見くびられたものだ。彼女に汚れ仕事はできないと思っている。たしかに、自分の手は汚さないようにしてきた。だからといって、武器を扱えないわけではない。必要なことをやる能力がないわけではない。練習を怠ったことはなかった。心の奥底でつねに思っていた。自分には人を殺せるのだと。

「一時間以内に来られますか？」

「行けると思うわ。多少遅れるかもしれないけれど」一時間あれば確実に着けるが、遅れると思わせて相手を油断させる。利用できるものはなんでも利用しなければ。

ゼイヴィアを抹殺することに、彼は積極的に加担する気になったのかもしれない。彼にとっていいことだ。あるいはすでに決着を付けているかもしれず、それはそれで大いに時間と手間が省ける。いよいよ大詰めだ。

もっとも、ゼイヴィアがすでに反撃を仕掛けてきている可能性もある。アルがこれほど用心しているのが気にかかる。それですっかり怯えて、この会合を持ちかけてきたのかもしれない。いずれにせよ、ゼイヴィアのことをいちばんよく知っているのはアルだ。

オフィスに遅くまで残っていたので、駐車場から車を出したときには外は暗くなりかけていた。夏は日が長いとはいえ、目的地に着くころには真っ暗になっていた。

古い倉庫に行くのは訓練をやめて以来だから、四年ぶりだ。ほかの連中も行っていないはずだ。二度とちかづかないにこしたことはない。ゼイヴィア以外、誰も訓練をつづける必要はなかった。彼がどこで訓練をしていたのか、誰も知らない。

だが、倉庫はいまも使われていた。処分されずに残された資産だから、べつの目的で使われているのだろう。制限速度以下で建物にちかづきながら、あまり変わっていない、と思う。周囲には鉄条網が張り巡らされているが、ゲートは開いたままだった。たくさんの街灯が駐車場をあかるく照らしている。あかるすぎるほどだが、文句を言ってもしょうがない。建物は幅より奥行きが長く、スチールの壁には錆が浮いていた。窓には泥がべったりとついており、外から中の様子は窺えない。アルの車が扉のちかくに駐まっていた。彼女はそれに並べて車を駐めた。

不安を感じずにいられない。彼はいつからここにいるの。数分前？　数時間前？　彼の車のボンネットを手で触れて、熱さをたしかめる。まだあたたかいから、そう時間は経っていない。モーターが冷めてゆくかすかな音がした。早く来て罠を仕掛けているのではと思ったが、彼は着いたばかりだ。

車の鍵をグレーの細みのズボンの右ポケットにしまい、背骨に添うように拳銃をウエストバンドに差した。拳銃をここに差すのは好みではないが、手に持ったり、見えるところに差したのでは、アルが警戒する。いつもは武器など持たないが、いまは丸腰ではどこにも行けない。

倉庫の中はあかりが灯り、半分開いた重たいメタルドアから光が洩れていた。駐車場の光が中に射し込んでいるだろうが、窓ガラスに泥がべったりついているから、たかが知れている。メタルドアを押してから立ち止まる。光の出所は右手の部屋のひとつだった。アルが指定した通路の奥のほうの部屋だ。

不安で背筋がゾクゾクする。気が変わった。拳銃を引き抜く。持ったまま行こう。後ろ手に持って脚で隠せばいい。まずはアルの話を聞こう。彼女にとって貴重な情報を持っているはずだ。ゼイヴィアとリジーの居所がわかったのだろうか？　ふたりを仕留める実行可能な計画をたてたのだろうか？　だが、彼はなにを言おうと、生きて部屋から出られない。

通路を進んだ。閉じたドアの前を通り、開いたドアの前を通る。かつてのオフィスや従業員の休憩室の物陰に誰か潜んでいないか視線を配った。動きはない。彼女の歩みは静かで落ち着いていた。あかりがついている部屋にちかづきながら、できるだけふつうの声で呼びかけた。「アル？」

「ここにいる」彼の声もまたいつもと変わらなかった。少し取り乱しているのかもしれないが、電話口の声ほど張り詰めたものではなかった。

拳銃を脚のうしろに隠し、ちかづいた。

彼が待つ部屋は四角く狭く、錆ついたドアに古いデスク、プラスチックの椅子が二脚あった。中に入るとすぐにカメラに気づいた。デスクの上に置かれ、録画中を示すライトがついていた。拳銃を持つ手は背中に隠している。予防措置としてカメラを設置するなんて。

彼女の視線を辿ってカメラを見る彼の顔には、なんの表情も浮かんでいなかった。「画像だけで音声は記録されない」彼が言った。「画像はべつの場所にあるコンピュータに転送される。おたがいにごまかしっこなしだ」

「ごまかしって？　いったい……」

彼の手があがった。すばやくなめらかな動きだった。彼は手袋をしており、その手には拳銃が握られていた。フェリスはぎょっとして彼を見つめ、手を上げようとしたが、彼のほうが速かった。一度、二度、発砲した。

彼女は床に倒れる前に絶命していた。

アルはフェリスの手から拳銃を蹴り落とした。彼女が死んでいるのは確実だが、念のためだ。一発は胸に、一発は頭に命中していた。彼女は死んで当然だ。こんなかんたんな標的を撃ち損じたら彼の名折れだ。カメラに顔を向け、テーブルにちかづいてスイッチを切った。彼女が武器を手に乗り込んで来たことは、意外でもなんでもなかった。彼女が拳銃を構える前に、アルは引き金を引いたのだから、ビデオが発見されれば、正当防衛を主張できない。冷酷な殺人とはいえないまでも、ビデオは立派な有罪の証拠になる。彼女が手に拳銃を持っていたから、やむなく彼も拳銃を抜いたわけではない。手袋をしていたことが、最初から彼女を殺すつもりだったことのなによりの証だ。

ゼイヴィアが彼のメッセージを受け取ったかどうか、知る術はなかった。ゼイヴィアがいつフェリスの家に向かうかわからない。今夜なのかあすなのか、半年後なのか。ゼイヴィアのことだから、できるだけ早く片付けようとするだろう。ただ、さまざまな要因が絡み合っているので、推測しても無駄だ。フェリスがしゃしゃり出て来るのはお門違いもはなはだしい。混乱の後片付けはアルの仕事だ。

フェリスが護衛を雇って家を見張らせていることは、ゼイヴィアも予想しているだろうが、人は感情に駆られるとなにをしでかすかわからない。アルにできるのは、警告を与えることぐらいだ。

フェリスのポケットを叩いて調べたが、鍵以外は出てこなかった。鍵を取り出して自分のポケットにしまう。バッグは車に置いてきたのだろう。彼が必要としているものは、バッグの中ではなく、おそらくグローブボックスの中かコンソールの上だ。いずれにしてもここにはない。カメラをしまい、ここにいた証拠を残さないようすべてを拭いた。あとの始末はチームがやってくれることになっているが、他人任せにはできなかった。

フェリスのように。彼女の死体をまたぎながら、そう思った。

好きで彼女を殺したのではない。義務を果たしただけのこと。税金を納めることやゴミをきちんと出すのとおなじだ。やるべきことをやった。彼女は短気で聞く耳持たず、混乱を引き起こした。だから損害を最小限にとどめるため、彼はやるべきことをやった。

だだっ広い駐車場は照明があかるく、隠れる場所はどこにもない。車のトランクを開け、ラップトップの隣にカメラを置いた。カメラとラップトップはＷｉ-Ｆｉでつながっている。グリーンのライトがともるラップトップを開き、身を乗り出し、フェリスを撃った現場を写したビデオをフラッシュメモリに落とした。それをポケットにしまうと、コンピュータからすべてを削除した。

ラップトップは真夜中までにバラバラに分解されている。ビデオがなんらかの形で回復される可能性を残すわけにはいかない。生き延びるためには、コピーはひとつでなければならない。

それがすむとトランクを閉め、フェリスの車に向かった。拳銃を手に持ってきたぐらいだから長居をする気はなかったのだろうが、それでも車にはロックがかかっていた。リモコンでロックを解除し、助手席のドアを開いて中に屈み込んだ。コンソールに携帯は置かれていなかったが、バッグが助手席の床にあった。手袋をしたままの手でストラップをつかみ、バッグを出す。

携帯をしまうポケットに、最新型の携帯がおさまっていた。これは私用の携帯で、彼が探しているものではない。財布や化粧ポーチをどかすと、底のほうに目当てのものが見つかった。

彼女のプリペイド携帯は、ファスナー付きのポケットの奥深くに押し込んであった。それを取り出し、〝アドレス〟のボタンを押した。

リストのアドレスはひとつだけだった。

その番号にかける。男の声が聞こえると、アルは言った。「彼女は死んだ。きみが受けとった金は返す必要ない。ただちに手下を呼び戻せ」

「わかりました」男の声にはなんの感情もこもっていない。仕事にすぎないのだから。上得意を失ってがっかりしているだろうが、フェリスの死を悼む理由はない。「娘はどうしたらいいですか？」

意外な質問だった。アシュリーは人質にされているのか？　いや、まさか。ゼイヴィアが脅威になると気づいたとき、フェリスは娘の身柄を確保させたのだろう。「彼女はきみの保護下にいるのか？」

「本人の意思に反して、ええ」

「解放してやれ」アルは言った。

「母親のことはなんと言えばいいでしょう?」声に感情はこもらない。アルが娘を始末しろと指示したとしても、無感情なままだろう。

「なにも言うな。彼女を解放するだけでいい」アシュリーは——世間も——じきに知ることになる。フェリスが凶暴なカージャックの犠牲になったことを。彼女の死体を処分してしまうほうがかんたんだし、満足感も味わえるが、それでは答の出ない疑問が多く残されることになる。彼女の死は徹底的に調査されるべきだ。死体を移し替える任務にあたるチームは、そうとうな力量を要求されるが、かならず成し遂げるだろうし、アシュリーはそれで納得がいくだろう。

アルはプリペイド携帯はべつにして、バッグを助手席の床に戻し、鍵を運転席に放った。三十分もすれば清掃人たちがやって来て、彼がはじめた仕事を終わらせてくれる。

それまでここで待つつもりはなかった。

フェリスの連絡相手はすぐに〝エヴァン・クラーク〟に電話をかけた。連絡がとれないこともだが、仕事をすでに終わらせていたら大事《おおごと》だ。報酬を支払ってくれる人間がいなくなったのだから。

クラークは電話に出なかった。事情が事情だから、サイレントモードにしているのかもしれないし、用を足しに出ているのかもしれない。メッセージを残せばことは足りるが、ボイスメールを使うわけにはいかない。携帯メールを送ることにする。携帯そのものは、どこかの家のゴミ箱に放り込んでおこう。

「中止」と打ち込む。「クライアントは死んだ」

29

見張りがいるとわかっていることと、その見張りがどこにいるのか見極めることはまったくべつだ。ゆっくりと正確な動きで位置について一時間が経過した。自分ならどこで待ち伏せするだろうと思いながら、ゼイヴィアはその家にちかづいていった。ころ合いの場所はいくつかある。

フェリスは高い給料をもらっているようだ。金のある人間のつねとして、彼女は自分のまわりに広い空間を求めた。つまり、広い土地に家がぽつんぽつんと建つ高級住宅地に家を構えた。一区画が何千平米もある最高級住宅地ではないが、なかなかいいところだ。土地が広ければそれだけ木が多く、隠れる場所はいくらでもある。

ゼイヴィアが玄関まで歩いてやって来てドアをノックするとは、馬鹿でも思わない。よって、人目につかず入り込める場所を見張っているはずだ。

ところが、見張りの姿はどこにもなかった。よほどうまく隠れて身じろぎひとつしないのか、眠り込んでしまっているのかどちらかだ。

雇われガンマンを挟むかたちで、家からかなり離れた場所を選んだ。一階の部屋のひとつにあかりが灯っている。テレビを観ているのか？　持ち帰った書類仕事をやっている？　彼女が眠っているとすれば、よほどガンマンを信頼しているのだろう。

というより、自分の決断に自信を持っているのだ。うまく処理した自分に満足している。暗視ゴーグル越しに見るあかりはあまりにも大きく、あかるすぎた。五分かけて三センチほど頭をずらした。相手も暗視ゴーグルを使っているにちがいなく、ほんの少しの動きでも察知されるだろうから。

忍耐力が鍵だ。ガンマンは彼より長い時間身を潜めているのだから、そのうち喉が渇くだろう。用を足す必要に迫られるはずだ。あくまでも、誰かが待ち伏せしているのが前提の話だが。アルが心理戦を仕掛けて来るとは思えないし、罠をかけてここにおびき寄せたりもしないだろう。どんな状況に立ち向かうときも、これが最後になるかもしれないと覚悟を決めていた。だからこそいままで生き延びられた――

いた。

男との距離は十メートルもない。屋敷を見張るために顔を動かしたその動きが、それほどゆっくりでなかったことが男にとって命取りになった。男はゼイヴィアの予想より家から遠い場所に位置を占めていた。その作戦は褒めてやろう。素人の仕事ではない。

プロだ。だが、命運つきた。

ゼイヴィアは男の後頭部にピンポイントでレーザー光線を当て、サイレンサー付きの拳銃を構え、引き金を引いた。

男の命運は完全に尽きた。

ゼイヴィアは足早に十メートルの距離をちぢめ、男の手から拳銃を蹴り飛ばし、ひざまずいて調べた。たしかに死んでいる。中肉中背……どこにいても目立たない平凡な男。

身分証が入っていないかポケットを叩いてみる。なにもない。もっとも、あるとも思っていなかったが。こういうことをおろそかにしてはならない。携帯が見つかった。電源は切ってあった。電源を入れるような馬鹿な真似はしない。電源を入れたとたん、やかましい音がすることもある。携帯を拭いてポケットに戻す。

すぐには家に向かわなかった。サイレンサー付きとはいえ、まったくの無音ではない。家の中や隣家まで音は届かないだろうが、ガンマンがひとりきりという保証はなかった。さらに一時間待ってから、家にちかづいた。

セキュリティ・システムはごく標準的なものだったから、苦もなく解除できたが、問題はデッドボルトだ。だが、案の定、裏口のドアには窓がついていた。これほど愚かなことがあるだろうか。泥棒に入ってくれと言っているようなものだ。ダイヤモンドカッターでガラスに穴を開け、手を差し込んでデッドボルトとドアノブのちゃちなロックを開けた。

音もなく入る。

十分後には家を出ていた。もぬけの殻だった。フェリスはいない。ゼイヴィアがやって来ると知り、空っぽの家を〝番犬〟に見張らせていたのだ。いったい彼女はどこにいるんだ？

なにかあったのだ。鋭敏な感覚を駆使しなくてもそれぐらいわかる。アルはガンマンが待ち伏せしていることを警告してくれたが、ゼイヴィアがじきにやって来るとわかっていても、自分の手下を配置しなかった。

フェリスが地下に潜ったとして、アルは知っているのか？　それともふたりは意見を異にし、べつべつの道を行くことにしたのか？　もしそうなら、アルは背中に注意したほうがいい――それはフェリスもおなじだが。

フェリスの家から遠く離れたところで決断をくだした。ハーレーはやかましすぎるから車で来ていた。立ち聞きされる心配はない。携帯を取り出し、馴染みの番号を押す。

「われわれの友人には、たしかに仲間がいた」アルが出るなり、彼は言った。「だが、彼女は家にいなかった」

「それで、彼女の仲間は？」

「家の裏手で眠っている」

「そっちはわたしが片付ける」

「われわれの友人の居所について、なにか情報は？」

「会おう」

そう言われるだろうと、ゼイヴィアは予想していた。「どこで?」大きなまちがいを犯すことになるかもしれないが、なにか起きているのはたしかだから知る必要があった。情報源としてアルがいちばん確実だ。


翌日、ゼイヴィアはリジーを伴い、指定された場所に赴いた。二時間前に着いて、四方をくまなく調べた。彼女の記憶はすっかり甦っていないが、動きは昔のままだった。この三年間の注意散漫な動きとはちがう、バランスのとれた機敏な動きだった。

記憶は完全に取り戻していなくても、彼女は昔の彼女に戻っている。活発で鼻っ柱の強い、愛すべき女に。もうけっして彼女から離れはしない。

愛のあかしとして、彼女がひとりでハーレーに乗ることを許した。大型バイクの操縦方法は体が憶えていた。最初はおそるおそるだったのが、みるみる自信を取り戻していった。その姿を見るのはなんとも楽しかった。

夏の日差しのようなあかるい笑顔を浮かべ、彼女は言った。「ねえ!　見て、ちゃんと運転できる!」

「見ればわかる。無理するな。乗りが軽くならないよう注意しろ」

「わかってる」

彼がキスすると、リジーはヘルメットをかぶった。彼のバックアップをするために。怪しい動きがあるが、それがどういうものかわかっていない。フェリスは家にも職場にもいない。アルも地下に潜った。どこにいるのか姿を見せていない。だが、彼とリジーを殺すためにチームが動いている気配はなかった。もし動いているなら、よほど慎重にやっているのだろう。ゼイヴィアの手下も、まだその動きを察知していない。

約束の時間の三十分前、彼は出入り口が見渡せるブースに席をとった。

アルは最初、地図に乗っていない、めったに使われない駐車場を指定したが、もっと人目のある場所がいいと言うゼイヴィアの意見に、アルが従う形になった。ゼイヴィアはアル・フォージを誰よりも信頼しているが、いまはそんなことは言っていられない。

アルを警戒しているが、心配なのはフェリスのほうだ。いったいどこに潜ったんだ？　まるで手掛かりがなかった。彼女はアルも含め全員をうまく欺《あざむ》いたのだろうか。だからアルは会おうと言ってきたのか。

テーブルにはラップトップとコーヒーの大きなカップがふたつ置かれている。ひとつはゼイヴィアの分、もうひとつは会う約束をしている相手の分だ。こうしておけば、ブースに長いこと座っていても怪しまれない。人を待っているのはほんとうだし、高すぎる――苦すぎる――コーヒーを飲みながら、ただでインターネットにつないでいる客は、彼ひとりではなかった。

アルが時間ぴったりに現れた。普段着で、表情は落ち着いている。武器を持っているかどうかは、見ただけでは判断できない。だが、ショルダーホルスターはつけていないし、背中に隠した拳銃をごまかすためのだぶだぶのジャケットも羽織っていない。この店のような人が大勢いる場所で武器を携帯していれば、すぐに気づかれる。もっともアルなら、警官でとおるだろう。

アンクルホルスターかもしれない。いや、それはない。ゼイヴィアとおなじで、アルも丸腰で家を出たにちがいなかった。たとえアンクルホルスターをつけていても、ゼイヴィアが相手では、拳銃を抜く暇はない。

ゼイヴィアがそこまで考えるのは、事態が緊迫しているなによりの証拠だ。

アルはテーブルを挟んでベンチシートに腰をおろした。「彼女はここにいるのか？」

「ちかくに」ゼイヴィアは言い、コーヒーを飲んだ。

「わたしは心配すべきなのか？」

ゼイヴィアは眉ひとつ動かさずに言った。「ああ、すべきだ」

アルはなにも言わずにポケットからサムドライヴを取り出し、テーブルの上を滑らせてよこした。「どうかラップトップの向きを変えてくれたまえ。人に見られないように」アルが小声で言った。疲れた表情のせいで老けて見える。それにこんなことになって、怒っているようにも見えた。

それはみんなそうだ。

ゼイヴィアはラップトップの横のスロットにフラッシュメモリを差し込み、アイコンをクリックした。無音のビデオが流れる。画像は焦点がぴったり合っており、アルが拳銃を構えて撃ったとき、フェリスの目に浮かんだ驚きの表情までもはっきりと捉えられていた。スイッチを切ろうとカメラに手を伸ばしたアルの顔には、決意の表情が浮かんでいた。

「なんてことを、アル」ゼイヴィアはフラッシュメモリを取り出し――すばやくファイルをセーブしたのち――ラップトップの電源を切った。フラッシュメモリをテーブルの上で滑らせたが、アルは頭を振り、受け取らずにゼイヴィアのほうに押し返した。

「きみが持っていたまえ。コピーはそれだけだ。どこかに保管しておけばいい」

「フェリスのような人間が姿を消したら、問題になるでしょう」

「きょうの午後、ヴァージニアの人里離れた場所で、彼女の遺体が発見される。カージャックの犠牲者として」

驚いたのなんの。ゼイヴィアは、自分を鍛えてくれた男の顔をじっと見つめた。「どうして？」答は聞かなくてもわかっていた。

「わたしはかつて、きみたちふたりの首根っこを押さえた。いまは自分が押さえられる立場だ」

ゼイヴィアは椅子にもたれかかった。「相互確実破壊ですか」

「ああ」アルは目の前のコーヒーカップを指差した。「これは安全かね？」

「そう思います」

アルはカップを手で包み込んだ。「そう思う？」

「もうすっかり冷めてるでしょう。ひどくまずいし。でも、おれはなにも入れてませんよ。あなたが尋ねたいのがそのことなら」

アルはぐっとひと口飲むとカップをテーブルに置いた。「たしかにな。すっかり冷めているし、ひどくまずい」もうひと口飲んだ。「だが、カフェインを摂取する必要がある。もっとまずいコーヒーを飲んだこともあるし」

しばらくはふたりとも無言だった。若い店員がちかづいて来て――ちかすぎる――アルのすぐうしろのブースを片付けはじめた。店員がいなくなると、アルは低い声で言った。

「彼女に聞かれたかな？」

「ええ」

「生きて車まで辿りつけるだろうか？」

「ええ」

「よかった。わたしが彼女の立場だったら、おなじことを言えるかどうか。われわれはすべきことをやった。全員が……」アルは頭を振り、まずいコーヒーをもうひと口飲んだ。「だが、わたしがここに来たのはそのためではない。きみにわたしした情報によって、われわれは五分と五分になった。わたしはそう理解している。きみもそう受け取ってくれることを願う」

「おれは驚いています」ゼイヴィアは静かに言った。アルがフェリスを殺したことにではない。彼が信頼して証拠を手渡してくれたことにだ。フェリスがただ姿を消したのであれば、ゼイヴィアもリジーも一生びくびく暮らすことになる。だが、そのほうがアルの身は安全だっただろう。

だが、ぜったいに安全なことなどありえない。これからもそれは変わらないのだ。

「きみにひとつ助言したいことがあるんだが、かまわないか?」アルが言った。ぶっきらぼうな言い方だが、席についたときよりもずっとリラックスしていた。

「約束はできませんが、聞くだけ聞きますよ。どうぞ」

「あたらしい仕事に就きたまえ」

まさかそんな言葉をアルの口から聞くとは思っていなかった。「仕事?」

「きみには売り物になるスキルがある」

リジーのことだから、あとで合流したとき、アルのこの台詞をネタにして彼をからかうだろう。彼女はいまゼイヴィアの背後に目を光らせながら、ふたりの会話に聞き耳をたてているはずだ。声をあげて笑っているかもしれない。いや、それはない。いま彼女は、アルの頭を狙う銃身の先を見つめているだろう。

「姿を消せ」アルが静かに言った。「名前を変えるんだ。彼女も名前を変え、南太平洋のボラボラ島でもパリでもオマハでもどこでも行くがいい。パン屋か釣り道具屋でも開くんだな。あるいは自動車学校」そう言ってにやりとする。「いや、自動車学校はやめておけ。しばらくはひとところに腰を落ち着け、子供を作れ。ふつうの生活を送るんだ」

「そんな助言をあなたの口から聞こうとは。結婚は何度したんでしたっけね」

アルは肩をすくめた。「オマハにいまも住んでいたら、二番目の女房とそういう暮らしをしていただろう。本屋かドーナツショップを営んで」彼の瞳が暗くなった。「さあ、行け。これがきみに送る最後の助言だ。立ち去るんだ。自分の人生を生きろ」

アルは自分からその助言を実行に移した。立ち去ったのだ、振り返ることなく。

エピローグ

一年後、真夏のテキサスの日差しに肌を焼かれながら、リジーは警備訓練会社の射撃場で、グロックを構え狙いをつけていた。ただでさえ暑いうえに、イヤープロテクターを付けているから、もう拷問だ。それでも弾倉が空になるまで撃ちつづけ、弾丸を込め直すとおなじことを繰り返した。

不意に心臓がゆっくりと重いリズムを刻みはじめる。

熱く焼けた大地がぼやけ、頭の中に映像が浮かぶ。

この一年で細かなことはだいぶ思い出したが、核となる部分はいまだに空白のままだった。甦った記憶はほとんどがゼイヴィアにまつわるものだ。有頂天になったり、不安に苛《さいな》まれたり、そういった思い出ばかり。なにしろ相手がゼイヴィアだもの。すさまじく有能で危険で、セクシーで、ときに恐ろしいけれど、つねにエキサイティング。仕事の面ではとうてい彼にはおよばなかった。それを認めるぐらいなら死んだほうがましだと、あのころは突っ張っていたものだ。でも、私生活では彼と対等でありたかった。だから、自分がしでかしたことのショックと悲しみに浸っているとき、彼の慰めを受け入れる心の余裕はなかった。

彼の読みどおり、記憶が甦ったことでリジーは混乱をきたした。自分と折り合いをつけるのに一カ月ほど時間が与えられたら、ああいうことは避けられたのではないか。でも、一刻の猶予もなかった。

ゼイヴィアの考え方はちがう。フェリスはいずれ全員を敵に回すことになっていただろう、と彼は思っている。あるいはそうかもしれない。いまとなっては知る術もない。ただ、リジーの記憶が甦りはじめたことが、フェリスを追い詰めたことはたしかだ。

フェリスのことも思い出してきたので、一緒に訓練を受けた仲間の死を悼《いた》む気持ちが芽生えた。

手に馴染む拳銃の重みや、撃ったときの反動、あるいは火薬の臭いのせいだろうか。記憶が甦った。

あのとき履いていたハイヒールを思い出した。ブルーグレーのスーツにダークブルーのシルクのブラウス。ナタリー・ソーンダイクが着ていた服だ。

チャーリー・ダンキンズの手招きで、大統領のスイートに入っていった。

まっすぐ大統領夫人のベッドルームに入った。目指すはベッドの上に放ってあったエレガントなハンドバッグだ。手にはフラッシュメモリを読み込むための小さなコンピュータを持っていた。ＵＳＢポートに二枚目のフラッシュメモリを挿入したとき、ベッドルームのドアが開いた。

一瞬、見つめあった。大統領と夫人、それに彼女自身。つぎに夫人が手をあげた。拳銃が握られていた。

リジーは低い姿勢から夫人に飛びかかり、銃を持った手をつかんで振りあげた。

夫人が押しのけようとする。驚くほど強い力で。大統領がリジーに飛びかかって引き離そうとし、リジーが足元に倒れ込んだので、夫人はあおりを食らってよろけた。

夫人が拳銃を握ったままリジーの上に倒れかかった。リジーは拳銃をつかんで夫人の手からもぎとろうとした。そのとき指が滑って引き金にかかった。夫人がもがいた拍子に、リジーはテーブルにしこたま体をぶつけ、その衝撃で指が動いた。ふたりとも指を引き金にかけたままだった。弾は三発発射された。そのすべてが大統領に当たった。

夫人が恐怖に目を見開き、大統領を見つめた。

リジーは飛びかかった。夫人の髪をつかんで頭を壁に叩き付けた。夫人は白目を剝き、よろよろっとなった。

「さあ」リジーは言い、夫人に拳銃を握らせて大統領のほうを向かせた。それから決定的な証拠となるコンピュータとかたわらに落ちていたフラッシュメモリを拾いあげ、クロゼットに駆け込んだ。ほかに思い付かなかった。

愚かな話だが、ほかにどうしようもなかった。ドアはすでに蹴破られていた。つづき部屋に通じるドアには鍵がかかっているだろう。

暗いクロゼットの中で、彼女はおもての騒ぎに耳を澄ましていた。さらに銃声が聞こえた。

パニックに胃が捻じれる。恐怖と必死に戦った。彼らは捕まる。逃げるに逃げられない。彼らはみな処刑されるだろう。彼女が大統領を殺したのだから。

どうやってスイートから出たのか思い出せなかった。つづき部屋からだった。ドアに鍵はかかっていなかった。ゼイヴィアやほかのみんながすばやく動いていた。誰かが彼女に服を着せた……ああ、あれはフェリスだった。

それからあとは……悲嘆。苦痛。涙。自分のしでかしたことから逃げ出すわけにはいかないと思っていた。彼らがなにを言おうと、彼女の心には響かなかった。大統領は罪を犯した、その証拠があると言われても。彼女の心はずたずたに傷つき、癒えるはずもなかった。

いまはどうだろう……テキサスの熱い日差しを浴びて立っているいまは……不意に気づいた。傷が癒えていることに。記憶が封印されていた三年間、穏やかに暮らした三年のあいだに、彼女は回復していたのだ。それが目的ではなかったが、結果的にはそうなっていた。

そしていま、彼女はあのときのことを思い出した。

背後からゼイヴィアがちかづいて来る足音が聞こえた。ちょっと振り返って彼を見つめる。見つめずにいられないから。黒のブーツ、ジーンズ、くすんだオリーブ色のTシャツ。右脚にホルスターの紐を巻き付けている。

彼は的に目をやった。撃った弾はすべて真ん中に命中していた。「あれが人間だったら、完全に死んでる」

彼女はたじろぎ、たじろいだことを隠そうとした。だが、彼の目はごまかせなかった。顔をしかめ、彼女の肩をつかんで自分のほうに向かせた。彼女のブルーの目をじっと見つめる。肩をつかむ手に力が入った。

「思い出したんだな」問いかけではなく、事実を述べたのだ。

「ええ」その言葉をなんとか絞り出した。喉が塞がり、泣くまいと思ったのに涙が溢れた。泣く時期はとっくに過ぎたというのに。彼女はやるべきことをやっただけだ。その事実は、死ぬまで背負っていかねばならない重荷だ。嘆きは消えない。

ゼイヴィアが彼女を抱き寄せた。大きな体が支えになる。彼の体の熱で暑さに拍車がかかるが、いまは彼にそばにいて欲しかった。

「わたしは大丈夫よ」しばらくして、彼女は言った。いまは大丈夫でなくても、いつかはそうなる日がくる。

「ほんとうか？」

「ほんとうよ」腕を夫の腰に回す。赤い砂を巻きあげて、小さな犬がキャンキャン鳴きながら走ってきた。彼にもたれかかって顔を見あげる。「ルーズベルト。あの鳴き声だけは、なんとかして欲しい」答はわかっているのに、尋ねずにいられなかった。「マギーはいったいいつ戻って来るの？」

「あと二週間かな」ゼイヴィアは自分で設計して自分で建てた施設をぐるっと見回した。高度な訓練を受けるために、身辺警護を仕事にする者たちが国中から集まっていた。やりがいのある仕事だから、諜報活動を辞めたことに未練はなかった。それに、リジーがいる。失ったものを埋め合わせるのに充分な存在の妻が。

並んでオフィスに戻った。ふたりで築く人生がそこにある。

訳者あとがき

残業した帰りの電車で、窓ガラスに映る自分の姿にぎょっとしたことありませんか？「いったい誰？ このくたびれたおばさん！」と思ったこと、あるでしょ？ わたしは二年前、パスポートの更新に使うため、奮発して写真館で写真を撮ってもらい（なんせ、パスポートは十年使いつづけるわけだから）、出来あがった写真に愕然とした。「誰なの？ このおばあさん！」

人は見たいものしか見ない、とはよく言ったものだ。毎朝、鏡の中に見ていたあれは、いったい誰だったんだろう、写真のこのおばあさんとは似ても似つかないもの……。

判で捺したような規則正しい生活を送るリゼットは、ある朝、鏡を見て愕然とする。見知らぬ顔がこっちを見ている。この女、誰なの？

自分が思っているよりずっと老けた顔が映っていたわけではなく、まったくの別人。どうして？ なにが起きたの？ パニックに陥る。職場の友人に電話して、尋ねようか。「きょう、出勤したわたしを見て、きのうのわたしとおなじ顔かどうか教えてちょうだい、わかった？」でも、そんなことをしたら彼らに知られてしまう。彼らって？　そう思ったとたん、激しい頭痛に襲われ、トイレに屈み込んで吐いた。

それからも、過去のある時期の記憶をほじくり返そうとすると頭痛と吐き気の発作に襲われた。いったいなにがあったの？　わたしは誰なの？　知らないうちに顔が変わっていたなんて！　女にとってこれほどショックはことはない。しかも、誰かに見張られているような気がしてならない。きのうまでの、平々凡々な生活が一変する……リンダの新作は、スピード感に溢れたロマンティック・サスペンス、それもサスペンス色の濃いロマンスだ。

話は変わって、ちょうどきのう、（本書にも登場する）アメリカの国家安全保障局《NSA》が、ドイツのメルケル首相の携帯電話を十年にわたって盗聴していたとドイツの週刊誌〈シュピーゲル〉が報じた、というニュースがテレビで流れた。オバマ大統領は電話会談でメルケル首相に、「自分は知らなかった」と釈明したそうだが、ほんとうに知らなかったの？　と疑われているとか。そりゃあ疑うでしょう、とわたしだって思う。

このニュースに関連して思い出されるのが、今年の夏に新聞やテレビのニュースで連日報じられたエドワード・スノーデン氏のことだ。元ＣＩＡ職員だったスノーデン氏は、ＮＳＡが、大手ＩＴ企業（わたしたちが毎日お世話になっている、アップルやグーグルやフェイスブックやマイクロソフト）のネットサービスのサーバーに直接アクセスして、ユーザーのデータを収集していることを示す文書を、マスコミに漏洩したのだ。つまり、アメリカ政府は外国で諜報活動を行うのと並行して、自国民も監視しているということだ。スノーデン氏は〝スパイ活動取締法違反〟容疑で訴追され、エクアドルに亡命を望んだもののモスクワ空港で一カ月以上も足止めされた。空港で一カ月も暮らせるんだ、とわたしは妙なところで感心してしまったが、そういえば空港で暮らす男を描いた映画、ありましたね。トム・ハンクス主演の『ターミナル』。スノーデン氏はけっきょく一年間のロシアへの亡命が認められ、現在はモスクワにいるらしい。

リンダ・ハワードはこういう時事ネタを作品に取り入れるのがとても上手で、『悲しみにさようなら』で臓器売買や人身売買を、『くちづけは眠りの中で』で鳥インフルエンザを題材にしている。つぎの作品ではどんな時事ネタを料理してわたしたちに提供してくれるか、そんなところも楽しみだ。

二〇一三年十月

ザ・ミステリ・コレクション

夜《よ》明《あ》けの夢《ゆめ》のなかで

著者　リンダ・ハワード
訳者　加藤洋子《かとうようこ》

発行所　株式会社 二見書房
東京都千代田区三崎町2-18-11
電話　03(3515)2311 ［営業］
　　　03(3515)2313 ［編集］
振替　00170-4-2639

印刷　株式会社 堀内印刷所
製本　株式会社 村上製本所

ISBN978-4-576-13167-2
http://www.futami.co.jp/

天使は涙を流さない
リンダ・ハワード
加藤洋子［訳］

美貌とセックスを武器に、したたかに生きてきたドレア。彼女を生まれ変わらせたのは、このうえなく危険な暗殺者！ 驚愕のラストまで目が離せない傑作ラブサスペンス

氷に閉ざされて
リンダ・ハワード
加藤洋子［訳］

一機の飛行機がアイダホの雪山に不時着した。乗客の若き未亡人とパイロットのジャスティスは、何者かの陰謀ではないかと感じはじめるが…傑作アドベンチャーロマンス！

夜を抱きしめて
リンダ・ハワード
加藤洋子［訳］

山奥の平和な寒村に住む若き未亡人に突如襲いかかる恐怖。彼女を救ったのは心やさしくも謎めいた村人の男だった。夜のとばりのなかで男と女は愛に目覚める！

未来からの恋人
リンダ・ハワード
加藤洋子［訳］

二十年前に埋められたタイムカプセルが盗まれた夜、弁護士が何者かに殺され、運命の男と女がめぐり逢う。時を超えたふたりの愛のゆくえは？女王リンダ・ハワードの新境地

チアガールブルース
リンダ・ハワード
加藤洋子［訳］

殺人事件の目撃者として、命を狙われるはめになったブロンド美女ブレア。しかも担当刑事が、かつて振られた因縁の相手だなんて…!?抱腹絶倒の話題作！

ゴージャス ナイト
リンダ・ハワード
加藤洋子［訳］

絵に描いたようなブロンド美女だが、外見より賢く計算高くて芯の強いブレア。結婚式を控えた彼女にふたたび危険が迫る！ 待望の「チアガール ブルース」続編

くちづけは眠りの中で
リンダ・ハワード
加藤洋子［訳］

パリで起きた元CIAエージェントの一家殺害事件。復讐に燃える女暗殺者と、彼女を追う凄腕のスパイ。危険なゲームの先に待ち受ける致命的な誤算とは⁉

悲しみにさようなら
リンダ・ハワード
加藤洋子［訳］

十年前メキシコで起きた赤ん坊誘拐事件。たったひとりわが子を追い続けるミラがついにつかんだ切札、それは冷酷な殺し屋と噂される危険な男だった…

一度しか死ねない
リンダ・ハワード
加藤洋子［訳］

彼女はボディガード、そして美しき女執事——不可解な連続殺人を追う刑事と汚名を着せられた女。事件の裏で渦巻く狂気と燃えあがる愛のゆくえは⁉

見知らぬあなた
リンダ・ハワード
林　啓恵［訳］

一夜の恋で運命が一変するとしたら…。平穏な生活を〝見知らぬあなた〟に変えられた女性たちを華麗な筆致で紡ぐ、三編のスリリングな傑作オムニバス。

パーティーガール
リンダ・ハワード
加藤洋子［訳］

すべてが地味でさえない図書館司書デイジー。34歳にしてクールな女に変身したのはいいが、夜遊びデビュー早々ひょんなことから殺人事件に巻き込まれ…

あの日を探して
リンダ・ハワード
林　啓恵［訳］

叶わぬ恋と知りながら、想いを寄せた男に町を追われたフェイス。12年後、引き金となった失踪事件を追う彼女の行く手には、甘く危険な駆け引きと予想外の結末が…

夜を忘れたい
リンダ・ハワード
林 啓恵［訳］

かつて他人の心を感知する特殊能力を持っていたマーリーの脳裏に、何者かが女性を殺害するシーンが映る。そして彼女の不安どおり、事件は現実と化し…

Mr.パーフェクト
リンダ・ハワード
加藤洋子［訳］

金曜の晩のジェインの楽しみは、同僚たちとバーでおしゃべりすること。そんな冗談半分で作った「完璧な男」の条件リストが世間に知れたとき、恐ろしい惨劇の幕が…！

夢のなかの騎士
リンダ・ハワード
林 啓恵［訳］

古文書の専門家グレースの夫と兄が殺された。犯人は、目下彼女が翻訳中の14世紀古文書を狙う考古学財団の理事長。いったい古文書にはどんな秘密が？

青い瞳の狼
リンダ・ハワード
加藤洋子［訳］

CIAの美しい職員ニエマと再会した男は、彼女の亡夫のかつての上司だった。伝説のスパイと呼ばれる彼の使命は武器商人の秘密を探り、ニエマと偽りの愛を演じること…

心閉ざされて
リンダ・ハワード
林 啓恵［訳］

名家の末裔ロアンナは、殺人容疑をかけられ屋敷を追われた又従兄弟に想いを寄せていた。10年後、歪んだ殺意が忍び寄っているとも知らず彼と再会するが…

石の都に眠れ
リンダ・ハワード
加藤洋子［訳］

亡父の説を立証するため、考古学者となりアマゾン奥地へ旅立ったジリアン。が、彼女を待ち受けていたのは、死の危機と情熱の炎に翻弄される運命だった。

二度殺せるなら
リンダ・ハワード
加藤洋子［訳］

長年行方を絶っていた父親が何者かに射殺された。父の死に涙するカレンは、刑事マークに慰められるが、射殺事件の黒幕が次に狙うのはカレンだった…

愛は弾丸のように
リサ・マリー・ライス
林啓恵［訳］
〔プロテクター・シリーズ〕

セキュリティ会社を経営する元シール隊員のサム。そんな彼の事務所の向かいに、絶世の美女ニコールが新たに越してきて……待望の新シリーズ第一弾！

運命は炎のように
リサ・マリー・ライス
林啓恵［訳］
〔プロテクター・シリーズ〕

ハリーが兄弟と共同経営するセキュリティ会社に、ある日、質素な身なりの美女が訪れる。元勤務先の上司の不正を知り、命を狙われ助けを求めに来たというが……

青の炎に焦がされて
ローラ・リー
桐谷知未［訳］
〔誘惑のシール隊員シリーズ〕

惹かれあいながらも距離を置いてきたふたりが再会した場所は、あやしいクラブのダンスフロア。それは甘くて危険なゲームの始まりだった。麻薬捜査官とシール隊員の燃えるような恋

誘惑の瞳はエメラルド
ローラ・リー
桐谷知未［訳］
〔誘惑のシール隊員シリーズ〕

政治家の娘エミリーとボディガードのシール隊員・ケル。狂おしいほどの恋心を秘めてきたふたりが〝恋人〟として同居することになり…。待望のシリーズ第二弾！

蜜色の愛におぼれて
ローラ・リー
桐谷知未［訳］
〔誘惑のシール隊員シリーズ〕

過酷な宿命を背負う元シール隊員イアンと明かせぬ使命を負った美貌の諜報員カイラ。カリブの島での再会は、甘く危険な関係の始まりだった……シリーズ第三弾！